मृदुला गर्ग

मृदुला गर्ग के रचना-संसार में लगभग सभी गद्य विधाएँ सम्मिलित हैं। उपन्यास, कहानी, नाटक, निबन्ध, यात्रा-संस्मरण, व्यंग्य आदि।

उनकी प्रकाशित पुस्तकें हैं—'उसके हिस्से की धूप', 'वंशज', 'चित्तकोबरा', 'अनित्य', 'मैं और मैं', 'कठगुलाब', 'मिलजुल मन' (उपन्यास); 'संगति-विसंगति', 'प्रतिनिधि कहानियाँ', 'सम्पूर्ण कहानियाँ' (कहानी-संग्रह); 'एक और अजनबी', 'जादू का कालीन', 'साम दाम दण्ड भेद', 'क़ैद-दर-क़ैद' (नाटक); 'रंग-ढंग', 'चुकते नहीं सवाल', 'कृति और कृतिकार' (निबन्ध-संग्रह); 'मेरे साक्षात्कार' (साक्षात्कार); 'कुछ अटके कुछ भटके' (यात्रा-संस्मरण); 'कर लेंगे सब हज़म', 'खेद नहीं है' (व्यंग्य-संग्रह)।

अन्य भारतीय भाषाओं समेत उनकी कृतियों के अनुवाद अंग्रेजी, जर्मन, रूसी आदि भाषाओं में भी हो चुके हैं। 'चित्तकोबरा' का जर्मन अनुवाद 'द जिफ़्लेक्टे कोबरा' शीर्षक से प्रकाशित। 'चित्तकोबरा' नाम से अंग्रेज़ी में प्रकाशित। रूसी में 'कोबरा मोएगो रज़ूमा' नाम से अनूदित। 'कठगुलाब' का अंग्रेज़ी अनुवाद 'कन्ट्री ऑफ़ गुडबाइज़' तथा 'कठगुलाब' शीर्षक से मराठी और मलयालम में प्रकाशित। 'वुडरोज़' शीर्षक से जापानी में प्रकाशित। 'अनित्य' उपन्यास अंग्रेज़ी में 'अनित्य : हाफ़वे टु नोवेह्यर' और मराठी में 'अनित्य' शीर्षक से प्रकाशित। 'मैं और मैं' मराठी में अनूदित। 'मिलजुल मन' उर्दू, पंजाबी, राजस्थानी, तमिल और तेलुगू में अनूदित। अनेक कहानियाँ भी अंग्रेज़ी, जर्मन, चेक, जापानी व भारतीय भाषाओं में अनूदित।

उन्हें अनेक पुरस्कारों के साथ 'कठगुलाब' के लिए व्यास सम्मान, 'मिलजुल मन' के लिए साहित्य अकादेमी पुरस्कार, हिन्दी अकादमी के 'साहित्यकार सम्मान', ह्यूमन राइट वॉच के 'Hellman Hammett Grant New York', उत्तर प्रदेश हिन्दी संस्थान के 'राममनोहर लोहिया सम्मान', 'उसके हिस्से की धूप' के लिए मध्य प्रदेश के 'अखिल भारतीय वीरसिंह सम्मान', 'जादू का कालीन' के लिए मध्य प्रदेश के ही 'अखिल भारतीय सेठ गोविन्द दास सम्मान' से सम्मानित किया जा चुका है।

'कठगुलाब' उपन्यास दिल्ली विश्वविद्यालय के बी.ए. पाठ्यक्रम तथा कई विश्वविद्यालयों में स्त्री-रचना/विमर्श पाठ्यक्रमों में शामिल है।

उसके हिस्से की धूप

मृदुला गर्ग

राजकमल पेपरबैक्स

पहला पुस्तकालय संस्करण
अक्षर प्रकाशन प्राइवेट लिमिटेड द्वारा
1975 में प्रकाशित

राजकमल पेपरबैक्स में
पहला संस्करण : 1987
दसवाँ संस्करण : 2025

राजकमल पेपरबैक्स : उत्कृष्ट साहित्य के जनसुलभ संस्करण

राजकमल प्रकाशन प्रा.लि.
1-बी, नेताजी सुभाष मार्ग, दरियागंज
नई दिल्ली-110 002
द्वारा प्रकाशित

शाखाएँ : अशोक राजपथ, साइंस कॉलेज के सामने, पटना-800 006
पहली मंजिल, दरबारी बिल्डिंग, महात्मा गांधी मार्ग, प्रयागराज-211 001
1, अनमोल सोराबजी सन्तुक लेन, धोबी तलाव, मरीन लाइंस, मुम्बई-400 002
वेबसाइट : www.rajkamalprakashan.com
ई-मेल : info@rajkamalprakashan.com

बी.के. ऑफसेट
नवीन शाहदरा, दिल्ली-110 032
द्वारा मुद्रित

मूल्य : ₹ 250

USKE HISSE KI DHOOP
Novel by Mridula Garg

ISBN : 978-81-267-2087-3

उन क्षणों के लिए
जो कभी
लौटकर नहीं आते

जितेन

आज अचानक जितेन से फिर भेंट हो गई। चार साल बाद। वह भी नैनीताल में। वह ह्वीलर की दुकान पर खड़ी किताबें देख रही थी कि सहसा एक परिचित स्वर ने उसे चौंका दिया। 'कोई हल्की-फुल्की किताब दीजिए, रास्ते में पढ़ने के लिए,' वह कह रहा था। बिलकुल जितेन की तरह, उसने सोचा ही था कि 'अर्न स्टानले गार्डनर' की किताब हाथ में थामे जितेन उसके ठीक सामने था। चार वर्ष का अन्तराल इतना लम्बा नहीं होता कि लोगों में कोई ख़ास बदलाव आए। जितेन में भी नहीं आया था। उसका सब कुछ वैसा-का-वैसा था; लम्बा-पतला शरीर, कुछ झुके-झुके-से कन्धे, कनपटियों के पास सफ़ेद पड़ रहे छोटे-छोटे बाल और साँवला, गम्भीर चेहरा, जो मुस्कराता बहुत कम था। इसका यह मतलब नहीं है कि वह हर वक़्त गम्भीर ही बना रहता था, सिर्फ़ यह कि जब गम्भीर नहीं रहना चाहता था तो मुस्कराकर नहीं रह जाता था, खुलकर हँस देता था; और जब हँसना नहीं चाहता था तो औपचारिक मुस्कराहट ओढ़ने की आवश्यकता नहीं समझता था, गम्भीर बना रहता था। अभी भी वह नहीं मुस्कराया और हँसने का तो कोई कारण था ही नहीं, लिहाज़ा गम्भीर बना रहा। वह ख़ुद मुस्करा रही थी, एक असमंजस-भरी मुस्कराहट, जो ख़ुशी से नहीं, घबराहट और बेचैनी से, आप-से-आप, चेहरे पर फैल जाती है। जैसी उम्मीद थी, इसी घबराहट के मारे बोली भी वही पहले। यही उसका तरीक़ा है, कुछ-न-कुछ बोलकर अपनी बेचैनी को कम करने की कोशिश करना और यूँ उसे और बढ़ा बैठना। ऐसा नहीं है कि वह इस ख़तरे से वाक़िफ़ नहीं है, पर न जाने क्यों बेचैनी में उससे चुप नहीं रहा जाता।

''अरे तुम! नैनीताल में क्या कर रहे हो?'' उसने ऐसे कहा, जैसे नैनीताल आने से जितेन को कोई क़ानूनी मनाही हो।

''एक कॉन्फ्रेंस में आया हूँ,'' जितेन ने उत्तर दिया और बदले में यह नहीं पूछा कि वह वहाँ कैसे आई है।

वह उसी असमंजस के साथ एक बार और मुस्कराई और बोली, ''कब तक हो यहाँ?''

"कल शाम तक।"

"कहाँ ठहरे हो?"

"स्विस होटल में।"

उसे ठीक-ठीक नहीं सूझा कि आगे क्या कहे, इसलिए ज़रा देर के लिए चुप हो गई। जितेन ने कुछ नहीं कहा। एक नज़र उसे सिर से पैर तक देखकर प्रतीक्षा करता रहा कि वह और कुछ कहे। आग्रह के साथ उसकी निगाह उसके चेहरे पर टिकी रही; आग्रह के साथ पर अधीरता के नहीं। इस नज़र ने उसकी बेचैनी और बढ़ा दी और वह बोल पड़ी, "मैं सामनेवाले कैफ़े में एक कप कॉफ़ी पीने की सोच रही थी, चलोगे?"

"अब तो खाने का समय हो रहा है," जितेन ने कलाई पर बँधी घड़ी पर नज़र डालकर कहा, "पास ही एक चाइनीज़ रेस्तराँ है, वहाँ खाना जो खा लें?"

मनीषा को लगा, जितेन को शायद याद है कि उसे भी चाइनीज़ खाने का उतना ही शौक है जितना ख़ुद जितेन को। वह फ़ौरन मान गई और दोनों 'कोपाकबाना' में जा बैठे।

बैठते ही, जितेन ने एक के बाद एक, ढेर सारी चीज़ों का ऑर्डर दे डाला—चाइनीज़ चाओमीन, अमेरिकन चापसूई, चिकन चिली, स्प्रिंग-रोल्स और जासमिन-टी।

"इतना कौन खायेगा?"

"मैं," जितेन ने कहा, "और तुम। तुम्हें ठीक से खाना चाहिए। कितनी दुबली हो रही हो। ख़ाली जासमिन-टी पीने से कैसे चलेगा?"

सुनकर अनायास, उसकी आँखों में आँसू आ गए, फिर अपनी कमज़ोरी पर ग़ुस्सा, पर हल्का-सा; बस इतना कि आँसू निकलने से थम गए और वह मुस्करा दी। जितेन को अभी तक याद है कि जासमिन-टी उसे इतनी भली लगती है कि चाइनीज़ रेस्तराँ में बैठकर वह खाती कम है, चाय अधिक पीती है। चार साल पहले जितेन ने सिर्फ़ यह लक्ष्य ही नहीं किया था, उसे अब तक याद भी रखा हुआ है। उसने पलकें उठाकर जितेन को एक नज़र देखा और अब होंठों के साथ-साथ उसकी आँखें भी मुस्करा दीं और देर तक मुस्कराती रहीं। तभी बैरा आकर बहुत कुछ उसकी प्लेट में डालने लगा।

"न, न," वह व्यस्त हो उठी, "मेज़ पर रख दो, हम ख़ुद ले लेंगे।"

"और पहले जासमिन-टी ले आओ," जितेन ने कहा और खिलखिलाकर हँस पड़ा। मनीषा भी हँस दी, हालाँकि उसे इसमें हँसने का कोई कारण नज़र नहीं आया था। पर जितेन के साथ यही होता है। हँसने के बाद आदमी सोचता है, वह हँसा क्यों? कई बार उसे खीज भी आती थी। 'हँसे क्यों,' वह पूछती थी। 'ऐसे ही, मनाही

है क्या,' वह कहता था और फिर खिलखिलाकर हँस पड़ता था। तब, अपनी मन:स्थिति के अनुसार वह या तो हँस देती थी या और खीजकर कह उठती थी, 'अजीब आदमी हो तुम, बिला कारण हँसते हो और कारण होने पर हँसते नहीं।' आज वह हँस दी।

फिर चाय आ गई। वह केतली उठाकर मनोयोग से प्याले में चाय उँडेलने लगी। यह काम करने के लिए उसे अपना सिर कुछ झुका लेना पड़ा, पर वह साफ़ अनुभव कर रही थी कि जितेन की अपलक दृष्टि उस पर टिकी हुई है; और अब उसका चेहरा कुछ देर पहले की हँसी की याददाश्त तक ज़ाहिर नहीं कर रहा। वह ज़रूरत से ज़्यादा देर तक अपने प्याले में चम्मच घुमाती रही। कुछ इसलिए कि सिर उठाकर उससे नज़रें मिलाने में उसे परेशानी महसूस हो रही थी और कुछ इसलिए कि ऐसा करने से, हो सकता था, जितेन उसे देखना बन्द कर देता। वह नहीं चाहती थी कि ऐसा हो। पर फिर, वक़्त खिंचते-खिंचते इतना खिंच गया कि उसे बेचैनी महसूस होने लगी।

"कहाँ रह रहे हो आजकल?" अनायास वह चुप्पी तोड़ बैठी।

"वहीं, बंगलूर।"

"ओह वहीं," उसने कहा और इन्तज़ार करने लगी कि अब वह भी उससे पूछेगा कि वह कहाँ पर है। पर उसने नहीं पूछा, बस प्लेटें उठाकर उसके सामने कर दीं और कहा, "क्या लोगी?"

फिर वे दोनों चुपचाप खाना खाते रहे, चाय पीते रहे, बाहर का नज़ारा देखते रहे, और बीच-बीच में एक-दूसरे को। वह देखती और उसे देखता पा मुस्करा देती। वह अपने देखने को उसे देखता पा मुस्कराता नहीं, और न देखना ही बन्द करता, बस उसका देखना और गहरा जाता। आँखों में जैसे दृष्टिमयता की स्पष्ट लहरें दौड़ जातीं। बाहर धूप छँटने लगी थी। क्षितिज तक उठती हरी घास से ढकी पहाड़ियाँ हवा में हल्के-हल्के काँपने लगी थीं। कोई ख़ास बात नहीं थी, बस शाम हो रही थी। और जो काँप रही थी, वह वास्तव में सामने ताल के तरंगित पानी में पड़ रही पहाड़ियों की प्रतिच्छाया थी।

"क्या बज गया?" मनीषा ने पूछा, हालाँकि उसकी अपनी कलाई पर भी घड़ी बँधी थी।

"तीन," जितेन ने कहा।

वह आगे कुछ न कहकर चुपचाप बैठी रही। ज़ाहिर था कि यह प्रश्न उसने केवल जितेन की आवाज़ सुनने के लिए किया था। यूँ तो उसकी चुप्पी भी उसे भली लग रही थी पर बीच-बीच में दो-चार शब्द कह-सुन लेने से उस चुप्पी में उसका भी हिस्सा हो जाता था और चुप्पी के अस्तित्व में अन्तर भी नहीं पड़ता था।

हवा का ज़ोर बढ़ चला था। आसमान के नीचे धुंध लहराने लगी थी। उसके पीछे हरी पहाड़ियाँ, रस्सियों की तरह झूलने लगी थीं। उसे लगा, अगर जितेन का हाथ पकड़कर वह अभी बाहर दौड़ जाए तो एक-एक सीढ़ी पर एक-एक क़दम रखती आसमान तक पहुँच सकती है। लगता था, दिन का उजाला तय नहीं कर पा रहा कि आगे बढ़ते अँधेरे के लिए रास्ता छोड़े या नहीं। इस कशमकश में वह धीरे-धीरे और ठहर-ठहरकर पीछे हट रहा था। अँधेरा भी फूँक-फूँककर क़दम आगे बढ़ा रहा था। अभी तक सबसे ऊपरवाली सीढ़ी तक ही पहुँच पाया था। नीचे सिर्फ़ उसकी छाया थी, जो सीढ़ियों की आपसी दूरी को घटा रही थी। यूँ भी पहाड़ों पर समय-असमय कभी भी झुटपुटा घिर आता है, कभी-कभी भरी दुपहरी में ही, और यह भ्रम पैदा कर देता है कि शाम हो रही है। फिर यहाँ तो पत्थर और पानी का ऐसा अद्‌भुत समन्वय है कि बोध ही नहीं रहता, क्या यथार्थ है और क्या प्रतिच्छाया।

एक महीने से वह नैनीताल रह रही है। ढलते दिवस पर छा रही धुंध उसने पहले भी देखी है। पर पहाड़ियों का सामीप्य, यह आज पहली बार देखा है। और पहली बार ही देखी है उनकी हरियाली, उनकी ऊँचाई, उनका यह अलौकिक कम्पन। आज तक तो वह उन्हें महज़ एक के ऊपर एक बने खेत और जंगल कहकर टालती आई है। आज ही उसने देखा है, धूप में वे चमकी हैं, हवा में वे काँपी हैं, और अँधेरे में वे मिल गई हैं। हो सकता है, यह जितेन की चुप्पी के कारण हो या महज़ उसके सामीप्य के कारण। आज जीवन में पहली बार उसने महसूस किया कि दो इनसानों की चुप्पी, उनके सामीप्य का कारण बन सकती है। और उनका सामीप्य उनके चारों ओर फैली निर्जीव वस्तुओं तक में संवेदना का वह रंग घोल सकता है, जो उन्हें स्मृति का विशद अंग बना डालता है। और जीवन है ही क्या ? स्मृतियों का अम्बार ही तो। इतना सब मनीषा सोच रही थी, कह नहीं रही थी और न यह जानने का प्रयत्न कर रही थी कि जितेन भी ऐसा सोच रहा है या नहीं। वह पूरे विश्वास के साथ अनुभव कर रही थी कि जितेन जो भी सोच रहा है, उसमें मनीषा कहीं है ज़रूर।

हो सकता है, तार्किक दृष्टि से देखती तो मनीषा समझ जाती कि यह चुप्पी और यह सामीप्य उसने जीवन में पहली बार नहीं महसूस किया है। पर उसका कोई विशेष महत्त्व नहीं होता। जो सत्य था, सिर्फ़ यह कि आज, इस क्षण, वह फिर एक बार यह महसूस कर रही थी कि एक अन्य व्यक्ति के सामीप्य ने, जो चुप्पी के कारण हो या चुप्पी का कारण, आसपास का पूरा माहौल आत्मीयता से सराबोर कर दिया है। सहसा उसके लिए यह जानना अत्यन्त आवश्यक हो गया कि जितेन नैनीताल अकेला आया है या किसी के साथ।

''यहाँ अकेले आए हो ?'' उसने पूछा।

''हूँ ?'' जितेन ने चौंककर कहा।

अपना प्रश्न स्वयं सुनकर वह समझ गई थी कि यह पूछना बेकार है। यहाँ कॉन्फ्रेंस में वह अकेला आया भी हो तो इसका यह अर्थ नहीं लगाया जा सकता कि वह अकेला है। पर खोज की शुरुआत ऐसे ही करनी होगी।

''यहाँ क्या अकेले आए हो ?'' उसने अपना प्रश्न दुहरा दिया।

''हूँ ?'' जितेन शायद समझा नहीं।

क्षण-भर के लिए वह झिझकी, फिर पूरा दम लगाकर प्रश्न फेंक गई।

''फिर शादी नहीं की ?''

एकदम उत्तर न देकर, वह क्षण-भर उसके चेहरे की ओर देखता रहा। फिर बोला, ''नहीं।''

उसने मानना चाहा कि जितेन ने जानबूझकर उत्तर देने में देर की है, जिससे वह समझ जाए कि वह हद से गुज़र गई है, उसे यह प्रश्न पूछने का कोई अधिकार नहीं है। पर उसके देखने के ढंग ने उसे यह मानने नहीं दिया। हाँ, यह ज़रूर मान गई कि यह प्रश्न पूछकर उसने जितेन की दुखती रग को बींध दिया है। पर क्या करती, पूछना आवश्यक हो गया था। सच कहा जाए तो उसका चोट खाना उसे भला ही लगा। उसकी आहत दृष्टि ने उसे मौक़ा दिया अपनी भावुकता को और बढ़ावा देने का। उसने कुछ देर प्रतीक्षा की कि शायद जितेन उससे पूछे, वह किसी के साथ आई है या अकेली, पर जब उसने नहीं पूछा तो ख़ुद ही एक प्रश्न और पूछ बैठी, यद्यपि वह पहले भी पूछा जा चुका था।

''कब तक हो यहाँ ?''

''कल शाम तक,'' जितेन ने कहा और इस बार पूछ ही लिया, ''और तुम ?''

''तीन-चार दिन और।''

जितेन कुछ देर चुपचाप सोचता रहा, फिर अपनी दृष्टि उसके चेहरे पर टिकाकर बोला, ''फिर मिलोगी कल ?''

''कहाँ ?''

''यहाँ या स्विस, कहीं भी, जहाँ तुम्हें सहूलियत हो।''

''यहाँ ठीक रहेगा।''

''ठीक है। लंच आवर में आ सकोगी डेढ़ बजे ?''

''डेढ़ बजे... ?'' वह सोचने लगी, सम्भव होगा या नहीं।

''क्यों, नहीं आ सकोगी ? किसी और समय ?''

''पर तुम्हारी कॉन्फ्रेंस ?''

''वह तो है। पर तुम आ सको तो समय इधर-उधर कर सकता हूँ।''

''मैं सोच रही थी...''

''क्या ?''

"अगर अब कह दूँ और न आ सकूँ, तो ?"

"कोई बात नहीं। मैं इन्तज़ार ही करता रहूँगा और क्या ?"

उसे लगा, जितेन कह रहा है, वह तब तक इन्तज़ार करता रहेगा, जब तक वह आ न जाए। जब वह इतना करने के लिए तैयार है तो उसके लिए 'न' कहना सम्भव ही नहीं है।

"ठीक है," उसने कहा, "आ जाऊँगी।"

सोचा, कुछ-न-कुछ इन्तज़ाम कर ही लेगी। फिर पूछा, "कॉन्फ्रेंस ख़तम हो गई क्या ?"

"नहीं तो," जितेन ने कहा, "तीन बजे फिर शुरू है।"

"तीन! तीन तो बज चुके!"

"हाँ, बस चलते हैं।"

"पहले क्यों नहीं कहा ? तुम्हें इतनी देर करा दी," वह एकदम उठकर खड़ी हो गई।

"कोई देर नहीं हुई। और अगर हुई है तो मैंने ख़ुद की है, जानबूझकर, बैठो अभी," जितेन ने कहा और हाथ बढ़ा दिया। उसका हाथ आप-से-आप आगे बढ़ा और उसके हाथ में थम गया। मंत्रमुग्ध-सी वह बैठ गई।

"कल आओगी न ज़रूर ?" उसने हल्के-से उसके हाथ को दबाकर कहा। आश्चर्य के साथ, उसने महसूस किया कि आज, चार वर्ष बाद मिलने पर, जितेन के हाथ के हल्के-से स्पर्श से उसका शरीर पैरों के तलुओं तक झनझना उठा है, पलकें बोझिल हो उठी हैं, आवाज़ गले में रुँध गई है। भरे गले को खंखारकर, किसी तरह 'हाँ' कहे, उससे पहले ही उसने उसका हाथ छोड़ दिया। बैरा बिल ले आया था और वह उसे अदा करने में मशगूल हो गया था। शायद, जल्दी-से-जल्दी वहाँ से चल देने के इरादे से, उसने बिल और टिप की रकम, ठीक-ठीक गिनकर प्लेट में छोड़ दी। क्षण-भर बाद, दोनों रेस्तराँ के बाहर थे।

"अच्छा," जितेन ने सिर हिलाकर कहा, "कल मिलेंगे," और उसकी प्रतिक्रिया की प्रतीक्षा किए बग़ैर, लम्बे-लम्बे डग भरता, दाईं ओर मुड़ गया। थोड़ी देर तक, वह वहाँ खड़ी उसे जाते हुए देखती रही, फिर अपने घर 'वाई.डब्ल्यू.सी.ए. टूरिस्ट हॉस्टल' जाने के लिए मुड़ गई।

एक-डेढ़ मील का वह रास्ता, उसने कई मन:स्थितियों से गुज़रते हुए पार किया। जब चलना शुरू किया तो वह अपने-आप पर हँस रही थी, अपनी उस बचकानी भावुकता पर, जिसने उसे जितेन के स्पर्श मात्र से यूँ बेचैन कर दिया था। भला, बत्तीस वर्ष की सूझ-बूझवाली अनुभवी औरत भी कहीं ऐसा महसूस करती है ? यह काम तो सोलह-सत्रह साल की कुँवारी लड़कियों का है। उसने अपने को

एक डाँट पिलाई और तेज़ चाल से आगे बढ़ने लगी। पर, कुछ दूर जाने के बाद, उसके क़दम अपने-आप शिथिल पड़ गए। उसे अपने ऊपर टिकी जितेन की दृष्टि की गहराती लहरें याद आ गई थीं, और पूरी तरह उनका स्वाद लेने के लिए ज़रूरी हो गया था कि वह धीमे-धीमे चले। फिर, यूँ धीमे-धीमे चलते, उसे यह भी याद आ गया कि जितेन ने फिर विवाह नहीं किया है। सोचकर, उसके होंठ बरबस गुदगुदाकर सन्तुष्ट मुस्कराहट में फैल गए और काफ़ी दूर तक वह मुस्कराती चली गई। पर एक झटके के साथ, उसे अपनी मुस्कराहट बेहद बेमानी लगने लगी। जितेन ने विवाह किया या नहीं, इससे उसे क्या प्रयोजन, जो उसे लेकर, वह यूँ आँखें अन्धी किए, सड़क पर बेमतलब मुस्कराती चली जा रही है; ठीक किसी मन्द बुद्धि छोकरी के समान। होंठ भींचकर, उसने अपने को दुत्कारा और घर की ओर जाते अपने क़दम तेज़ कर लिये। क़दम उसके फिर शिथिल नहीं हुए, पर कुछ देर बाद होंठों पर मुस्कराहट लौट आई। उसे ख़याल आ गया था कि यह क़िस्सा यहीं ख़तम नहीं हुआ है। कल जितेन से फिर मुलाक़ात होगी, वहीं 'कोपाकबाना' में। यह ख़याल 'जॉसमिन-टी' की तरह मोहक था। उसकी भीनी-भीनी गन्ध उसके नथुनों से फिसलकर होंठों पर आ टपकी थी और वह बरबस मुस्कराने पर मजबूर हो गई थी।

[2]

'टूरिस्ट हॉस्टल' की इमारत पीछे छूट गई। अपनी आदत के अनुसार, मनीषा जब उससे आगे निकल गई तब जाकर ख़याल आया कि मंज़िल तो पीछे ही रह गई। कहीं जाने के लिए निकलने पर उसके साथ यही होता है। जब तक राह परिचित लगती है, वह बिना उसकी ओर देखे अन्त:प्रज्ञा द्वारा आगे बढ़ती जाती है। फिर, जब आसपास की अपरिचितता बरबस उसका ध्यान अपनी ओर खींच लेती है वह चौंककर रुक जाती है और क़दम लौटा लेती है। सड़कों के साथ यह करना जितना आसान है, ज़िन्दगी के साथ उतना ही कठिन। आदमी जब तक लौटे-लौटे, मंज़िल बदल जाती है। वाह! क्या दार्शनिक विचार है, वह ज़ोर से अपने ऊपर हँस दी और 'टूरिस्ट हॉस्टल' के भीतर घुस गई।

अपने कमरे तक पहुँचते-पहुँचते उसकी हँसी ही नहीं, होंठों की मुस्कराहट तक गायब हो चुकी थी। उसका शरीर ढीला और सुस्त पड़ने लगा था। रोज़-दर-रोज़ की ऊबाऊ अन्यमनस्कता उस पर यूँ हावी होने लगी थी कि वहाँ पहुँचते ही वह एक लम्बी जम्हाई ले उठी। अख़बार हाथ में लिये, आरामकुर्सी पर पीठ टिकाए, मधुकर अधलेटा-सा पड़ा था। उसके पैरों की आहट सुनकर, हाथ का काग़ज़ नीचे रखकर बोला—

"बहुत देर कर दी।"

"हाँ।"

"चार बज गए।"

"हाँ।"

"कहाँ गई थीं?"

"लाइब्रेरी।"

"इतनी देर तक?"

"हाँ।"

"मैं तो तीन बजे ही लौट आया था। प्रोफ़ेसर ह्यूम से बातचीत ख़त्म भी नहीं हुई थी, पर मैंने सोचा तुम अकेली बोर हो रही होगी।" वह चुप रही।

"चाय तक नहीं पी," मधुकर ने फिर कहा।

उसका मन हुआ, कह दे, पी लेते, मैंने तो पी ली, पर कहा नहीं। बैरे को बुलाने के लिए घंटी बजाकर बाथरूम में घुस गई। हाथ-मुँह धोकर लौटी तो बैरा चाय लेकर आ गया। उसने चुपचाप केतली उठाकर चाय प्यालों में डाल दी। फिर प्याला उठाकर मुँह से लगाया तो 'जासमिन-टी' के बाद उसका ज़ायका कड़ुवा-कड़ुवा-सा लगा।

"बहुत तेज़ है," उसने कहा।

"ठीक तो है," मधुकर ने कहा, "तुम चाय पीती हो या पानी?" जासमिन-टी, उसने कहना चाहा पर कहा नहीं, चुप रही।

"कौन-कौन सी किताबें ले आईं?" मधुकर ने पूछा।

"कोई नहीं।"

"तो क्या दिन-भर लाइब्रेरी में घूमती रहीं?"

"नहीं, पढ़ती रही।"

"क्या बात है?" मधुकर ने अपना हाथ उसके हाथ पर रखते हुए पूछा।

"तबीयत ठीक नहीं है क्या?"

"क्यों, तबीयत को क्या हुआ?"

"इतनी चुपचाप जो हो।"

वह एकदम खीज उठी।

"आदमी की तबीयत क्या तभी ठीक होती है जब वह लगातार बकर-बकर करता रहे?" उसने कहा।

"कमाल है," मधुकर भी खीज उठा, "तुमसे कोई अच्छी बात भी कही जाए तो जवाब ईंट-पत्थर से देने लगती हो।"

"इसमें ईंट-पत्थर कहाँ से टपक पड़े?"

"कैसे बोलती हो तुम ?"

"ठीक तो बोल रही हूँ," उसने अपना स्वर एकदम धीमा करके कहा।

वह इस वक़्त झगड़ने के मूड में बिलकुल नहीं थी, "बस थक गई हूँ।"

"यहाँ से लाइब्रेरी तक जाने में ही ?" मधुकर ने मुस्कराकर कहा। यानी उसने भी लड़ने का इरादा स्थगित कर दिया था।

उसने चैन की साँस ली और चाय के प्याले से चुस्कियाँ भरने लगी।

"प्रोफ़ेसर ह्यूम से झक मारते-मारते थक तो मैं भी गया हूँ," मधुकर ने बदन तोड़ते हुए कहा, "सोच रहा था, चाय पीकर घूम आऊँ तो दिमाग़ हल्का हो जाए। मौसम बढ़िया है, चलोगी ?"

"मैं बहुत थकी हूँ।"

"कुछ देर आराम कर लो, फिर चलेंगे।"

"इस वक़्त मन नहीं है।"

"तब चलो, घूमने न सही, बोटिंग करने चलते हैं। नाव मैं चलाऊँगा, तुम आराम से बैठी रहना।"

"तुम हो आओ।"

"छोड़ो फिर, मैं ही जाकर क्या करूँगा," उसने नाराज़ होकर कहा।

"नहीं, सच, तुम हो आओ न," मनीषा ने स्वर को मीठा बनाकर कहा।

"नहीं, मुझे उतना शौक नहीं है। रहने देते हैं।"

वह समझ रही थी कि मधुकर उसे जाने के लिए इसलिए मना रहा है, क्योंकि वह सोचता है कि उसे कमरे में अकेले छोड़कर उसका घूमने जाना उसे अवश्य नागवार गुज़रेगा। यह वैवाहिक-जीवन भी अजीब चीज़ है, वह सोच रही थी। जो करो एक साथ। साथ बैठो, साथ बोलो, चाहे बोलने को कुछ हो, चाहे नहीं, साथ घूमो, साथ दोस्त बनाओ, चाहे एक का दोस्त दूसरे को कितना ही नामुराद क्यों न लगे, साथ खाओ और साथ सोओ, चाहे एक के खर्राटे दूसरे को सारी रात जगाये क्यों न रखें। वह थका है दिमाग़ से, और कसरत करना चाहता है, वह थकी है जज़्बात से और अकेले रहना चाहती है, पर चूँकि वे विवाहित हैं, इसलिए ज़रूरी है कि जो भी वे करे; दोनों करें, चाहे उससे एक को कितनी ही कोफ़्त क्यों न हो। अगर वे दोस्त होते तो एक अपना ठौर छोड़ सड़क पर घूमने निकल जाता, दूसरा सोने अपने ठौर चला जाता। पर अब उन दोनों का ठौर एक है।

वास्तव में, सुबह प्रोफ़ेसर ह्यूम से मिलने जाते समय भी मधुकर ने तज़वीज़ रखी थी कि वह भी साथ चले। मनीषा ने ही इनकार कर दिया था। प्रोफ़ेसर ह्यूम अर्थशास्त्र के कितने विज्ञ और विश्वविख्यात प्रोफ़ेसर हैं; अल्पविकसित अर्थव्यवस्था पर उन्होंने कितना प्रशंसनीय कार्य किया है; उनसे मिलकर इस विषय पर चर्चा कर

पाना, मधुकर के लिए कितने सौभाग्य की बात है; उनके नैनीताल रहते उनका भीमताल आना कितना महत् संयोग है; यह सब मधुकर जोशोख़रोश के साथ कई बार उसे समझा चुका था। पर उनकी इस महत्त्वशाली परिचर्चा को सुनने के लिए पन्द्रह-सोलह मील भीमताल जाने के लिए मनीषा क़तई तैयार नहीं थी। अर्थशास्त्र उसके लिए जिज्ञासा का विषय नहीं है। उसके कई बार समझाने पर भी कि उसके पीछे वह ख़ूब मज़े में रह पाएगी, मधुकर यही अहसास लेकर विदा हुआ था कि छुट्टियों में नैनीताल लाकर, अपने काम के लिए उसे अकेला होटल के कमरे में बोर होने के लिए छोड़ जाना शोभनीय बात नहीं है। उसके बग़ैर, वह बोर होगी ही, इसका उसे पूरा विश्वास था।

"चाहो तो लाइब्रेरी हो आना," जाते-जाते उसने प्रस्ताव रखा था। मनीषा को प्रस्ताव बुरा नहीं लगा था।

अब, बार-बार उससे बाहर घुमा लाने का आग्रह करके वह अपनी सुबह की उपेक्षा का प्रतिकार कर रहा है। वह आश्वस्त था कि उसका बाहर जाने से मना करना रूठना-भर है और मना करने के साथ-साथ न रूठने के दावे करना, रूठने के नाज़ो-अन्दाज़। वह एक अच्छा पति था, जो अच्छा पति होने के साथ, अच्छा प्रेमी होने का दम भरता था, अच्छा प्रेमी होने पर फ़ख्र करता था। रूठने पर प्रेमिका को मनाना वह अपना कर्तव्य मानता था, लिहाज़ा मनाए चला जा रहा था। वह सोच भी नहीं सकता था कि मनीषा को इससे कोफ़्त भी हो सकती है। हाँ, मनीषा की जगह वह ख़ुद होता तो अवश्य कोफ़्त महसूस करता। उसके हर इसरार पर मनीषा की कोफ़्त बढ़ती जा रही थी। वह चिल्लाकर कहना चाहती थी, मेरा पीछा छोड़ो, नहीं जाना मुझे बाहर। पर, वह भी मधुकर से प्यार का दम भरती थी, इसलिए कभी-कभी ही अपने को ऐसा प्रदर्शन करने की अनुमति देती थी। आख़िर हुआ यह कि और बहस से बेज़ार होकर, उसने कह दिया, "ठीक है, चलो, बोटिंग कर आते हैं।"

एक बार फिर वह उसी रास्ते चल दी, जिसे कुछ देर पहले अर्ध-सम्मोहन की स्थिति में उसने पार किया था। पर अब अनायास इधर-उधर के ख़यालों में खोकर वशीभूत होने की गुंजाइश नहीं थी। मधुकर साथ था और बराबर बोले जा रहा था, दिलचस्प बातें, प्रोफ़ेसर ह्यूम के बारे में। उसकी आवाज़ जितनी आकर्षक है उतनी ही ओजपूर्ण। जब वह उत्साह के साथ बोलता है तो श्रोता के लिए उसकी अवहेलना करना असम्भव हो जाता है।

"प्रोफ़ेसर ह्यूम भी कमाल का आदमी है," वह कह रहा था, "इतना प्रख्यात प्रोफ़ेसर और इकोनॉमिस्ट है, मगर हरकतें बिलकुल बच्चों-जैसी हैं। पता है, कितनी बार बात करते-करते मैंने देखा, वह मज़े में बैठे ऊँघ रहे हैं।"

''अच्छा,'' मनीषा ने कुछ कहने के लिए पूछ लिया, ''बहुत प्रसिद्ध हैं प्रोफ़ेसर ह्यूम ?'' उत्तर में उसे दिलचस्पी नहीं थी।

''प्रसिद्ध!'' मधुकर जोश में आकर बोला, ''अरे, वह अकेला आदमी है जिसने भारत-जैसे पिछड़े देशों की अर्थव्यवस्था को सचमुच समझा है, धनाढ्य अमरीका के नहीं, एक पिछड़े देश के नज़रिये से। और फिर वह अर्थशास्त्र की दलीलों को हमारे खूसट बुद्धिजीवियों की तरह, हवाई पतंगों में बाँधकर नहीं उड़ाता, ठोस बात करता है। समझता है कि इस देश की आर्थिक समस्याओं को सुलझाने के लिए सामाजिक बदलाव की कितनी और कहाँ आवश्यकता है। विलक्षण बात है कि एक अमरीकी भारत के मनोभावों को किसी भारतीय से अधिक नज़दीकी नज़र से देख-समझ रहा है। है न ?''

''हूँ, हाँ,'' मनीषा ने अपनी ओर प्रश्न फेंका गया जानकर कहा।

उसकी उदासीनता ने मधुकर के भाववेश में बाधा डाली। नाराज़ होकर वह बोला, ''हूँ-हाँ, बस यही है कहने को तुम्हारे पास ?''

''तो क्या करूँ ? ताली बजाऊँ ?''

''नहीं, व्यंग्य कसो।''

''उफ़...'' एक लम्बी साँस खींचकर मनीषा कुछ और कहने को उद्धत हुई कि मधुकर बोल उठा, ''अच्छा-अच्छा, छोड़ो, जानता हूँ, तुम्हें अर्थशास्त्र में कोई दिलचस्पी नहीं है। ख़ैर, मैं यह कह रहा था, प्रोफ़ेसर ह्यूम बहुत सरल प्रकृति के आदमी हैं। बूढ़े भी हो चले हैं। पता है, आज क्या हुआ ? हम लोग उनके होटल के बरामदे में आरामकुर्सियों पर बैठे जोशोख़रोश के साथ बातें कर रहे थे। अच्छी धूप निकली हुई थी और माहौल ख़ूब आरामदेह था। मैं उन्हें बतला रहा था कि अगर हमारे राजनीतिज्ञ भी उनकी तरह सोचने लगें तो हम कितनी जल्दी प्रगति कर सकते हैं। सहसा मुझे लगा, जैसे मैं अपने-आपसे बोल रहा हूँ। मैं वाक्य को बीच में छोड़कर चुप हो गया। प्रोफ़ेसर ह्यूम पर कोई प्रतिक्रिया नहीं हुई। मैंने झुककर देखा, वह आँखें बन्द किए मज़े से आरामकुर्सी पर सोये पड़े हैं। मुझे भी क्या शैतानी सूझी। मेरी कुर्सी के पास ही गार्डनिया की बेल लटक रही थी, मैंने एक तिनका तोड़कर आहिस्ता से उनकी नाक से छुआ दिया। बिना हड़बड़ाये उन्होंने आँखें खोल दीं और इत्मीनान से बोले—'चाय, रख दो'—ज़रूर उनकी बीवी उन्हें रोज़ सुबह, यूँ ही नाक में तिनका डालकर जगाती होगी। क्या ख़याल है ?'' और मधुकर ठहाका मारकर हँस पड़ा। ठहाका मनीषा ने भी लगा दिया पर उधार-सा, ज़बरदस्ती। वह पूरे ज़ेहन के साथ उस वक़्त जितेन की चुप्पी याद कर रही थी।

नाव के दोनों चप्पू मधुकर के हाथों में थे। वे एक साथ पानी में पड़ते, एक साथ पानी से निकलते, एक साथ ऊपर उठते, और दुबारा पानी में गिर जाते, एक साथ।

मधुकर के नाव खेने में निपुण सामर्थ्य ही नहीं, कला भी थी। न केवल दोनों चप्पुओं की संगत में मधुर समरसता थी, बल्कि, एक-के-बाद-एक पड़ रहे उनके आघात में भी लयानुगति थी, जो पानी की कल--कल से मिलकर मृदुल तराने के रूप ले रही थी। ऊपर से शीतल मधुर बयार। रोमांस के लिए और क्या चाहिए? सामने की सीट पर उनींदी-सी पड़ी मनीषा दृश्य को भोग रही थी।

"क्या शानदार मौसम है, है न?" मधुकर ने चप्पुओं की लय को बनाए रखते हुए पूछा।

"हूँ?" मनीषा चौंकी, फिर साड़ी का पल्लू अपने चारों ओर लपेटते हुए बोली, "ठंड है।"

"ठंड?" मधुकर ने सिर झटककर कहा, "ठंड कहाँ है? एकदम ठीक मौसम है। न गर्म, न सर्द।"

"मुझे तो ठंड लग रही है।"

पहली बार संगीत में व्याघात हुआ। मधुकर ने एक हाथ रोककर स्वेटर के बटन खोल डाले और उसे निकाल दिया, बोला, "पसीना आ रहा है।"

"वह तो नाव चलाने के कारण है।"

"एक चप्पू तुम ले लो।"

"मुझे ठीक से चलाना नहीं आता।"

"सीखोगी तभी न आएगा?"

"मैं थक रही हूँ।"

"ठीक है," मधुकर भड़क उठा, "भाड़ में पड़ो। पर ठंड-ठंड भी मत चिल्लाओ। ऐसा शीत नहीं पड़ रहा और ऐसा ही था तो घर से कोट पहनकर निकलतीं।"

"ज़रूरी है कि जब तुम्हें ठंड लगे तभी औरों को भी ठंड लगे और जब तुम्हें गरमी तभी उन्हें गरमी।"

"और तुम्हारे लिए ज़रूरी है कि जब भी कहीं बाहर निकलो, झगड़ने लगो?"

"पर मैंने तो कोई झगड़ा नहीं किया।"

"अच्छा बाबा, नहीं किया। अब बोलो, आगे चलना है या वापस?" वह बहुत नाराज़ लग रहा था।

उसने चाहा बात को आगे न बढ़ने दे, कह दे, अच्छा लग रहा है, आगे चलो, पर पूरी बात सोचने-समझने से पहले ही आदतन कह उठी, "जैसा तुम चाहो।"

"तब चलो वापस!" मधुकर ने तेज़ी से कहा और उतनी ही तेज़ी से चप्पू मारने लगा। अब उसके नाव खेने में महज़ वेग था, कार्यदक्ष वेग। चप्पू अब भी एक साथ पड़-निकल रहे थे पर इतनी तेज़ी से जैसे मूसल बरस रहे हों। पानी की कल-कल, उनके प्रहारों के नीचे दबकर सिसक रही थी। कटता जल, उछल-उछलकर

प्रतिवाद कर रहा था, चप्पू चीख़-चीख़कर। संगीत शोर में बदल गया था। तीर की तरह दौड़ रही नाव को खेते-खेते, एक बार बीच में हाथ रोककर उसने कमीज़ के बटन खोल डाले पर उस क्षणिक विराम से, उसकी चीत्कार करती द्रुतगति में कोई अन्तर नहीं आया। चप्पू से चोट खाकर, अंजुली-भर पानी मनीषा की गोद में आ गिरा। वह सिहर उठी पर कहा कुछ नहीं। वह एकटक मधुकर को देख रही थी। कमीज़ के खुले बटनों के भीतर से झाँकती, उसकी मांसल गरदन और चौड़ी छाती पसीने से सराबोर थी। गोरा मुँह लाल पड़ा हुआ था, कुछ नाव खेने के श्रम से और कुछ उस पर आए क्रोध से, और छोटी पर तीक्ष्ण आँखें एकदम स्याह पड़ गई थीं। उसे याद आया, उसकी ये काली पुतलियाँ हमेशा से उसकी विभिन्न मन:स्थितियों का चित्रण इतनी ही सूक्ष्मता से करती आई हैं। वह हँसता है तो वे नीली झील में तैरती बतखों-सी दिखाई पड़ती हैं : प्यार करता है तो तूफ़ानी नदी पर खेलती सफल नाविकों की नावों-सी प्रतीत होती हैं : क्रोध करता है तो ताज़े टूटे कोयलों-सी चमक उठती हैं, जैसे अब। लगता है, दियासलाई की लौ का स्पर्श पाए बग़ैर ही भभककर जल उठने को तैयार हैं।

देखते-देखते, एक झटके के साथ उसे यह भी याद आ गया कि यही वह आदमी है, जिसे उसने इतना प्यार किया था कि सब कुछ छोड़-छाड़कर उसके साथ निकल पड़ी थी। प्यार किया था उसके इसी उदात्त उत्साह से, सरगर्मी से, जोश से और इस गरममिज़ाज से भी। याद आया कि उसने कहा था, जो क्रोध नहीं कर सकता, वह खुलकर हँस नहीं सकता; गहराई से प्यार नहीं कर सकता। कर्मरत, पसीने से तरबतर, उसका जो सुगठित शरीर उसके सामने था, उसे भी प्यार किया था, क्योंकि वह इसी ग़ुस्से और हँसी से बना था। इस आदमी में भावसंवेग इतना विस्तृत और गहरा है कि उसके शरीर से फूट-फूटकर बहती उसकी विद्युत् तरंगें न उसे चैन से रहने देती हैं, न किसी और को; ऊर्जा का ऐसा भंडार है कि वह सोच ही नहीं सकता, कोई थका भी हो सकता है; जीवन के प्रति इतनी जिज्ञासा है कि वह कल्पना भी नहीं कर सकता कि कोई स्वेच्छा से अकेला रहना चाह सकता है।

इसी जिज्ञासा, इसी ऊर्जा, इसी भावसंवेग से उसने प्यार किया था, चार वर्ष पहले, इतना, कि लगा था, मंज़िल मिल गई। फिर क्या हुआ ? क्या अपनी धुन में वह मंज़िल से आगे निकल गई और जब पलटी तो पाया, मंज़िल बदल गई ? या मंज़िल नहीं बदली, वह स्वयं बदल गई ? या कुछ नहीं हुआ, बस, वह ऊब गई और ऊब से चिढ़कर मंज़िल में ढहने के आसार ढूँढ़ने लगी ? हो सकता है, यह तीनों सच हों या तीनों में ये कोई सच न हो। सच सिर्फ़ यह हो कि आज वह तरह-तरह की कल्पनाएँ कर रही है क्योंकि उसका मन अशान्त है। अशान्त है क्योंकि वह अभी जितेन से मिल चुकी है और कल फिर मिलनेवाली है। कितनी बेवकूफ़ औरत है वह। जितेन क्या कोई अपरिचित है ?

यह क्या उससे प्रथम भेंट है, जो वह इस तरह तरोताजा अनुभव कर रही है, जैसे सफ़र ने नया मोड़ ले लिया हो? यह तो वही जितेन है न?

नाव किनारे आ लगी। उसकी ओर बिना देखे, मधुकर डाँड छोड़, बाहर कूद गया। डगमगाती नाव में सँभल-सँभलकर पाँव रखती, वह भी नीचे उतर आई। लम्बे-लम्बे क़दम उठाता मधुकर तेज़ चाल से आगे बढ़ चला। भागकर मनीषा ने अपने और उसके बीच का रास्ता तय कर लिया और उसके पास पहुँचकर उसका हाथ थाम लिया। मधुकर ने मुड़कर उसकी ओर नहीं देखा पर हाथ भी नहीं छुड़ाया। उसकी चाल की तेज़ी में भी कमी नहीं आई। उसका हाथ थामे रहने के लिए, मनीषा के लिए ज़रूरी हो गया कि वह उसके पीछे भागती रहे। सहसा, उसे अपने पर, मधुकर पर, और इस तमाम बचकाने लड़ाई-झगड़े पर हँसी आने लगी।

"ज़रा धीरे चलो न," उसने कहा, "वर्ना लोग समझेंगे तुम मुझे मेरी मर्ज़ी के ख़िलाफ़ भगाये लिये जा रहे हो।"

मधुकर ने उसके स्वर का हास्य सुना, मुड़कर उसकी ओर देखा तो वह बोली, "अब छोड़ो भी यह ग़ुस्सा।"

मधुकर के क़दम शिथिल पड़ गए। दोनों साथ-साथ चलने लगे।

"तुम्हारा हाथ वाक़ई बहुत ठंडा है," मधुकर ने कहा।

"कहाँ?" उसने कहा, "भागते-भागते पसीना आ गया।"

"लो, अब गरमी लगने लगी?" उसने कहा और ठहाका मारकर हँस पड़ा।

मनीषा भी उसका साथ देती हुई हँस दी।

"लाओ, तुम्हारा हाथ गरम कर दूँ," मधुकर ने कहा और उसके कन्धे पर से बाँह ले जाकर उसका हाथ थाम लिया।

यूँ बँधे-बँधे चलते, मनीषा सहज होने लगी। मधुकर के शरीर की गरमाई उसके अपने शरीर को सहलाने लगी। धीरे-धीरे, शाम से तनाव के जो अष्टभुज उसे जकड़े हुए थे, एक-एक करके अपने नाखून ढीले करने लगे। उसने कल को कल पर स्थगित कर दिया। आज के बचे क्षणों से न केवल समझौता कर लिया, बल्कि, उनमें पूरी तरह लीन होने का इरादा भी। या यह कहना चाहिए कि बुद्धि लगाकर कुछ तय करने से पहले ही उनमें लीन हो गई।

कुछ दूर चुपचाप चलने के बाद, मधुकर ने कहा, "ठंड के मज़े लेने के लिए बस यही दो-चार दिन तो और हैं। एक बार दिल्ली पहुँच गए तो फिर गरमी-ही-गरमी है।"

"इस मामले में बंगलूर बहुत अच्छी जगह है," उसने कहा।

सहसा, उसके कन्धे पर मधुकर की बाँह का दबाव सख़्त हो गया। चौंककर उसने उसके चेहरे की ओर देखा। वहाँ चोट की वही स्याह लकीरें उभर आई थीं जो

कुछ देर पहले, उसने जितेन के चेहरे पर देखी थीं। पर जहाँ जितेन चोट खाने पर कछुवे के समान अपने भीतर जा घुसता है, मधुकर गरदन निकालकर आक्रमण पर उद्धत हो जाता है। बाँह के एक कुपित झटके के साथ, उसने उसे अपने से सटा लिया। उसे याद है, उसकी इसी प्रचंड स्वत्वीय भावना के कारण उसने उसे प्यार किया था। अब भी करती है या करना चाहिए। उसने अपने बदन को ढीला छोड़ दिया और समर्पण की मुद्रा में सिर उसकी आवेशित बाँह पर टिका दिया। मन के भीतर उठ रहे सशंक तर्कों को टालने का इससे बढ़िया उपाय और क्या हो सकता है?

"उठाकर ले चलूँ तुम्हें?" मधुकर ने फुसफुसाकर कहा।

"दो क़दम तो और है," उसने कहा और उसी मुद्रा में टिकी रही।

[3]

"प्रोफ़ेसर ह्यूम से कल बातचीत पूरी नहीं हुई थी," नाश्ते की मेज़ पर मधुकर ने कहा, "आज फिर जाना होगा। लौटते-लौटते चार बज जाएँगे।"

"कोई बात नहीं," मनीषा ने फौरन कहा, "मैं मज़े में हूँ।"

जहाँ तक उसका सवाल था, वह सुबह से इन्तज़ार ही कर रही थी कि कब मधुकर यह कहेगा। कल उसकी बातों से आभास तो हुआ था कि प्रोफ़ेसर ह्यूम से बातचीत अभी बाक़ी है; पर पूरी तरह निश्चित नहीं हो पाई थी कि दूसरी वार्ता आज होगी या किसी और दिन। कई बार सोचा भी कि मधुकर से पूछ ले पर यह सोचकर रह गई कि कहीं वह यह न समझ बैठे कि वह उससे न जाने का आग्रह कर रही है। वैसे आज सुबह से पूछने के लिए विशेष मौक़ा भी नहीं मिला था। बिस्तर से उठने में ही इतनी देर हो गई थी। अब तक का समय छिटपुट दिनचर्या के कार्य निपटाते निकल गया था। हाँ, उन सबके बीच एक बेकली-सी अवश्य बनी रही थी। पहले-पहल, जब आँख खुली तो आठ बजे थे। उसने चाय मँगवाकर मधुकर को जगा दिया था और सोचा था कि नौ-साढ़े नौ तक तैयार होकर यदि वह भीमताल के लिए निकल गया, तो वह आराम से अपने दुपहरवाले अपॉइंटमेंट के बारे में सोचेगी। पर ऐसा हो नहीं पाया था। मधुकर ने उसके हाथ से चाय लेकर पी ली थी; ख़ाली प्याला वापस तिपाई पर रखने के लिए उसे पकड़ा दिया था, पर बिस्तर छोड़ा नहीं था, बल्कि उसे भी वापस खींच लिया था। फिर जब दुबारा आँख खुली थी तो दस बज चुके थे। 'टूरिस्ट हॉस्टल' में दस बजे के बाद नाश्ता देने का नियम नहीं है, वे जानते थे, इसलिए जल्दी-जल्दी नहा-धोकर खाने के कमरे की ओर चल दिए थे। फिर भी पौने ग्यारह बज ही गए थे।

खाने का कमरा ख़ाली पड़ा था। बस एक बूढ़े बैरे की देखभाल में दो छोकरे मेज़ों की सफ़ाई में जुटे हुए थे। कोने में खड़ा जमादार टीन के कनस्तर में फिनाइल का पानी घोल रहा था। मेज़ों से मेज़पोशों के हटते ही फ़र्श की धुलाई करने का उसका इरादा साफ़ ज़ाहिर था।

"लगता है आज इनके धोबी के आने का दिन है," मधुकर ने हँसकर कहा।

कमरे से उठ रही फिनाइल और बासी खाने की मिली-जुली गन्ध से मनीषा को उबकाई आने लगी। नाक पर साड़ी का पल्ला रखकर उसने कहा, "बड़ी बू है यहाँ।"

"बू कहाँ, यह तो फिनाइल की गन्ध है," मधुकर ने ऐसे कहा जैसे फिनाइल कोई राजसी इत्र हो। फिर वह बूढ़े बैरे के पास जाकर नाश्ते की फ़रमाइश करने लगा। सुनकर उसने पासवाले छोकरे के हाथ से लेकर एक दाग लगा मेज़पोश वापस मेज़ पर डाल दिया और रुखाई के साथ बोला—

"बैठिए।"

"अपनी सामन्तवादी नाक से पल्ला हटा दो," बैठकर मधुकर ने कहा। "जमादार ने हमारे उठने तक अपना फ़र्श धोने का इरादा स्थगित कर दिया है।"

मनीषा चुपचाप सामनेवाली कुर्सी पर बैठ गई। थोड़ी देर में बैरा आकर कुछ जले टोस्ट और ठंडे कटलेट्स उनके सामने रख गया।

"बस अब गरमागरम कॉफ़ी और ला दो तो काम बन जाए," मधुकर ने इतनी ख़ुशमिज़ाजी से कहा कि बैरे के खीज-भरे मुँह पर भी मुस्कराहट आ गई। और कॉफ़ी जब आई तो थी भी गरम।

"बुरा नहीं है," टोस्ट और कटलेट का टुकड़ा मुँह में डालते हुए मधुकर ने कहा, "तुम नहीं खा रहीं?"

"नहीं, मैं बस कॉफ़ी लूँगी," मनीषा ने कहा।

"तुम्हें तो किसी 'फाइव स्टार होटल' में ठहरना चाहिए," मधुकर ने झल्लाकर कहा।

"प्लीज़," मनीषा ने इतनी दयनीयता से कहा कि वह आगे और कुछ न कहकर चुप रह गया।

वह चुपचाप कॉफ़ी पीने लगी। इस वक़्त वह मधुकर से बहस करने के लिए बिलकुल तैयार नहीं थी। वैसे बात उसकी ग़लत थी। इतने दिनों वह यहाँ आराम से रहती आई थी। सिर्फ़ आज ही उसे यह माहौल भद्दा लगा था और उसकी वजह थी, चारों तरफ़ फैली बासीपन की गन्ध।

अब लगा, इतनी तत्परता से कहा गया उसका, 'मैं मज़े में हूँ,' मधुकर को पसन्द नहीं आया है।

"बात यह है," उसने आगे जोड़ा, "आज कहानी लिखने के मूड में हूँ, तुम्हारे पीछे वही करूँगी।"

"लाइब्रेरी में?"

"नहीं," मनीषा ने सहज स्वर में कहा, "यहीं बैठकर। तुम लौट आओगे तो घूमने चलेंगे।"

"हूँ..." मधुकर ने कहा, "यह आज एकाएक कहानी लिखने का मूड कैसे बन गया? कल क्या कोई ख़ास बात हुई थी?"

"कल? कल क्या होना था?" उसने कहा।

कहकर उसे लगा उसने, 'कल' को कुछ ज़्यादा लम्बा खींच दिया है, उदासीनता का नाटक करनेवाले किसी रद्दी अभिनेता की तरह। क्षण-भर के लिए मधुकर की पैनी दृष्टि उस पर टिकी रही। लगा, उसने उसके असफल अभिनय को पकड़ लिया है। पर उसने उस पर कोई टिप्पणी नहीं की, कहा—

"सुना है पहाड़ों पर कहानियाँ अच्छी लिखी जाती हैं।"

"शायद," उसने हँसकर जल्दी-जल्दी कहा, "पर मैंने तो अभी तक एक भी नहीं लिखी। इसीलिए सोचती हूँ एक लिख ही डालूँ। हाँ, अगर बनी नहीं तो दूसरी बात है। तब ग़मगलत करने के लिए बाज़ार चली जाऊँगी, पर घबराओ नहीं, ज़्यादा कुछ खरीदूँगी नहीं, बस यही देखना-दिखाना।"

"तो मैं चलूँ," मधुकर अपनी कुर्सी खिसकाकर उठ खड़ा हुआ, "तुम्हारी कॉफ़ी ख़तम नहीं हुई?"

"हो गई," मनीषा ने कहा और बची कॉफ़ी एक घूँट में पीकर उठ गई।

मधुकर के जाने के बाद मनीषा पूरी तरह दुबारा तैयार हुई। कल जब जितेन से मिली थी तो चूड़ीदार पायजामा-कुरता पहने हुए थी। आज सोचा सिल्क की साड़ी पहन चले। वह जानती है, जितेन को साड़ी का पहनावा अधिक भाता है। बहुत सोच-विचारकर, उसने बंगलूर सिल्क की उन्नाबी रंग की साड़ी निकाली। साड़ी बंगलूर से ही खरीदी गई थी, हो सकता है, जितेन को याद भी हो। अपने ख़याल पर वह स्वयं ही हँस पड़ी। जितेन कभी किसी साड़ी को आँख-भर देखता भी है? ख़ैर, सवाल साड़ी का है भी नहीं। आख़िर उसने उसे तो देखा है, पहचाना है, और इतने आग्रह के साथ दुबारा मिलने को बुलाया है। यही क्या कम है?

बन-सँवरकर तैयार होने में साढ़े बारह बज गए। 'कोपाकबाना' पहुँचने में अभी एक घंटा बाक़ी था और रास्ता आधे घंटे से अधिक का था नहीं। पर कमरे में बैठकर एक-एक मिनट गिनने से कहीं बेहतर था, इन्तज़ार के इस वक़्त को रास्ते में काट देना, लिहाज़ा, कमरा और फाटक पार कर वह सड़क पर निकल आई। बाहर आकर देखा अच्छी धूप निखरी हुई है। चिलचिलाती धूप की गरमी नैनीताल की

दुपहरी में भले ही न हो, रोशनी तो होती ही है। सूर्य के प्रखर प्रकाश से टकराकर मनीषा, सहसा, रूमानियत की धूमिल गुफा से खिंचकर बाहर आ गई। उसने देखा उसकी साड़ी का रंग वक़्त के ख़याल से बहुत चटकीला है और मेकअप बहुत शोख। सहसा, उसे लगा कि महज़ जितेन के साथ खाना खाने के लिए न तो इतना सजने-सँवरने की ज़रूरत थी और न इतनी जल्दी घर से निकलने की। यह सब सोचते-सोचते वह कुछ दूर चलती ज़रूर गई पर हर पल उसका यह अहसास उग्र होता गया कि वह ज़रूरत से ज़्यादा लिपी-पुती गुड़िया के समान भद्दी लग रही है। आख़िर उसने अपना चेहरा परखने के लिए पर्स में हाथ डालकर छोटा शीशा निकालना चाहा तो वह हॉस्टल के उसके कमरे की ताली से जा टकराया! उफ़, जल्दी में ताली रिसेप्शन पर देना ही भूल गई। उँह, ऐसी भी क्या जल्दी? यह बचपना नहीं तो और क्या है? उसे अपने पर बेहद ग़ुस्सा आया और वह टूरिस्ट हॉस्टल की तरफ़ वापस पलट गई। कमरे में लौटकर उसने चेहरे का मेकअप धो डाला, फिर सिर्फ़ हल्की-सी क्रीम और लिपस्टिक लगाकर बाहर निकली, सहूलियत से दरवाज़ा बन्द किया, सहूलियत के साथ नीचे जाकर ताली रिसेप्शन पर दी और उतनी ही सहूलियत के साथ चलकर सड़क पर आ गई। घड़ी पर नज़र गई तो देखा एक बज रहा है। उसके क़दम आप-से-आप तेज़ हो गए। कहीं ऐसा न हो कि जितेन 'कोपाकबाना' पहुँचे और उसे वहाँ न देखकर यह समझ बैठे कि वह नहीं आ सकी और लौट ही जाए। चलते-चलते, उसने अपने को समझा लिया कि वह तेज़ इसलिए नहीं चल रही है कि उसे जितेन से मिलने की कोई ख़ास जल्दी है, बल्कि, इसलिए कि समय पर न पहुँचना अशिष्टता की निशानी है।

पन्द्रह मिनट के भीतर वह 'कोपाकबाना' पहुँच गई। अन्दर घुसते ही जितेन दिखाई नहीं दिया। स्वाभाविक ही था क्योंकि भीतर वह कृत्रिम अन्धकार फैला हुआ था, जो आम रेस्तराँ की ख़ास निशानी है। पर शीघ्र ही वह इस अँधेरे की अभ्यस्त हो गई। इधर-उधर नज़र डाली, जितेन फिर भी नहीं दिखा। वह कोने में पड़ी ख़ाली मेज़ पर जा बैठी और अपने को झिड़कने लगी। क्या ज़रूरत थी इस तरह भरी दुपहरी में पसीना-पसीना होते भागते आने की? वहाँ जितेन उसके आने-न-आने के बारे में भूलकर कॉन्फ्रेंस में मग्न बैठा होगा। कौन जाने कॉन्फ्रेंस कब समाप्त होगी? बीच में उठकर तो वह आने से रहा। और क्या पता, कॉन्फ्रेंस ख़तम भी हो चुकी हो और वह उसके बारे में भूल-भालकर अपने होटल या कहीं और चला गया हो। दिमाग़ ख़राब है उसका भी! पता नहीं, हर बात को इतनी गम्भीरता से क्यों ले बैठती है, चाहे किसी से मिलना हो या वक़्त की पाबन्दी? ख़ैर, वह भी बैठी-बैठी उसकी राह नहीं जोह रही। एक कप कॉफ़ी पियेगी और वापस घर चली जाएगी; तो मधुकर से कहा था, वही करेगी; कहानी लिखेगी, बस।

तभी जितेन भीतर घुसा। एक ही नज़र में उसने उसका भूरा सूट, सफ़ेद कमीज़ और भूरी-नीली टाई तो देखी ही, साथ ही अँधेरे में इधर-उधर खोजती उसकी आँखें भी देखीं। उस विकल दृष्टि की दिपदिपाती लौ से वह बासी कमरा यूँ जगमगा उठा जैसे वहाँ, सहसा एक साथ सैकड़ों न्योन ट्यूबलाइटें जल उठी हों। वह निर्वाक-निस्पन्द बैठी रही। उसका ध्यान आकर्षित करने के लिए कोई हरकत नहीं की। वह जितनी देर हो सके, उसकी आकुल भटकती दृष्टि को देखते रहना चाहती थी। उसे लग रहा था, वर्षों से उसे किसी ने खोजा नहीं : खोज कर न पाने पर किसी की आँखों में बादल नहीं उमड़े : खोज लेने पर किसी की आँखों में बिजली नहीं कौंधी। जितेन ने कुछ देर भीड़ में भटककर आख़िर उसे देख लिया और तब उसकी आँखें यूँ चमक उठीं जैसे...जैसे रेगिस्तान में जल पाने पर खोये पथिक की। उसने सोचा और फिर, वाह, क्या घिसी-पिटी उपमा है, कहकर, अपने को झिड़क दिया, पर सख़्ती से नहीं। वह जितेन की निगाह अपने चेहरे पर पा, मुस्कराने में व्यस्त थी। उसके चेहरे पर न मुस्कराहट आई न अधैर्य की रेखा, बस आँखों में चमक बनी रही और उसके मुख पर उन्हें जमाए, वह सधे, नपे-तुले क़दमों से चलकर उसकी मेज़ पर जा पहुँचा।

"माफ़ करना," उसने कहा, "देर हो गई। तुम्हें इन्तज़ार तो नहीं करना पड़ा?"

"नहीं, नहीं," उसने उत्तर दिया, "मैं भी अभी-अभी आई हूँ।"

देर से बैरा पास मँडरा रहा था। जितेन के पास की कुर्सी पर बैठते ही उसने मीनू-कार्ड आगे बढ़ा दिया। मनीषा कार्ड देखने लगी। कार्ड थाम जितेन ने भी लिया पर वह शायद उसके बजाय मनीषा को देखता रहा क्योंकि सहसा उसने कहा, "उन्नाबी रंग तुम पर बहुत फबता है। सुन्दर लग रही हो।"

"धन्यवाद," उसने चौंककर कहा।

"वैसे इस साड़ी में तो हमेशा से लगती आई हो," उसने फिर कहा। तो उसे याद है। साड़ी तक याद है। वह इतनी चंचल हो उठी कि न धन्यवाद जैसे औपचारिक शब्द का सहारा ले सकी और न मीनू-कार्ड का। मोहग्रस्त-सी वह तब तक जितेन की आँखों में देखती रही, जब तक उसने स्वयं ही उन्हें हटाकर मीनू-कार्ड पर न झुका लिया।

"क्या लोगी?" उसने पूछा।

"कुछ भी," उसने कहा।

जितेन ने इशारे से बैरे को बुलाया और बुदबुदाकर दो-चार चीज़ों के नाम गिना दिए। बैरा ऑर्डर लेकर चला गया। सामान लेकर उसके लौटने तक दोनों में से कोई कुछ नहीं बोला। आज कुछ न कह पाना, मनीषा को उलझन में नहीं डाल रहा था। बैरा खाने का सामान ले आया तो वह वैसे ही चुपचाप अपनी और जितेन की प्लेटों में परोसने लगी।

"और तुम्हारी साहित्य-साधना का क्या हाल है?" जितेन ने चम्मच उठाकर कहा।

मनीषा चौंकी। क्षण-भर को लगा वह व्यंग्य कर रहा है, फिर देखा उसका चेहरा एकदम गम्भीर है।

"ठीक ही है," फिर भी जवाब उसने सतर्कता से दिया।

"तुम्हारी किताब निकली थी न? कहानियों की—'क्षण-भंगुर'—देखी थी मैंने। अच्छी लगी थी, बहुत अच्छी।"

"सच?" उसने आश्चर्य के साथ कहा, "तुम हिन्दी कब से पढ़ने लगे?"

"क्यों?" जितेन हँस पड़ा, "इतना बुरा तो नहीं। कोशिश करके थोड़ी-बहुत पढ़ ही लेता था। और तुम्हारी किताब तो यूँ भी पढ़ने में कोई दिक़्क़त नहीं हुई मुझे।"

"मैंने कभी नहीं सोचा था तुम मेरी किताब पढ़ोगे," उसके मुँह से निकला।

"तुमने क्या मेरे बारे में सोचा था?" जितेन हँस दिया पर उससे हँसा नहीं गया। जितेन को हिन्दी पढ़ने में कितनी दिक़्क़त होती है, क्या वह जानती नहीं? और हिन्दी ही क्या, और किसी भाषा की किताब पढ़ने के लिए ही समय कहाँ मिल पाता है उसे? यह वही जितेन है न, जो उसके बहुत कहने पर किताब उससे लेकर पास रख ज़रूर लेता था, पर फिर बिना पढ़े ही कुछ दिन बाद लौटा देता था। कभी पढ़ता भी था तो हल्की-फुल्की किताबें, सफ़र में, जैसी कल खरीदते हुए उसे मिला था। उसकी कहानियों की किताब का उसने पता लगाया, खरीदी, पढ़ी—क्या सचमुच पढ़ी?

"सबसे अच्छी कहानी मुझे वह लगी थी...विभा...याद है?"

"हाँ।"

"विभा का चरित्र रह-रहकर याद हो आता है मुझे," उसने फिर कहा।

याद करके मनीषा ख़ुश हो मुस्करा दी। जितेन ने अपना हाथ उसके हाथ पर रख दिया। अत्यन्त सहज भाव से उसने कहा, "मनीषा, मैं अब भी तुम्हें चाहता हूँ।"

फ़क़ से उसकी मुस्कराहट बुझ गई।

"कहना बेकार है, जानता हूँ," उसने कहा, "तुम अपना निर्णय पहले ही ले चुकी हो।"

उसकी आँखों में आँसू छलछला आए।

"तुम्हें बुरा लगे, इसलिए नहीं कह रहा," उसने फिर कहा, "चुनाव का अधिकार हर इनसान को है।"

मनीषा ने चुप रहकर सुना, लगा, जीवन में केवल जितेन ही ऐसा एक आदमी मिला है, जिसने उसे स्वतंत्र इनसान माना है। तटस्थ होकर आज सुना, परखा और समझा कि यह जितेन की उदासीनता नहीं, परिपक्वता है। वर्ना आधुनिक-से-आधुनिक विचारोंवाले पुरुष भी इनसान को रिश्तों से आँकते हैं, विशेषकर स्त्रियों को। वह बेटी है, वह बहन है, वह पत्नी है, वह प्रेयसी है। मेरी-तेरी उसकी। बेटी-

बहन–पत्नी–प्रेयसी होने का अर्थ ही है किसी का होना। पर क्या यही स्त्री का पूरा परिचय है? स्वयं अपने में वह कुछ भी नहीं है? जितेन ऐसा नहीं समझता। वह रिश्तों को अपने या दूसरों पर हावी नहीं होने देता। उसके लिए वह गौण वस्तु है। तभी न चुनाव के अधिकार का प्रश्न उठता है। पर क्या सभी इस अधिकार का ठीक उपयोग करना जानते हैं? भावनाओं की रौ में बहकर, अगर कोई उसका दुरुपयोग कर बैठे तो उसे क्या रोक नहीं लेना चाहिए? प्यार से समझा–बुझाकर? जितेन कहेगा नहीं, यह उसका निजी मामला है। दूसरों को उसमें हस्तक्षेप करने का अधिकार नहीं है। जितेन कह सकता है, क्योंकि जितेन कभी भावनाओं का शिकार नहीं बना। वह नहीं जानता, उनका बहाव कितना भयंकर होता है। पर वह तो जानती है। बुद्धि, विचार–शक्ति, परिपक्वता कुछ नहीं टिक पाता उसके सामने। रेतीले कगारों के समान टूटकर मिट्टी में मिल जाते हैं सब–के–सब। बस एक चीज़ है जो उसे रोक सकती है, बाँध सकती है, पीछे धकेल सकती है और वह है, उससे भी उत्कट भावना की लहर! आज जिसे इतनी स्पष्टता के साथ वह जितेन की परिपक्वता अनुभव कर रही है, चार वर्ष पहले उसी को उदासीनता कहकर अलग नहीं छिटक दिया था उसने? इसीलिए न कि उस समय हाथ में भावना की नंगी तलवार थी, वह क्या खून चखे बग़ैर म्यान में वापस लौट सकती थी?

उसने प्रयत्न किया इन विचारों को शब्द देने का। कहा, "चुनाव क्या है?—कुछ चीज़ें हो जाती हैं—आदमी ठीक से सोचता भी नहीं—जो होता है सामने—जो गुज़र रहा होता है—हम क्या कितना समझ पाते हैं उसे—"

कहते–कहते वह बीच में ही रुक गई। लगा, अपनी बात बिलकुल नहीं कह पा रही।

"आजकल हो कहाँ?" उसके चुप रह जाने पर जितेन ने पूछा।

"दिल्ली।"

"जाता रहता हूँ। कभी आऊँ तो मिलोगी?"

"हाँ, शायद, कोशिश करूँगी।"

"फ़ोन है?"

"हाँ, 458762।"

जितेन डायरी निकालकर फ़ोन नम्बर लिखने लगा तो उसके हाथ पर से हाथ हटा लेना पड़ा। दुबारा उसने नहीं रखा। मनीषा कुछ सहज हो चली।

"किस वक़्त करने से ठीक रहेगा?" जितेन ने पूछा, "कॉलेज से कब तक लौटती हो?"

"सुबह कभी भी कर लेना। कॉलेज नहीं जाती।"

"अच्छा," जितेन ने इतना ही कहा, पर उसे लगा, यह सुनकर उसे आश्चर्य हुआ है। शायद सोच रहा हो, कॉलेज नहीं जाती तो मधुकर की आय में गुज़ारा कैसे

होता है या शायद यह कि नौकरों-चाकरों के अभाव में बेचारी को कॉलेज जाने का अवकाश ही कहाँ मिलता होगा।

''लिखने में ही समय निकल जाता है,'' उसने सफ़ाई देते हुए कहा। कहकर ही वह सोचने लगी कि चार वर्ष पहले भी तो वह लिखती थी और तब आर्थिक मजबूरी भी कोई नहीं थी, फिर वह कॉलेज क्यों जाती थी? क्या महज़ अपनी स्वतंत्रता की घोषणा करने के लिए? नहीं, वह जाती थी, क्योंकि उसके पास ढेर सारा ख़ाली ऊबाऊ वक़्त था, खोखले पहाड़ के समान ऊँचा, सख़्त और सूना। लिखने बैठती थी तो उसका सूनापन और सन्नाटा उसकी कहानियों में उतर आता था, वह नीरस हो उठती थी। तब उसने अपने उन ऊब-भरे क्षणों को बंगलूर के एक कॉलेज के हाथों बेच दिया था। उससे मिली व्यस्तता पाकर सन्तोष करने का प्रयत्न किया था पर वाक़ई सन्तोष नहीं मिला था। कुछ और करने की चाह बनी रही थी। तभी जीवन में मधुकर आ गया था और लगा था, समय में वह ख़ालीपन नहीं रहा जिसे भरने के लिए घर से बाहर जाना ज़रूरी हो जाता था। उसकी कहानियों में भी मांसलता आ गई और रूमानियत। वे बिकने लगीं। उसके रस-भरे क्षणों की क़ीमत लगने लगी। अब उसने पाया कि उनके बदले में मिला रुपया, उसके कॉलेजवाले वेतन से काफ़ी कम होते हुए भी उसके लिए नगण्य नहीं रह गया है। मधुकर की आय कभी भी अधिक नहीं रही थी, पर पिछले महीनों में क़ीमतें इतनी तेज़ी से बढ़ी थीं कि उसे अपना कमाना आवश्यक लगने लगा था। कई दिनों से वह सोच रही थी कि उसे कोई-न-कोई नियमित नौकरी खोज लेनी चाहिए। उसने यह मानने से इनकार कर रखा था कि अवमूल्यन सिर्फ़ रुपये का नहीं, उसके समय का भी हुआ है। कहानी लिखने से पहले और बाद का समय फिर ऊब से भर चला है। यही नहीं, उसे अपनी कहानियाँ भी बचकानी और पुनरावृत्तिपूर्ण लगने लगी थीं। रूमानी और भावुक कहानियाँ, जो वह पिछले दिनों लिखती रही है, बाज़ार में भले ही बिक जाती हों, उसे सन्तुष्ट नहीं कर पातीं। अब जितेन को सफ़ाई देते-देते, पूरी स्थिति ठीक-ठीक अनुपात में उसके सामने साफ़ हो गई। अब तभी लिखूँगी, उसने सोचा, जब कुछ ऐसा लिख सकूँ जो मुझे तुष्टि दे सके, जो मेरे भीतर खदबदाते लावे को व्यक्त कर सके, वर्ना नहीं। बाक़ी समय के लिए, इस बार दिल्ली जाकर किसी नियमित नौकरी की तलाश करूँगी।

''मिलना ज़रूर,'' उसने जितेन की आवाज़ सुनी तो चौंककर देखा, वह बिल और टिप अदा करके बैरे को विदा कर चुका है।

''समय हो तो स्विस चलो,'' खड़े होते-होते उसने कहा।

उसने अपनी कलाई पर बँधी घड़ी पर नज़र डाली और घबराकर खड़ी हो गई। ''तीन! मुझे फ़ौरन घर जाना है,'' उसने कहा।

''चलो,'' जितेन ने तत्परता से कहा।

उसे लगा उसकी घबराहट पर वह सिर्फ़ इसलिए नहीं मुस्करा रहा क्योंकि वह जितेन है; वर्ना कोई भी उसे देख व्यंग्य से मुस्कराए बग़ैर नहीं रह पाता। जहाँ तक जितेन का ताल्लुक़ है, उसके न मुस्कराने का यह मतलब क़तई नहीं लगाया जा सकता कि उसके मन में व्यंग्य उपजा ही नहीं।

''ठहरो,'' उसने अपनी जल्दबाज़ी को नकारते हुए कहा और कहकर सोच में पड़ गई कि आगे क्या कहे।

''हाँ,'' उसे विषय सूझ गया, ''मेरा पता भी लिख लो, फ़ोन का कोई भरोसा नहीं रहता।''

''नहीं, ठीक है, मिल जाएगा,'' जितेन ने कहा। वह सदा से आशावादी रहा है।

''पता लेकर करूँगा भी क्या? पत्र लिखूँ तो शायद ठीक नहीं रहेगा।''

''क्यों, ठीक क्यों नहीं रहेगा? मन हो तो ज़रूर लिखना,'' उसने कन्धे झटककर, अवज्ञा के साथ कहा। जितेन क्या यह समझता है कि मधुकर इतना शक्की-मिज़ाज है कि चाहने पर वह किसी से पत्र-व्यवहार भी नहीं कर सकती? और अगर है तो हो, वह किसी के शकों का प्रतिपालन नहीं कर सकती।

''अच्छा लिखे लेता हूँ,'' जितेन ने फिर पेन सँभाल लिया।

''वैसे मेरा प्रोग्राम इतनी जल्दबाज़ी में बनता है कि पहले से सूचना शायद ही दे सकूँ।''

जानती है वह। कोई नई बात नहीं है।

''क्वार्टर नम्बर सोलह, जहाँगीर रोड, दिल्ली,'' फिर भी उसने अपना पता सुना ही दिया।

''मेरा पता तुम्हारे पास है ही,'' लिखकर उसने कहा, ''कोई ज़रूरत हो तो लिखना।''

चार वर्ष पहले जितेन ने यह कहा होता तो वह फ़ौरन जड़ देती, ''ज़रूरत? मुझे ज़रूरत क्यों होने लगी?''

पर आज नहीं। कौन जाने कब किसे किसकी ज़रूरत हो जाए।

[4]

नैनीताल से लौटे छह महीने गुज़र चुके। दिल्ली में अब गर्मी नहीं कड़ाके की सर्दी पड़ रही है। ग्यारह बजे के क़रीब, मोटे गरम शॉल को बदन के चारों तरफ़ लपेटकर मनीषा कहानी लिखने बैठी ही थी कि फ़ोन की घंटी बजी। उफ़, जब भी कोई काम

हाथ में लेती है, फ़ोन ज़रूर चीख़ना शुरू कर देता है। कम-से-कम लगता ऐसा ही है। सारी सुबह वह रसोईघर में व्यस्त रहती है। नाश्ता बनाकर फ़ौरन ही दोपहर का खाना बनाने में जुट जाती है। समय रहता है तो रात के लिए भी एकाध सब्ज़ी बनाकर रख लेती है, बाक़ी काम में से काफ़ी कुछ घर का छोटा इकलौता नौकर बहादुर निपटा लेता है। शाम का समय कुछ फुर्सत का होता है, तब फ़ोन शायद ही कभी बजता हो। अधिकतर बजता है सुबह साढ़े दस के बाद, जब मधुकर कॉलेज चला जाता है तथा वह घर के काम से फ़ारिग होकर लिखने बैठती है। लगता है, उसके दैनिक जीवन में फ़ोन अनधिकार प्रवेश कर गया है। सारी दुनिया को जैसे उसे फ़ोन करने के लिए बस यही समय मिलता है। उसे नहीं तो मधुकर को, यह जानते हुए कि इस वक़्त वह कभी घर पर नहीं मिलता। और कुछ नहीं तो ग़लत-पर-ग़लत नम्बर ही आते चले जाते हैं। मधुकर ठीक कहता है, इस देश का यंत्रीकरण इस क़दर फिसड्डी तरीक़े से हुआ है कि न होता तो बेहतर रहता। न फ़ोन होता, न उसमें ग़लत नम्बर मिलते।

ज़िद करके वह उठी नहीं। क़लम थामे बैठी रही। फ़ोन की घंटी बजती रही। मनीषा बैठी तो रही पर लिख आगे एक शब्द भी नहीं पाई। फ़ोन की घंटी धैर्य के साथ ऐसे बजती रही जैसे करनेवाला जन्मजात बेकार हो। आख़िर असहिष्णु हुई तो मनीषा ही, फ़ोन करनेवाला नहीं। कॉपी को ज़ोर से मेज़ पर पटककर उसने कुर्सी पीछे खिसकाई और लेखन के दायरे से बाहर निकल आई। क़सम से, ग़लत नम्बर हुआ तो वह सुनाएगी कमबख़्त को कि हमेशा याद रखेगा।

"हैलो," उसने सख़्त तेज़ आवाज़ में कहा।

"हैलो, मनीषा से बात करनी है," उधर से आवाज़ आई।

"बोल रही हूँ," उसने उसी कर्कश स्वर में कहा।

"लगता है काम के बीच में तंग किया है।"

"जी। पर आप हैं कौन साहब?"

"जितेन।"

"जी कौन?"

"जितेन राय।"

"ओह तुम! मैं...मैंने सोचा...कब आए?"

"आज। अभी।"

"कब तक हो?"

"परसों चला जाऊँगा।"

"ओह!"

"मिलोगी? आज?"

"आज ? कब ? कहाँ ?"

"अभी कुछ काम है। चार बजे तक निपट जाएगा। तब आओ। इंटरकॉन्टिनेन्टल होटल के हाउस-बोट बार में। जानती हो न ?"

"हाँ, पर चार बजे ? चार बजे तो असम्भव है।" चार बजे तक तो मधुकर कॉलेज से घर लौट आता है।

"ओह," उधर कुछ देर चुप्पी रही, फिर आवाज़ आई, "कब आना ठीक रहेगा ?"

"ग्यारह तक..." कहते-कहते उसने घड़ी में देखा, सवा ग्यारह बज रहे हैं, "मेरा मतलब बारह," उसने कहा।

"ठीक है। मैं इन्तज़ार करूँगा।"

"तुम्हें असुविधा तो न होगी अपॉइंटमेंट खिसकाने में ?"

"होगी तो," जितेन खिलखिलाकर हँस पड़ा, "झेल लूँगा," और फ़ोन कट गया।

मनीषा देर तक चोंगा हाथ में लिये हतबुद्धि-सी बैठी रही। जितेन! एक बार फिर जितेन! अब तक वह केवल एक बार में एक प्रश्न सुनकर उसके अनुकूल उत्तर देती रही थी। पूरी स्थिति पर समझ-बूझकर विचार करने के लिए बहुत हकबका गई थी। अब फ़ोन का खिर-खिर करता चोंगा धीरे-धीरे वापस रखकर वह गहरे सोच में पड़ गई।

नैनीताल से लौटने पर काफ़ी दिन तक वह जितेन के विषय में सोचती रही थी। उसका सचमुच पत्र आएगा, यह उम्मीद न होते हुए भी वह दिन में तीन-चार बार स्वयं जाकर पत्र-पेटी देखना न भूलती थी। और हर बार पत्र न पाने पर नाउम्मीदी की कचोट भी महसूस कर जाया करती थी। यह सिलसिला चला होगा, कोई दो महीने, हद-से-हद तीन। फिर सब सामान्य हो गया था। पहले की तरह नौकर डाक लेकर मेज़ पर डाल जाने लगा। यही हाल फ़ोन के साथ भी रहा। नैनीताल से लौटने पर उसने नौकर को सख़्त ताकीद कर दी थी कि उसके घर पर रहते हुए वह फ़ोन कदापि न उठाए। घंटी बजने पर वह जहाँ भी होती थी, हाथ का काम छोड़कर भागी आती थी। यह स्थिति भी दो महीने से अधिक नहीं टिकी। फ़ोन की घंटी बजने पर उसने दुबारा खीज महसूस करना आरम्भ कर दिया था। पहले से भी अधिक। पिछले दिनों की अपनी निरर्थक भाग-दौड़ पर जो खीज थी, वह भी उससे जा मिली थी।

और अब जब उसने जितेन से नैनीताल में मुलाक़ात को महज़ एक मुलाक़ात करार कर, दिमाग़ के एक कोने में सँजो दिया था, वह फिर उस तक आ पहुँचा था, और इतनी सहज आत्मीयता के साथ कि बीच का अन्तराल महत्त्वहीन हो उठा था। उसी सहज आत्मीयता से उसने भी उसके बुलावे का उत्तर दे डाला था। पर अब, उसकी समझ में नहीं आ रहा था कि उसके इस पुनरागमन को ठीक किस भाव में

ले। अपने–आपको बह जाने दे? बिना सोचे–विचारे वह करती जाए जो एक क्षण के बाद दूसरे की माँग हो? यानी अब उठे, मुँह–हाथ धोए, कपड़े बदले, बालों पर तब तक ब्रश फेरे जब तक वह चमक न उठें, पर साथ ही यह ख़याल रखे कि यह सब करने में बारह से ऊपर न हो जाएँ : फिर घर में ताला लगाकर टैक्सी बुलाए और इंटरकॉन्टिनेन्टल होटल पहुँच जाए। जितेन से मिले और फिर जो हो, होने दे, बस इतना ख़याल रखते हुए कि वापस घर लौटने में चार से ऊपर न हों? या बैठकर थोड़ा सोचे–विचारे, बुद्धि से काम ले, समझने की कोशिश करे कि यूँ जितेन से यदा–कदा मिलने में आख़िर लाभ क्या है और हानि कितनी है? सोच–समझकर उसे फ़ोन करके कह दे कि आना सम्भव नहीं होगा और दुबारा कहानी लिखने बैठ जाए? मस्तिष्क पर ज़ोर देकर उसने याद करने की कोशिश की कि वह लिख क्या रही थी। बहुत सोचने पर यह तो याद आ गया कि अन्तिम वाक्य क्या लिखा था पर यह नहीं कि आगे क्या लिखनेवाली थी। याद आया तो जितेन का कहा अन्तिम वाक्य—झेल लूँगा—और उसके साथ ही उसकी उन्मुक्त हँसी। कहानी अब नहीं लिखी जा सकेगी, उसने सोचा, और मन के भीतर उसी हँसी की प्रतिध्वनि झनझन कर बजती चली गई। वह उठी और गुस्लख़ाने में जाकर हाथ–मुँह धोने लगी।

ठीक बारह बजे वह इंटरकॉन्टिनेन्टल–होटल के हाउसबोट बार में थी और जितेन कह रहा था, ''बिलकुल वक़्त पर और बिलकुल ख़ूबसूरत, जैसा मैंने सोचा था। चलो कमरे में चलकर बैठें। तुम्हारी किताब साथ लाया हूँ ऑटोग्राफ कराने।''

कमरे के बीच में पहुँचकर मनीषा ठिठककर खड़ी हो गई। जितेन आगे बढ़ गया और कोने में रखी मेज़ पर से उसकी किताब और पेन उठाकर उसके सामने आ खड़ा हुआ। मनीषा ने उसके हाथ से दोनों चीज़ें थाम ली और अकम्पित लिखाई में अपना नाम मुखपृष्ठ पर लिख दिया। मनीषा। यह उसका अपना नाम है। इसका ताल्लुक़ न जितेन राय से है, न मधुकर नागपाल से। मनीषा के 'म' के मुखपृष्ठ पर फैलते–फैलते, उसके होंठों पर भी सन्तुष्ट मुस्कराहट फैल गई। जिस आत्म–गौरव का अनुभव उसने इन कहानियों को लिखते समय और फिर उन्हें संकलन–रूप में देखकर किया था, आज जितेन के सामने उन्हें अपना घोषित करते हुए फिर उसके अन्तर को गहरे छू गया। हस्ताक्षर कर देने के बाद भी कुछ देर, वह किताब को कसकर थामे रही, और नज़र मुखपृष्ठ पर जमाए रही। लगा, जीवन की तमाम विचलता के बीच एक ऐसा बिन्दु भी है जो सदा अपनी जगह स्थिर रहेगा।

फिर जितेन ने दोनों चीज़ें उसके हाथ से लेकर पास पड़ी मेज़ पर रख दीं। यह करने के लिए उसे अपनी जगह से हिलने की आवश्यकता नहीं हुई। रख देने के बाद भी वह वहीं खड़ा रहा, ठीक कितनी देर, दोनों में से किसी को पता नहीं चला, बस, इतनी कि मनीषा कामना कर उठी : इससे पहले कि वह स्वयं हाथ बढ़ाकर अपने

बीच के छोटे-से फासले को मिटा दे, जितेन उसे अपनी बाँहों में ले-ले। यही हुआ। वह जितेन की बाँहों में पहुँच गई। बिना प्रस्तावना के उसने अपने होंठ उसके होंठों पर रख दिए। वह उसे बहला-फुसलाकर धीरे-धीरे मिलन के लिए तैयार नहीं कर रहा था। उसके लिए वह कोई नासमझ गुड़िया नहीं थी, जिसमें प्रेम का वास्ता दे-देकर जान भरने की ज़रूरत महसूस की जाए। मनीषा अच्छी तरह समझ रही थी कि जितेन का चुम्बन सीधे और स्पष्ट तरीक़े से अपनी ज़रूरत कह रहा है और उसकी ज़रूरत पूछ रहा है। मनीषा न चाहती हो तो हट जाए, जितेन मनुहार नहीं करेगा : मनीषा चाहती है तो उत्तर दे, उसी की तरह स्पष्ट भाषा में, जितेन आजीवन-निर्वाह की माँग नहीं करेगा। वह दोनों एक-दूसरे के सामने दो सर्वथा स्वतंत्र व्यक्तियों की तरह खड़े हैं, जो अपने-अपने औचित्य का निर्णय स्वयं कर सकते हैं। न कोई बन्धन है, न कर्तव्य, न लोभ। बिला झिझक उसने प्रत्युत्तर दे डाला। सच, वासना को कर्तव्य बना देना, शरीर को बन्धक रख देना, इससे बड़ी विडम्बना इनसान के साथ और क्या हो सकती है?

आज, इतने दिन बाद, जितेन के कठोर आलिंगन में आकर, उसने समझा कि प्यार करना कला नहीं, ज़रूरत है। यूँ तो इनसान की न जाने कितनी ज़रूरतें होती हैं, पर सिर्फ़ यही ज़रूरत ऐसी है जिसमें एक अन्य व्यक्ति भी सम्मिलित रहता है। बिना शोषण इसकी पूर्ति तभी हो सकती है जब दोनों की ज़रूरत एक हो। हाँ, जब ज़रूरत एक हो तो शरीर का मिलन अद्‍भुत अनुभव बन जाता है। बुद्धि और मन से परे, आडम्बर और प्रतिबन्धता के घेरों से मुक्त। देह क्या इतनी तुच्छ है कि कर्म करने के लिए उसे हरदम किसी-न-किसी मुखौटे की आवश्यकता है? प्यार-प्यार-प्यार! क्या शरीर के पोरों की हर पुलक, हर जुम्बिश प्यार के पास गिरवी रखी है? क्या चरमोत्कर्ष के दहलाते क्षण, शरीर के अपने नहीं, प्यार से उधार पर मिले हैं? मनीषा को लगा, जब से वह प्यार के चक्कर में पड़ी है, वासना उससे छूट गई है। प्यार के रहते वासना न होने पर वह घबरा उठती है, ज़बरदस्ती वासना का आडम्बर करने लगती है। वासना हो तो भी घबरा जाती है, उससे हटकर, प्यार का इकरार करने लगती है। पर आज, जितेन से प्यार के इकरार की आवश्यकता नहीं है, जितेन से वासना के आडम्बर का तो ख़ैर प्रश्न ही नहीं उठता। आज, पहली बार मनीषा ने समझा और स्वीकारा कि शरीर का अपना एक वैभव और औचित्य है। अब तक जब भी वह उससे टकराई थी, छिटककर दूर जा खड़ी हुई थी और अपने आसपास प्यार की छोटी ख़ुशनुमा सीढ़ियाँ खोजने लगी थीं, इतनी सतर्कता के साथ कि उस उनींदेपन से ही बाहर तैर आई थी जो उसे पाने के लिए ज़रूरी है।

जितेन को प्यार करते हुए, एक बार भी उसे मधुकर का ख़याल नहीं आया, और न जितेन का ही। ख़याल शायद अपना भी नहीं आया। ख़याल का ताल्लुक़

बुद्धि से होता है। मनीषा उस समय बुद्धि की गिरफ़्त में नहीं थी। वह बस थी और अपने को होने दे रही थी। जितेन भी था क्योंकि होना चाहता था। न चाहता तो हट सकता था। मनीषा को दुख नहीं होता, क्रोध भी नहीं आता और न उसका अपमान ही होता। हाँ, निराशा अवश्य होती। एक अनुभव उससे छूट जाता। अपने को समझने का एक क्षण, अपने को पाने का एक क्षण।

यह सब विश्लेषण मनीषा ने बाद में किया। बिस्तर पर वह अलसाई-सी लेटी रही थी और जितेन ने चाय का प्याला उसे पकड़ा दिया था। इससे पहले सोचने-परखने का न समय रहा था, न इच्छा। अधिकतर, जितेन को देखकर लगता है, वह तटस्थ, उनींदी आँखों से सामने से गुज़र रही ज़िन्दगी की रेलपेल देख रहा है। बस, कभी-कभी ऐसे क्षण आते हैं, जब वह अलसाया शरीर, सहसा, बिजली के तार के समान खिंचकर तन जाता है, भीतर कहीं खदबदाता लावा खौलकर फूट पड़ता है और लगता है, विध्वंस के बाद सृष्टि का यही रूप रहा होगा। ऐसा एक क्षण अभी गुज़र कर चुका है। आज मनीषा को अपने पोरों से भी वैसा ही लावा फूटता प्रतीत हुआ है, जिससे जितेन के विकट और आकस्मिक प्रेम से वह विचलित नहीं, केवल परितुष्ट हुई है।

चाय की छोटी-छोटी चुस्कियाँ लेते-लेते मनीषा मुस्करा उठी।

''चाय ठीक थी ?'' जितेन ने बाथरूम से बाहर निकलते हुए पूछा।

''बिलकुल,'' उसने कहा, फिर सहसा ख़याल आने पर पूछ बैठी, ''पर चाय यहाँ बनी कैसे, होटल के कमरे में ?''

''क्यों, मँगाई थी,'' जितेन को उसके प्रश्न पर आश्चर्य हुआ।

''किससे ?''

''बैरे से और किससे ?''

''पर...''

''जब वह आया तुम सो रही थी,'' जितेन ने बात साफ़ करते हुए कहा।

''पर...'' बात को बीच में छोड़कर उसने अपने ऊपर नज़र डाली; उसका नग्न शरीर चादर से ढका हुआ था।

''मैंने सोचा, तुम उठते ही चाय पीना पसन्द करोगी, नहीं ?''

वह ज़ोर से हँस पड़ी। बैरे ने क्या सोचा होगा, यह सोचने का जितेन को ख़याल ही नहीं आया होगा। चाय चाहिए थी, चाय मँगा ली, बस। उसके वहाँ होने, न होने से बैरे को क्या लेना-देना ?

''बैरे को तुम्हारे कमरे में लड़कियाँ देखने की आदत है क्या ?'' वैसे ही हँसते-हँसते उसने पूछा।

''बैरा मुझे नहीं जानता,'' जितेन ने संजीदगी से उत्तर दिया।

''जानता होता तो न मँगाते?'' वह और ज़ोर से हँस दी।

''क्यों नहीं मँगाता?''

''मुझे देखकर क्या सोचता?''

''जो भी सोचता।''

''ओह, जितेन, तुम अद्‌भुत हो, एकदम अद्‌भुत,'' वह हँसती गई।

''लगता है तुम्हें नशा हो गया है,'' जितेन भी हँस पड़ा, ''पर अब उठो। तुमने कहा था न, चार बजे घर पहुँचना है। पौने चार बज रहे हैं।''

एक झटके के साथ उसकी हँसी गायब हो गई। नज़र घड़ी पर गई, सचमुच पौने चार। समय बहुत कम है। चार बजे तक घर पहुँचना है, मधुकर के आने से पहले।

वह उठने की तैयारी करने लगी। देखा, जितेन सिगरेट जलाकर सामने सोफ़े पर बैठ गया है। बैठकर उसने पूछा, ''कल आओगी?''

जितेन के सामने बिस्तर पर से बिना कपड़े पहने निकलने में उसे झिझक महसूस होने लगी। पर समय कम था और वह इतने इत्मीनान से बैठा था कि उससे वहाँ से हट जाने को कहने में भी अजीब-सा लगा। कुछ देर की कशमकश के बाद उसने अपने को झकझोरा और चादर फेंककर उठ खड़ी हुई।

''तुम बहुत दुबली हो गई हो,'' जितेन की आवाज़ सुनाई पड़ी।

''आई एम सॉरी,'' उसने कुछ तीखेपन से कहा।

''होना चाहिए। तुम्हें अपनी सेहत का ख़याल रखना चाहिए।''

''सेहत क्या करेगी?'' उसने और तीखे स्वर में कहा, ''बूढ़ी हो रही हूँ'' और बाथरूम की ओर बढ़ गई।

''नहीं,'' पीछे से जितेन को दृढ़ स्वर में कहते सुना, ''बूढ़ी नहीं, बस दुबली। सुन्दर तुम वैसी-की-वैसी हो।''

कपड़े पहनकर बाहर निकली तो जितेन ने कहा, ''बतलाया नहीं, कल किस वक़्त आओगी?''

''कल? अभी तो सोचा नहीं।''

''अच्छा चलो, नीचे उतरते-उतरते बात कर लेंगे।''

''कल ग्यारह बजे आ सकोगी?'' लिफ्ट में उतरने लगे, तो उसने फिर पूछा।

''पता नहीं, अभी कुछ सोचा नहीं, आ भी सकूँगी या नहीं।''

''कोई ख़ास वजह हो न आने की तो दूसरी बात है, वर्ना आना,'' जितेन ने कहा, ''आना चाहती तो हो न?''

''तुम क्या सोचते हो?''

''मैं तो चाहता हूँ, तुम आओ, ज़रूर आओ।''

"नहीं, तुम्हारे ख़याल से मैं क्या चाहती हूँ?"

"मैं कैसे कह सकता हूँ? आज लगा, तुम मेरे साथ ख़ुश थीं। पर कल? कल आना चाहती हो या नहीं, यह तो तुम ही जान सकती हो।"

"सुबह फ़ोन करना तब बताऊँगी।"

"कितने बजे?" जितेन बिलकुल सहज था।

"अच्छा, मेरे आने-न-आने से तुम्हें फ़र्क़ पड़ता है?" मनीषा ने पूछा।

"बिलकुल, बहुत। मैं चाहता हूँ तुम आओ। नहीं आओगी तो मैं निराश हूँगा।"

"और निराश होने पर तुम क्या करते हो?"

"कुछ नहीं, निराश रहता हूँ।"

"ओह जितेन," एक बार फिर, मान-मनौवल का खेल छोड़, मनीषा अनायास हँस पड़ी, "तुम अद्‌भुत हो, एकदम अद्‌भुत," उसने कहा, "इन चार वर्षों में मैं ऐसे उत्तर सुनने को तरस गई हूँ। जानते हो और कोई होता तो क्या कहता?"

"क्या?"

"कहता, 'तुम नहीं आओगी तो मेरी दुनिया सूनी हो जाएगी, किसी काम में मेरा मन नहीं लगेगा, तुम्हीं से मिलने तो मैं इतनी दूर से दिल्ली चला आ रहा हूँ, तुम नहीं मिलोगी तो मैं बेमौत मारा जाऊँगा।' हो सकता है, ख़ुदकुशी की धमकी ही दे बैठता।"

"पर करता नहीं," जितेन ने कहा, "और बाक़ी सब भी झूठ होता?"

"हाँ, पर एक प्यारा झूठ।"

लिफ्ट रुक गई। दोनों बाहर आ गए। सहसा, जितेन गम्भीर स्वर में बोला, "सचमुच मुझमें यह बहुत कमी है। मुझे अच्छे-अच्छे प्यारे झूठ बोलने नहीं आते। कोशिश करूँ तो भी गड़बड़ा जाता हूँ, पर सच तो यह है कि मैं कोशिश करता ही नहीं।"

मनीषा को जितेन का यह अपने को दोषी ठहराता मायूस रूप बहुत भला लगा। और उससे भी भला वह, जिसके लिए वह अपने को दोषी ठहरा रहा था, सच्चाई से अपने झूठ न बोल पाने की त्रुटि को ज़ाहिर कर देना।

"इतने मायूस क्यों होते हो?" उसने हँसकर मधुर स्वर में कहा, "अब जा रही हूँ, पर कल ग्यारह बजे फिर आऊँगी। तब सब कुछ खोलकर बतलाना।"

[5]

तमाम रास्ता मुस्कराते-मुस्कराते जब मनीषा घर पहुँची तो चार बज चुके थे। स्कूटर का भाड़ा चुकाते हुए घड़ी देखकर क्षण-भर के लिए वह आशंकित अवश्य हुई पर शीघ्र ही आश्वस्त हो गई। फाटक के भीतर घुसते ही उसने महसूस कर लिया कि

मधुकर घर पर नहीं है। वह घर पर रहता है तो जैसे एक अशान्त अव्यवस्था का विद्युत्-प्रवाह बाहर फाटक तक आ-आकर टकराता रहता है। आज माहौल शान्त था। एक बार उसने यह मधुकर से भी कहा था। वह हँस पड़ा था, बोला था, यूँ तो सभी लेखकों को वहम पालने की आदत होती है, पर लगता है लेखिकाएँ इसमें और भी सिद्धहस्त होती हैं। और फिर उनकी बहस आरम्भ हो गई थी कि लेखकों-लेखिकाओं में ऐसा फ़र्क़ ही क्या होता है। हो सकता है, यह उसका वहम हो पर उसके कारण उसे सुविधा बहुत रहती है। बैठक में पहुँचकर वह और अच्छी तरह आश्वस्त हो गई कि उसका अनुमान ठीक है। बैठक ठीक उसी स्थिति में थी जिसमें वह उसे छोड़कर गई थी, मधुकर का कोई नामोनिशान वहाँ नहीं था, न सिगरेट के अधजले टुकड़े, न जल्दी में उतार फेंके गए जूते-मोजे और न इधर-उधर बिखरे काग़ज़। राहत की एक लम्बी साँस छोड़ वह पीठ पीछे टिकाकर, सोफ़े पर बैठ गई और अपने को मुस्कराते रहने दिया।

न जाने कितनी देर वह यूँ ही बैठी रही, ध्यान टूटा जब नौकर ने आकर पूछा, ''खाने के लिए कुछ करना है क्या ?''

बहादुर उनके यहाँ साल-भर से काम कर रहा है, पर अभी तक विश्वास नहीं कर पाया है कि आम लोगों की तरह वह भी रोज़ खाना खाते हैं।

''नहीं,'' उसने भी कह दिया, फिर बोली, ''आज जो तुम चाहो बना लो।''

इतने गम्भीर निर्णय के बोझ से परेशान-सा बहादुर जाने लगा तो उसने आवाज़ लगाकर रोक लिया।

''ऐसा करो,'' उसने कहा, ''मसाला पीसकर रख लो, मैं मटन कबाब बना लूँगी, सुबह साहब मटन लाए थे।''

मधुकर के आने पर शुरू करेगी, उसने सोचा, इस तरह उसके रहते हुए भी कुछ समय एकान्त व्यस्तता में कट सकेगा।

''चाय लाऊँ ?'' बहादुर ने पूछा।

''नहीं,'' उसने कहा, ''साहब को आने दो।''

जितेन ने जो चाय पिलाई थी, उसका स्वाद अभी तक वह अपनी जुबान पर महसूस कर रही थी। चाय के मामले में वह रुचि-पारखी है। बढ़िया होटलों में एक बात है, चाय बढ़िया मिलती है : बारीक सुनहला रंग, मासूम दुलराती गन्ध, आधा चम्मच चीनी और दूध के चन्द कतरे। हर बार ऐसी चाय मिले तो दिन-भर में वह न जाने कितने प्याली पी सकती है। पर उतनी महँगी चाय घर पर उपलब्ध नहीं हो सकती। पचास रुपये का एक डिब्बा पाँच सौ ग्राम का। असम्भव ! हाँ, उतने ही पैसे ह्विस्की की बोतल खरीदने में लगाए जाएँ तो अटपटा नहीं लगता। सस्ती-से-सस्ती ह्विस्की भी इतनी क़ीमती होती है। पर सस्ती-से-सस्ती चाय ? छी:, इस वक़्त नहीं।

चाय के साथ-साथ जितेन की याद ताज़ा हो गई। पीठ को पीछे जमाकर, उसने पैर ऊपर कर लिये और धीमे-धीमे मुस्कराने लगी। कुछ ही देर में उसकी आँखें आप-से-आप बन्द हो गईं और वह वहीं लेटे-लेटे सो गई।

''क्या बात है? तबीयत ठीक नहीं है क्या?'' मधुकर की आवाज़ कान में पड़ी तो वह चौंककर उठ बैठी।

''क्या हुआ?'' उससे कोई जवाब न पाकर उसने पूछा।

''कुछ नहीं,'' खिसियानी-सी हँसी हँसकर उसने कहा।

''लेटी कैसे हो? तबीयत ख़राब है क्या?''

''ठीक है। यूँ ही लेट गई थी।''

''कहानी ख़तम कर चुकी हो?'' मधुकर ने पूछा।

''नहीं तो,'' उसने कहा, साथ ही लगा, मधुकर की दृष्टि है तेज़! ऐसा अक्सर वह कहानी पूरी लिखकर उठने पर ही महसूस करती है : थकी-थकी पर भारी नहीं हल्की हो आई पुलकित देह, परितुष्ट मन, क्लान्त अर्धसुप्त मस्तिष्क, झपकते नेत्रों के साथ होंठों पर बरबस आती मुस्कराहट, कुछ-कहीं इधर-उधर से याद करके। वैसा ही, जैसा अब लग रहा है, ठीक ऐसा ही लगता है कोई मन-पसन्द कहानी लिख लेने के बाद।

''कहानी लिखे बग़ैर तो तुम्हें कभी ऐसे नहीं देखा,'' मधुकर ने कहा और जूते खोलने लगा। मनीषा का मुँह सुर्ख हो उठा। भाग्य से मधुकर का मुँह नीचे झुका हुआ था। उसने नहीं देखा होगा, सोचकर वह सहज होने का प्रयत्न करने लगी, कहा, ''शुरू तो की है, काफ़ी लिखी भी गई।''

''और पूरी किए बग़ैर ही सो गई, आश्चर्य है,'' उसने कहा और जूते खोलकर सामने दरी पर उछाल दिए।

''तुम क्या हर वक़्त मेरा विश्लेषण करते रहते हो?'' मनीषा ने हँसने का प्रयत्न करते हुए कहा।

''साथ रहते-रहते कुछ अन्दाज़ हो ही जाता है,'' मधुकर ने शुष्क स्वर में उत्तर दिया। साथ ही टाई खोलकर सोफ़े पर डाल दी, हाथ में थामे काग़ज़ पास की कुर्सी पर रखे अपने ब्रीफकेस पर पटक दिए, जिससे दो-चार उड़कर नीचे जा गिरे और उसके क़रीब बैठता हुआ बोला, ''पहले चाय पिलाओ, ज़बरदस्त ठंड है। फिर कहानी सुनाओ, देखें क्या लिख मारा इस बार?''

''ये सब यहीं रहेगा?'' उसने अपने को कहते सुना।

''क्या सब?''

''यही सब'' उसने जूतों, काग़ज़ों और टाई को हाथ के इशारे में समेटते हुए कहा।

"तो क्या करूँ इनका?" मधुकर ने अचरज के साथ पूछा।

"कुछ नही," उसने तुनककर कहा, और बिखरी चीज़ें समेटने लगी।

"उठ जाएँगी," मधुकर ने कहा, "इतनी जल्दी क्या है?" उसने उत्तर नहीं दिया, चुपचाप सामान उठाती रही।

"कमाल है, ज़रा देर पड़ी रहेंगी तो क्या मुसीबत आ जाएगी? यह घर है या होटल?"

वह वैसे ही चुपचाप सामान हाथ में लिये अन्दर जाने को मुड़ गई।

"ठीक है," मधुकर ने कहा, "अन्दर जा रही हो तो मेरी चप्पल लेती आना।"

बेडरूम में जाकर, उसने सब चीज़ें अपनी-अपनी जगह पर टिका दीं। खोज-खोजकर चप्पलें निकालीं और उन्हें हाथ में उठाए देर तक वहीं खड़ी रही। सचमुच, उसे मधुकर को यूँ चिढ़ाना नहीं चाहिए। पर न जाने कैसे, आप-से-आप, यह हो जाता है। घर में दो तो कुल कमरे हैं, वे भी छोटे-छोटे, सामान तरतीबी से जगह पर रखा न जाए तो घर पूरा भड़भूजे की दुकान लगने लगता है। फिर भी आते ही चिकचिक करना भी ठीक नहीं है।

"बहादुर," उसने सुना, मधुकर चिल्ला रहा था, "चाय लाओ।" उसने झटपट बैठक में जाकर, चप्पल उसके सामने डाल दीं और रसोईघर की ओर दौड़ गई। निकली तो चाय की ट्रे हाथ में लेकर।

"क्यों बहादुर कहाँ मर गया?" मधुकर ने पूछा।

"है," मनीषा ने अपने स्वर को धीमा रखा, "मसाला पीस रहा है।" वह ट्रे मेज़ पर रखकर प्यालों में चाय उँडेलने लगी।

"सारी-की-सारी औरतों की खोपड़ी उलटी क्यों होती है?" मधुकर ने कहा।

"क्या मतलब?"

"अब मैं अच्छा-भला प्यार से बात कर रहा हूँ और तुम हो कि किसी-न-किसी बात को लेकर तुनके जा रही हो।"

"तो सब औरतों को बीच में क्यों घसीटते हो, कहो, मेरी खोपड़ी उलटी है।"

"सो तो है ही। बहुत सोच-समझकर मैं तो इस निष्कर्ष पर पहुँचा हूँ कि आदमी औरत से सब कुछ करे, बस प्यार न करे। जानबूझकर दिमाग़ ख़राब करना है।"

"नहीं," उसके मुँह से एकदम निकला, "सब कुछ करे, ब्याह न करे।" मधुकर चाय का प्याला बीच हवा में उठाए देर तक उसे देखता रहा।

"क्या बात है?" उसने कहा, "किस चक्कर में हो आजकल?"

"क्या मतलब?"

वह प्याला नीचे रख, उसके पास चला आया। उसके दोनों कन्धे ज़ोर से दबाकर मुँह ज़बरदस्ती ऊपर उठा दिया, बोला, "देखो मनीषा, मैं जितेन नहीं हूँ।"

"यानी ?" उसने तड़पकर कहा।

"मैं न तो 'वीमन लिब' में विश्वास करता हूँ और न 'फ्री-लव' में।"

"जानती हूँ," मनीषा ने कड़वाहट के साथ कहा।

"तुम लेखिका हो, लिहाज़ा, दुनिया को रिझाने के लिए कुछ भी लिख सकती हो, और लिखते-लिखते विश्वास भी करने लग सकती हो। वह तुम्हारा निजी मामला है..."

"धन्यवाद!" मनीषा ने बीच में ही कहा, "मेरा निजी भी कुछ है।"

"व्यंग्य तुम अपनी कहानी के लिए रखो," मधुकर बोला, "मैं तुम्हें सिर्फ़ यह बतला देना चाहता हूँ कि मैं जितेन नहीं हूँ।"

"बार-बार दुहराने की क्या ज़रूरत है ? मैं क्या जानती नहीं तुम जितेन नहीं हो।"

"इसलिए मैं बिला हील-हुज्जत अपनी चीज़ दूसरे को उठाकर नहीं दे सकता।"

"अपनी चीज़—मतलब ?"

"मतलब, तुम।"

"मैं क्या तुम्हारी चीज़ हूँ ?" उसने तिलमिलाकर पूछा।

"बिलकुल। सिर्फ़ मैंने तुमसे प्यार नहीं किया। तुमने भी मुझसे प्यार किया है। इसलिए तुम मेरी चीज़ हो और मैं तुम्हारी।"

"धन्यवाद। पर मैं तो तुम्हें अपनी चीज़ नहीं समझती।"

"न समझो। मैंने कहा न, वह तुम्हारे समझने की बात है। पर मैं ऐसा समझता हूँ और विश्वासघात बर्दाश्त नहीं करूँगा।"

"विश्वासघात!" मनीषा तिरस्कार से हँस पड़ी, "इतना नाटकीय होने की क्या ज़रूरत है, किसी..."

"तीसरे दर्जे के उपन्यासकार के समान। जानता हूँ यह तुम्हारा तकियाकलाम है, पर हम तुम्हारी कहानी के पात्र नहीं, जीते-जागते इनसान हैं, जो एक-दूसरे को प्यार करते हैं।"

"अच्छा, विश्वासघात होने पर तुम क्या करोगे ? 'औथेलो' की तरह हत्या ?"

"नहीं, फाँसी पर चढ़ने का मुझे शौक नहीं है। प्रेमियों को भगाने के लिए हत्या की आवश्यकता नहीं होती। हंटर लेकर भी उनके पीछे घूमने की ज़रूरत नहीं होती। और बहुत आसान तरीक़े हैं उसके लिए।"

"मसलन ?"

"मसलन, सब प्रेमी बदनामी से बेहद डरते हैं। खुल्लमखुल्ला बदनामी करने से दुम दबाकर भाग खड़े होते हैं।"

"ओह," मनीषा ने कहा, "यानी यह डर तुम्हें दिखाया जाता तो तुम भी भाग खड़े होते ?"

"नहीं! मेरा इरादा तुमसे विवाह करने का था, दो-चार दिन रोमांस लड़ाने का नहीं। और जितेन मुझे क्या डर दिखाता, वह आदमी प्यार करता ही कब था, करना जानता ही कहाँ था?"

"बार-बार जितेन को बीच में घसीटने की क्या ज़रूरत है?"

"बहुत दर्द हो रहा है उसके लिए?"

"हाँ, तुमसे कहीं बेहतर आदमी था।"

"होगा," मधुकर ने उसी मुँह चिढ़ाती लापरवाही के साथ कहा, "बेहतर तो तुमसे भी था। उससे मतलब? सवाल इस वक़्त मेरा और तुम्हारा है। मैं तुमसे कह रहा हूँ कि अपने प्रयोग तुम अपनी कहानियों तक सीमित रखो। मैं तुम्हें प्यार करता हूँ, समझीं?"

मधुकर का स्वर जितना उग्र था, उसके चेहरे पर उसके अनुकूल परेशानी नहीं थी। मनीषा को लगा, इतना सब कहने के बावजूद मधुकर काफ़ी हद तक आश्वस्त है कि वह उसी को प्यार करती है। उसे छोड़ किसी और के पीछे भागना, अधिक-से-अधिक बचपना हो सकता है, और कुछ नहीं। लगा, वह अपने लिखे किसी नाटक में भूमिका-भर निभा रहा है। इस दृश्य को मंचित करके उसे जिस सन्तोष का अनुभव हो रहा है, वही उसे आगे के संवाद सुझाता जा रहा है। मनीषा के दिए तिक्त उत्तर उसकी अदाकारी में चार-चाँद लगा रहे हैं। मधुकर के मुँह से ऐसे संवाद सुनकर कभी मनीषा भी इसी प्रकार के सन्तोष का अनुभव करती थी। उसने अपने को टटोलकर देखा, क्या अब भी वह वैसा कुछ महसूस कर रही है? नहीं, इस समय, यदि वह उसके आरोपों पर क्रुद्ध न होकर शान्त रहे तो उसे मधुकर उस बच्चे के समान लगेगा, जो साथी द्वारा अपना लट्टू उठा लिये जाने पर उसे कुछ न कहकर, माँ का पल्लू पकड़कर रो-रोकर तमाम घर सिर पर उठा लेता है। आश्चर्य है, उसने सोचा, कभी मैं इसी बचकाने स्वामित्व-भरे प्रेम के लिए तरसती थी। जो भी हो, अब और मधुकर के निर्देशन में यह खेल नहीं खेलूँगी।

वह ज़ोर से हँस दी, बोली, "तुम तो ऐसे नाटक कर रहे हो जैसे मेरा प्रेमी वह-ह-ह सामनेवाली कुर्सी पर बैठा हो। देखो, देखो, कुर्सी बिलकुल ख़ाली है। वैसे भी अब तक मेरे कन्धे टूट चुके हैं और मैं प्रेम करने की हालत में नहीं बची हूँ।"

मधुकर ने तुरन्त उसके कन्धे छोड़ दिए और उसकी कृत्रिम बेचारगी की मुद्रा पर ठठाकर हँस पड़ा।

क्षण-भर बाद वह, एकाएक अत्यन्त गम्भीर हो उठा, बोला, "आजकल वैसे भी इस सब खुराफ़ात के लिए मेरे पास वक़्त नहीं है। मेरा दिमाग़ इनसे कहीं अहम मसलों में उलझा हुआ है।" उसके स्वर की अत्यधिक और आकस्मिक गम्भीरता ने

पल-भर के लिए मनीषा को झकझोर दिया। पर उसने उसे अपनी अति भावुकता कहकर अधिक प्रश्रय नहीं दिया, बल्कि, हँसी-मज़ाक़ का वातावरण बनाए रखते हुए बोली, "क्यों, क्या कर रहे हो आजकल? नई दुनिया की स्थापना!"

"दुनिया की मुझे चिन्ता नहीं है। वह अपना ख़याल बख़ूबी रख रही है। मैं अपने इस अभागे देश के लिए कुछ कर सकूँ तो बहुत होगा।"

"प्रधानमंत्री बनने जा रहे हो?"

"नहीं, मंत्री बनने का शौक फरमाने के लिए अवसरवादियों की क़तार पहले ही कुछ कम लम्बी नहीं है। उनका शौक उन्हें मुबारक।"

यानी अब एक नए नाटक का अभिनय हो रहा है, मनीषा मन-ही-मन हँसी। ख़ैर, वह उसमें भाग लेने नहीं जा रही। उसने पहले की तरह हल्के व्यंग्य के साथ कहा, "तब क्या बम बनाने में व्यस्त हो? डिक्टेटर बनने का इरादा है?"

मधुकर चुप रहा।

"अवश्य क्रान्ति करवा रहे होंगे। है न? कब तक हो रही है?"

मनीषा की अपेक्षा के विरुद्ध, क्रान्ति का मखौल सुनकर न तो मधुकर भड़का, न हँसा; बल्कि और गम्भीर हो चुप बना रहा। मनीषा चकित-सी रह गई। सहसा, मधुकर ने अपने रोज़मर्रा के चपल स्वर में कहा, "फिलहाल ताजी चाय पिलवाओ, यह बिलकुल ठंडी हो चुकी है।" सुनकर मनीषा को अजीब-सी अनुभूति हुई। लगा, जैसे किसी गम्भीर और गोपनीय विषय पर वह उससे कुछ कहने ही वाला था कि विषय बदल दिया, इसी डर से कि कहीं जो नहीं कहना चाहिए, वह कह न जाए। पर उसने इसे अपनी निजी मनःस्थिति से उत्पन्न भ्रम कहकर टाल दिया। चाय के ठोस धरातल को पकड़कर बोली, "अच्छा।"

"मुझे फिर यूनिवर्सिटी जाना है, छह बजे तक," मधुकर ने कहा।

मनीषा ने नहीं पूछा किसलिए, वह ख़ुद ही बतलाने लगा, "कोई विशेष बात नहीं है। कोर्स-कमेटी की मीटिंग है, वह जो अर्थशास्त्र का कोर्स बदला जा रहा है न, उसी के लिए, मैंने बतलाया था न?"

"पर वह तो बहुत पहले की बात है," उसने कहा, "छह महीने पहले की।"

उसे याद आ गया था कि कोई छह महीने हुए, मधुकर ने ख़ूब जोशोख़रोश के साथ उसे एम.ए. और बी.ए. में कोर्स बदलने की सूचना दी थी। यही नहीं, जिन दिनों उस विषय पर विश्वविद्यालय में वाद-विवाद चल रहा था, क़रीब-क़रीब रोज़ कॉलेज से लौटकर वह उन प्रोफ़ेसरों की जी खोलकर भर्त्सना करता रहा था, जो उसकी समझ में बदलाव की राह में रोड़े अटका रहे थे।

"सब ग़ैरपागल इनसान जानते हैं कि कोर्स बदला जाना चाहिए। प्रथम वर्ष के छात्र तक को इसमें शक-शिकायत नहीं है। इसलिए ज़रूरी है कि हमारे प्रौढ़

बुद्धिजीवी प्रोफ़ेसर इसका प्रतिवाद करें, सो कर रहे हैं। रोज़ मीटिंगें होती हैं, रोज़ बहस होती है और रोज़ इन साले खटरागियों के मारे निर्णय कल पर टाल दिया जाता है। मन होता है, एक-एक को मुर्गा बनाकर कोने में खड़ा कर दूँ...'' कितनी बार उसे दुहराते हुए सुन चुकी है वह। और फिर एक दिन उसने आकर कहा था, ''चलो, ज्ञान पर विवेक की विजय हुई। कोर्स बदला गया। अब से बहुत खूसट, जो अब तक बीस बरस पहले के नोट्स रटाकर छात्रों का बकरा बना रहे थे, त्याग-पत्र दे देंगे, कम-से-कम उम्मीद तो यही है।''

''तब क्या कोर्स बदला नहीं गया था?'' उसने अब पूछा।

''हाँ-हाँ,'' मधुकर अप्रतिभ होकर बोला, ''पर वह...''

''फिर कोई गड़बड़ हो गई थी क्या?''

''हाँ, वही तो। तुम तो जानती ही हो, यह साले बूढ़े किसी को कुछ करने ही नहीं देते।''

मनीषा सन्तुष्ट नहीं हुई। साफ़ ज़ाहिर था कि मधुकर कुछ छिपाने की कोशिश कर रहा है। उसके लिए यह इतनी अनहोनी बात थी कि वह किसी अज्ञात, पर निकटवर्ती दुर्घटना की सम्भावना से आशंकित हो उठी। और कोई दिन होता तो वह इस मसले को यहीं समाप्त न होने देती। अपनी ओर से और पूछताछ करती। उसे विश्वास था कि दो-चार बार सवाल करते ही मधुकर सब कुछ कह जाएगा। पर आज वह एकान्त चाह रही थी, एकान्त शान्ति और मौन। आज उसका मन मधुकर की क्रान्तिकारी ख़ामख़यालियों में उलझकर भटकने से इनकार कर रहा था। यह मेरा मानसिक तनाव है जो मुझसे तरह-तरह की बेबुनियाद कल्पनाएँ करवा रहा है, उसने अपने को समझा लिया। कोई ख़ास बात होगी तो मधुकर स्वयं बतला देगा, अभी नहीं तो कॉलेज से लौटकर। आख़िर यह मधुकर है, जितेन नहीं, जो बड़ी-से-बड़ी दुर्घटना को चुपचाप पी लेगा।''

''खाना तो घर पर ही खाओगे न?'' उसने विषय परिवर्तन करते हुए कहा।

''हाँ, क्या बन रहा है?'' मधुकर ने अतिरिक्त उल्लास के साथ पूछा।

''मटन कबाब।''

''वाह,'' उसने उसी स्वर में कहा, ''किसका जन्मदिन है, मेरा या तुम्हारा?''

''किसी का नहीं,'' मनीषा ने कहा और तभी उसे याद आ गया कि आज अठारह दिसम्बर है यानी जितेन का जन्मदिन। वह चुपके से मुस्करा दी।

''तुम्हारा है क्या?'' उसे मुस्कराते देख मधुकर ने पूछा।

''नहीं-नहीं, मैं तो इसलिए हँस रही थी कि तुम सोचते हो बग़ैर जन्मदिन हम कबाब खा ही नहीं सकते।''

''यूँ कहो, जिस दिन कबाब खाने को मिले उसे ही अपना जन्मदिन समझ लेते हैं।''

"कब तक आओगे?" मनीषा ने रसोईघर की तरफ़ जाते हुए पूछा।
"कह नहीं सकता।"
"जब आ जाओगे तभी भून लूँगी?"
"हाँ... नहीं, सुनो आज रहने ही दो। हो सकता है देर हो जाए। कल कर लेना।"
"अच्छा," कहकर मनीषा चाय का पानी चढ़ाने लगी।

मधुकर शायद हाथ-मुँह धोने चला गया होगा, क्योंकि और बात करने वह उसके पीछे रसोईघर में नहीं आया।

उस रात मधुकर काफ़ी देर से घर लौटा होगा क्योंकि मनीषा को उसके आने का पता नहीं चला। बाहर के दरवाज़े की एक ताली उसके पास रहती ही है, इसलिए किसी वक़्त भी आने में कोई असुविधा नहीं होती। जब साढ़े दस तक वह नहीं लौटा, तो उसने बहादुर को छुट्टी देकर खाना मेज़ पर लगा दिया था। ख़ुद बिस्तर पर लेटकर उसका इन्तज़ार करते-करते सो गई थी।

सुबह सात बजे जब आँख खुली तो देखा मधुकर बिस्तर पर नहीं है। वह उठने और न उठने के निर्णय के बीच मँडरा रही थी कि नहा-धोकर तैयार मधुकर ने आकर कहा, "कुछ खाने-वाने को देना है तो दे दो, अभी जाना है।"

उसके स्वर में उत्तेजना का ऐसा उद्घोष था कि मनीषा रजाई फेंक हड़बड़ाकर उठ बैठी। पर जानबूझकर उसने उससे कोई पूछताछ नहीं की। मधुकर उन व्यक्तियों में से है जो छोटी-बड़ी बातों पर, अपनी और परायी अनुभूतियों पर समान रूप से उत्तेजित हो जाया करते हैं। उनकी उत्तेजना पर अपनी प्रतिक्रिया स्थगित रखी जा सकती है, विशेष हानि की सम्भावना नहीं होती।

उसने रसोईघर में जाकर, झटपट नाश्ते की तैयारी कर दी और मधुकर भी उतनी ही तत्परता से दो-चार कौर मुँह में डालकर घर से निकल गया। उसका जल्दी चले जाना, मनीषा को लगा, एक प्रकार का सुखद संयोग था। अब वह आराम से जितेन से अपनी आज की होनेवाली भेंट के बारे में सोच सकती थी।...

[6]

दुपहर का एक बजा है। सिर के नीचे बाँह रखे लेटी मनीषा देर से एक ही बात सोचे जा रही है। जब जितेन उससे कहेगा, मेरे पास लौट आओ तो वह ठीक क्या उत्तर देगी? बराबर में लेटा जितेन अभी प्रगाढ़ निद्रा में लीन है, कमरे में अविचल नीरवता है। उसके बीच जितेन का अवश्यम्भावी मूक प्रश्न वर्षा के नए बादल के समान तैर रहा है, जो रह-रहकर गड़गड़ा उठता है पर जिसकी गड़गड़ाहट में गर्जन की उग्रता

नहीं होती; होती है केवल आनेवाली मधुर वृष्टि की सूचना। अभी जितेन प्रगाढ़ निद्रा में लीन है पर देर तक नहीं। जितेन की नींद ऐसी ही होती है, गहरी पर लम्बी नहीं। वह जब भी सोता है तो गहरी नींद और जगता है तो तरोताज़ा। बिस्तर से उछलकर उठता है और अपने काम में लग जाता है। एक झटके के साथ अतीत को अलग फेंक देता है और वर्तमान से जूझने लगता है। जो लोग वर्तमान में उसका साथ नहीं दे सकते, वे पिछड़ जाते हैं, अतीत में सिमट जाते हैं, जितेन उनकी ओर वापस नहीं मुड़ता।

पर मनीषा को उसने यूँ नहीं बिसराया। चार वर्ष का लम्बा अन्तराल हो चला। उसने विवाह नहीं किया। क्यों? अवश्य मनीषा के कारण ही। उसे याद आया नैनीताल में उससे मुलाक़ात का दूसरा दिन। सहज स्नेहिल स्वर में उसने कहा था, 'मनीषा, मैं अभी भी तुम्हें चाहता हूँ—मैं चाहता हूँ तुम आओ,' बस। और आज—मनीषा होंठों-ही-होंठों में मुस्करा दी। जितेन ने कहा था, मन कर रहा है यहीं ठहरा रहूँ और यूँ ही जीता जाऊँ। कहकर वह सो गया था, जितेन जो ठहरा। पर कितना झकझोर देनेवाला कथ्य कह गया था वह। अपने में कथ्य इतना विशेष नहीं है, मनीषा जानती है; पर जितेन की जुबान से फूटकर उसका एक-एक अक्षर दहकते लाल जवाकुसुम-सा खिल उठा था। देखते-देखते मनीषा की आँखों के सामने अनंत छोर तक दावानल की असंख्य ज्वलंत लपटें उठने लगी थीं। पर आश्चर्य! क्षितिज को छूकर वह झरी थीं, अंगार बनकर नहीं, पंखुड़ी-पंखुड़ी कनेर बनकर। उनमें गन्ध थी, रूप था, रंग था, मदमाता आकर्षण था। अंजलि भर-भर उसने उन्हें अपनी देह पर बिखरा लिया। उनमें सामीप्य था, साहचर्य था, उद्वेग था और थी परितुष्टि, ऐसी परितुष्टि जो किसी बन्धन में नहीं डालती, पूर्ण रूप से मुक्त कर देती है।

मन-ही-मन उसने बाँहें फैलाकर एक बार फिर जितेन को अपने पास खींच लिया; उसे बाँधना चाहा कि ख़ुद उसके कठोर आलिंगन में जकड़ गई। टूट-टूट जा रहे बदन का रोम-रोम पारुल बन हवा में लहरा गया और एक बार फिर उसने जितेन को कहते सुना—मन करता है यहीं ठहरा रहूँ और यूँ ही जीता जाऊँ...। बस, अब कुछ ही देर बाद वह उठेगा, आँखें खोलेगा और एकदम बिस्तर से बाहर कूद जाएगा। मनीषा सोने का बहाना किए रहेगी। जितेन फ़ोन करके चाय का ऑर्डर दे देगा। चाय आने पर प्याले में डालकर आवाज़ देगा—मनीषा! मनीषा अलसाई आँखें खोलेगी, तकिये पर सिर ऊँचा करके हाथ आगे बढ़ाएगी और उसके हाथ से प्याला थामते-थामते मुस्करा देगी, अपनी सबसे प्यारी मुस्कराहट। बिस्तर पर अधलेटी मुद्रा में उसकी प्रतीक्षा-मग्न, अर्ध-समर्पित देह कितनी अद्भुत मनोहारिता लिये रहती है, वह जानती है।

फिर चाय पीते-पीते या चाय का प्याला साथ-साथ ख़ाली करके नीचे रख लेने पर जितेन उससे कहेगा—मनीषा मेरे पास लौट आओ, मैं तुम्हें चाहता हूँ, चाहता रहा हूँ...जितेन तब कहाँ बैठा रहेगा—सामने कुर्सी पर या उसके और क़रीब, उसके बिस्तर पर ? ज़रूर बिस्तर पर ही। तब वह क्या कहेगी ? शायद हाँ। हाँ, जितेन, चलो एक बार फिर हम दोनों साथ हो जाएँ। मैं भी तुम्हें चाहती हूँ। तुम्हारी परिपक्वता को, तुम्हारी चुप्पी को, तुम्हारे उदार व्यक्तित्व को और तुम्हारे इस भीषण ज़रूरतमन्द सहवास को। उसने आँखें खोलीं, जितेन की ओर ताका और फिर मूँद लीं। कमरे का प्रकाश उसके स्वप्न में खलल डाल रहा था। मुँदी आँखों से जो वह देख रही थी, वह यथार्थ की विशदता लिये एक स्वप्न ही तो था।

उसने देखा, जितेन उसके बिस्तर से उठा और उसे बाँहों में ले, चल दिया। उसने अपने बदन को ढीला छोड़ दिया, पर भार जितेन की बाँहों पर न होकर जैसे आसपास बहती हवा के प्रवाह पर था। उसकी बाँहों का कसाव ढीला पड़ गया, वह मुक्त हो गई फिर भी हवा उसे उठाए रही। वह जितेन की छाती पर कपोल टिकाए बहती रही—बहती रही—बहती रही...और फिर स्वप्न में भी उसे लगने लगा कि अब एक गन्तव्य ज़रूरी हो गया है, जहाँ बहते-बहते पहुँच सके। सहसा, उसकी आँखों के सामने जितेन का बंगलूरवाला घर साकार हो उठा। बगीचा-आँगन-बरामदा। घास-क्यारियाँ-गाड़ी-गमले-मेज़-कुर्सियाँ। ड्राइवर-नौकर-मेहमान-दफ़्तर। नाश्ता-खाना-चाय-प्रतीक्षा। प्रतीक्षा और प्रतीक्षा। समय-समय-समय। खोखले खंडों में विभक्त। हर भाग में फिट होता दैनिक व्यवहार। जितेन और उनके बीच खाने की मेज़। जितेन और उसके बीच मेहमानों की क़तार। जितेन और उसके बीच बासी मुख और क्लान्त शरीर की दूरियाँ। जितेन और उसके बीच असंख्य मूक शून्य क्षण। किस शिला से जा टकरा दिया उसने अपने स्वप्न को। सिहरकर उसने आँखें खोल लीं, झकझोरकर जितेन को जगा देना चाहा। उसने हाथ बढ़ाया ही था कि पास मेज़ पर रखा टेलीफ़ोन उत्कट स्वर में चीत्कार कर उठा। मनीषा का बढ़ा हाथ उसकी ओर मुड़ गया। पल-भर को वह झिझकी, उठाए या नहीं। निर्णय तक पहुँचने की आवश्यकता नहीं पड़ी। उससे पहले ही जितेन बिस्तर से कूदकर उसके पास पहुँच गया और रिसीवर उठा लिया।

"हैलो," जितेन की आवाज़ इतनी करारी और सुस्पष्ट थी कि विश्वास करना कठिन था कि यह आदमी अभी-अभी प्रगाढ़ निद्रा से उठा है।

"हैलो—मिस्टर राय ?" दूसरी ओर से आ रही ऊँची आवाज़ उसे भी सुनाई पड़ी।

"बोल रहा हूँ।"

"ट्रंक कॉल फ्रॉम बंगलूर। स्पीक प्लीज़।"

"हैलो, हाँ-हाँ।"

उधर से आ रही आवाज़ धीमी पड़ गई। वह बहुत कुछ कहती गई जो मनीषा ठीक से सुन-समझ नहीं पाई।

उसका ध्यान फ़ोन से हटकर सामने खड़े जितेन पर जा केन्द्रित हुआ। वह उसकी ओर पीठ किए खड़ा था। लम्बी-पतली टाँगों पर प्राचीर के समान तना खड़ा उसका साँवला शरीर उसे मुग्ध किए ले रहा था। अजीब बात यह थी कि हल्की गोलाई लिये हुए उसके कन्धे दिखाई देने पर भी, चित्र खंडित नहीं होता था। उनके झुकाव में विचलता नहीं थी, केवल थी समझौता करने की ताक़त। लगता था, उसने जो बोझ उठा रखा है उसके भार से उसके कन्धे झुक अवश्य आए हैं पर केवल इसलिए कि वह उसे और सुगमता से उठा सके, अपनी सीधी तनी पीठ पर आसानी से ढो सके। वह बोझ उसके कन्धों को ही झुका सका था, बाक़ी के व्यक्तित्व को नहीं। उसका सिर वैसे ही सन्तुलन से टिका था, पाँव उसी धैर्य के साथ धरती पर जमे थे। मनीषा जैसे उस नग्न देह को पहली बार देख-परख रही थी। मंत्रमुग्ध-सी वह बैठी रही और मन-ही-मन उसका स्पर्श पा, उसी स्वप्न में लौट आई जो जितेन के बंगलूरवाले बँगले से टकराकर छिन्न-भिन्न हो गया था।

खट्! फ़ोन कट गया। जितेन तेज़ी से पीछे मुड़ा। अब मनीषा के सामने उसका चेहरा था। वह होंठों पर मोहित मुस्कान बिछाए उसके क़रीब आने की प्रतीक्षा करने लगी। बिना उसकी ओर एक नज़र देखे, वह सामने से निकलकर कमरे से सटे बाथरूम में घुस गया। आठ-दस मिनट बाद बाहर निकला तो पूरी तरह तैयार, सूट और टाई में। भौचक मनीषा ने देखा और देखती रह गई। कमरे में आकर उसने पलँग के पास पड़े अपने जूते उठाए और सोफ़े पर बैठकर फीते कसने लगा। मुँह झुकाए-झुकाए ही बोला, "बंगलूर से ट्रंक कॉल थी। फ़ैक्टरी में हड़ताल हो गई है। मुझे फ़ौरन जाना है।"

"क्या?"

"हाँ, छह बजे फ्लाइट है, उससे निकल जाऊँगा। एक-दो लोगों से भी मिलना है, तुरन्त चलना होगा।"

मनीषा के मुँह से एक शब्द भी नहीं निकला।

"तुम तैयार हो जाओ," अब उसने सीधे उसकी ओर देखकर कहा। "इतने मैं सामान बाँध लूँ। साथ लेता जाऊँगा, और इधर लौटूँगा नहीं।"

मनीषा ने अपने को प्रकृतिस्थ कर एक यांत्रिक-सा—'अच्छा' कह डाला, पर वह भी शायद उसने सुना नहीं। वह फ़ोन पर रिसेप्शन को बिल तैयार रखने की ताकीद दे रहा था। देते ही वह सामान बाँधने अन्दर कमरे में चला गया। उसके हाथ कितनी फुर्ती से चल रहे होंगे, सामान इधर-उधर से उठाकर किस तीव्र गति और तरतीबी से सूटकेस के अन्दर जमता चला जाएगा, वह अच्छी तरह जानती है। उतनी

ही अच्छी तरह यह भी समझ रही है कि उसी फुर्ती के साथ उसे भी कपड़े पहन लेने चाहिए। उसके आत्मसम्मान के लिए यह अत्यन्त आवश्यक है कि उसके कमरे में लौटने से पहले वह पूरी तरह तैयार हो जाए, बालों की एक-एक लट के सँवर चुकने तक, होंठों पर लिपस्टिक की सानुपात लकीरें ओढ़ लेने तक। उस बने-सँवरे व्यस्त जितेन के सामने बीते चन्द घंटों की तनिक भी छाप लिये आना उसके लिए असहनीय है। और उसकी देह है कि शिथिल-निढाल, उसके मस्तिष्क के आदेशों का पालन करने से इनकार किए दे रही है। कुछ क्षणों पहले की सारी चुस्ती न जाने कहाँ गायब हो गई है। अपने सिर पर जो दुर्दमनीय बोझ वह महसूस कर रही है, वह शायद उस उपहास का है, जो अपने स्वप्न पर वह स्वयं अनुभव कर रही है। फिर भी किसी तरह इच्छाशक्ति से उसने अपनी देह को आगे धकेला और सारे काम करा लिये। जितेन जब दुबारा कमरे में आया तो वह एकदम प्रकृतिस्थ दिखती हुई, सजी-सँवरी हाथ में बैग लटकाए सोफ़े पर बैठी थी। उसने उसकी ओर नहीं देखा, सीधा फ़ोन पर जाकर रिसेप्शन से जल्दी-से-जल्दी कुली भेजने की माँग करने लगा। जैसे ही उसने फ़ोन काटा, वह उठ खड़ी हुई।

"मैं चलती हूँ," उसने कहा।

"ठहरो," उसने मेज़ की दराजों का मुआइना करते हुए कहा, "रास्ते में छोड़ता जाऊँगा।"

"नहीं," उसने दृढ़ स्वर में कहा, "मैं ख़ुद जाऊँगी।"

"अच्छा," उसने प्रतिवाद नहीं किया, अनिश्चित स्वर में बोला, "नीचे तक छोड़ आऊँ?"

"नहीं," मनीषा ने उसी दृढ़ स्वर में दुहराया, "बेहतर है कि हमें होटल में साथ कोई न देखे। मैं पहले जाना चाहती हूँ।"

सहसा, जितेन मेज़ छोड़ उसके पास आ खड़ा हुआ, जैसे उसे याद आ गया हो कि वह कौन थी और उसके कमरे में क्यों थी।

"मुझे अफ़सोस है," उसने कहा, "एकदम से यह हो गया। तुम तो जानती ही हो, ऐसे मौक़ों पर तनिक-सी देरी या छोटा-सा ग़लत क़दम भी कितना नुकसानदेह साबित हो सकता है।"

"बिलकुल," उसने कहा और दरवाज़े की तरफ़ बढ़ गई।

"बहुत जल्दबाज़ी करनी पड़ी," उसने फिर कहा।

"नहीं तो," मनीषा तब तक दरवाज़ा खोल चुकी थी, वहीं से उसने कहा, "वैसे भी मुझे दो बजे तक घर पहुँचना था।"

"अगली बार आऊँ तो..." जितेन ने कहा तो स्वर से आग्रहान्वित लालसा झलक उठी।

मनीषा मुस्करा दी, "भविष्य को अभी से मत बाँधो," उसने कहा और दरवाज़े के बाहर निकल गई।

रक्तिम जवाकुसुम जब खिलता है तो एक मादक उच्छृंखलता लेकर; पर दिन के अवसान के साथ-साथ उसकी पंखुड़ियाँ सिमटती जाती हैं, सूखती नहीं; बस किसी बन्दीगृह के अवसादपूर्ण वातावरण के समान कस जाती हैं, फिर न खुलने के लिए। देखकर क्षण-भर के लिए भ्रम हो सकता है कि वह कलिका है, जो खिलने के लिए आनेवाले कल की प्रतीक्षा कर रही है; पर शीघ्र ही वह टूट जाता है। पता चल जाता है कि उसका सम्बन्ध आनेवाले कल से नहीं, बीते हुए कल से है, अतीत का नीरस चिह्न-मात्र है वह।

अब मनीषा सोच रही थी कि क्या सचमुच वह जितेन के मुँह से वह प्रस्ताव सुनना चाहती थी? क्या वह उस ख़ामख़याली में खोकर केवल अपने अहम् को सन्तुष्ट नहीं कर रही थी? यदि कहीं वह उससे निर्णय की माँग कर बैठता तो वह क्या उत्तर देती? आख़िर वह चाहती क्या है—गेंद की तरह जितेन और मधुकर के बीच लुढ़कते रहना? जितेन जो चार वर्ष पहले था, यही अब भी है और वही सदा रहेगा। तब चार वर्ष पहले ऐसा क्या हुआ था कि वह जितेन को छोड़, मधुकर के साथ चली आई थी? क्या कहा था तब उसने? 'मेरा नूतन जन्म हुआ है, जितेन। तुमसे विवाहित इन दो वर्षों में भी मैंने अपने को तुम्हारे इतने निकट महसूस नहीं किया जितना इन चार महीनों में मधुकर से किया है, चार महीने क्या, चार दिन में ही कर लिया था। जितेन, मैंने जीवन में पहली बार प्यार किया और पाया है। उसके आग्रह को मैं नहीं ठुकरा सकती। उसको मिटाना ख़ुद को मिटाना होगा। मैं जा रही हूँ, मधुकर के साथ, मुझे जाना ही है। मुझे अफ़सोस सिर्फ़ इस बात का है कि मैं मधुकर से दो साल पहले क्यों नहीं मिली। मिलती तो तुम और मैं, दोनों इस व्यवस्थित विवाह के हादसे से बच जाते। तुम कह सकते हो, मैंने तुमसे विवाह अपनी इच्छा से किया था। अब उससे अलग होकर मैं अपने कर्तव्य से च्युत हो रही हूँ। तुम कहोगे तो सत्य होगा। मैं इनकार नहीं करूँगी। प्रेम होता ही स्वार्थी है। इससे तुम्हें दुख हो तो तुमसे क्षमा माँग सकती हूँ, पर अपना निश्चय नहीं बदल सकती। पर मैं नहीं सोचती तुम्हें सचमुच दुख होगा। कुछ दिन सूना-अटपटा अवश्य लगेगा, फिर सब सामान्य हो जाएगा। तुम्हारे लिए मेरी यही प्रार्थना है कि तुम भी ऐसा प्रेम पा सको।'

कितनी निर्ममता के साथ उसने जितेन को अलग झटक दिया था, जैसे वह उसके और मधुकर के बीच खड़ी गारे की पतली-कच्ची दीवार हो, और कुछ नहीं। यह बातें भी, जो वह अभी-अभी सोच गई है, सब-की-सब कहाँ उससे कह पाई थी? उसने बिना शोर मचाए उसका निर्णय स्वीकार कर लिया था और उसने

निष्कृति की श्वास छोड़, घर त्याग दिया था। चली गई थी मधुकर के पास। सहसा, उसकी आँखों के सामने मधुकर से मिलन के वह प्रथम क्षण कौंध गए। उनकी चमक के आगे जवाकुसुम के अम्बार फीके पड़ गए। वह तो अलौकिक वस्तु थी न? प्रथम प्रेम! यही कहा था न उसने? यही सुना-पढ़ा था न? प्रेम एकनिष्ठ होता है, प्रेम अटूट होता है, प्रेम अनश्वर होता है...पर क्या निरन्तर भी?

मधुकर

"आज हमारे कॉलेज का सालाना जलसा है, तुम आओगे?" नाश्ते की मेज़ पर मनीषा ने जितेन से पूछा।

"कब?" जितेन ने चाय का एक घूँट भरकर, घड़ी पर नज़र डालते हुए पूछा।

सुबह नाश्ते पर वह जल्दी में होता है और बहुत कम बात करता है। यूँ तो सुबह दोनों को एक साथ घर से बाहर निकलना होता है पर लगता ऐसा है जैसे केवल जितेन को ही जाना है। यह शायद इसलिए है कि उसका जाना शौक है और जितेन का जाना जीवन-आपूर्ति।

"छह बजे शुरू होगा," उसने कहा।

"हूँ..." वह सोचता रह गया।

वह टोस्ट पर मक्खन लगाने लगी। उसके कितने ही प्रश्नों का उत्तर वह केवल 'हूँ' में देकर रह जाता है। पहले वह सोचा करती थी, वह उसी के प्रश्न पर गम्भीरता से विचार कर रहा है और उसके उत्तर की प्रतीक्षा करती रहती थी। अब समझ गई है कि उसके पास गहराई से सोचने के लिए अनेक महत्त्वपूर्ण विषय रहते हैं। मनीषा के रोज़मर्रा के छोटे-मोटे प्रश्न अपने व्यस्त मस्तिष्क के किसी कोने में फेंक, वह उन्हीं में लीन रहता है। अब अधिकतर वह उसके उत्तर की प्रतीक्षा नहीं करती। जब तक अत्यन्त आवश्यक न हो जाए, अपने प्रश्न दुहराती भी नहीं। उसने टोस्ट पर मक्खन लगाकर चुपचाप खाना आरम्भ कर दिया। तब देखा, वह नाश्ता समाप्त करके कुर्सी पीछे खिसका रहा है।

"बसप्पा, साहब का ब्रीफकेस गाड़ी में रख दो," नियमित आदेश पुकारकर वह जल्दी-जल्दी अपना टोस्ट निबटाने में लग गई, जिससे उसे दफ़्तर जाने में देर न हो जाए। घड़ी में नौ बजने में दो मिनट थे। ठीक नौ बजे जितेन घर से रवाना हो जाता है। मनीषा को रास्ते में उसके कॉलेज 'सेंट जोसेफ' उतारता हुआ अपने दफ़्तर चला जाता है। ठीक है, मनीषा ने सोचा, जलसे के बारे में बाक़ी बात गाड़ी में हो जाएगी।

"तो," गाड़ी चलने के कुछ देर बाद मनीषा ने कहा, "तुम जलसे में नहीं आओगे?"

जितेन खाने की मेज़ पर से आज का अख़बार साथ लेता आया था, उसे ही पढ़ने में मग्न था। उसने शायद उसका प्रश्न सुना नहीं, अख़बार पढ़ता रहा। मनीषा को ग़ुस्सा आने लगा। इस उदासीन व्यक्ति के साथ रहते-रहते दो वर्ष से ऊपर हो गए, पर अब तक वह उसकी उदासीनता के प्रति पूरी तरह उदासीन नहीं हो पाई है।

"तुम कॉलेज आओगे या नहीं, बतला नहीं सकते?" उसने ऊँची आवाज़ में कहा।

"क्या बात है?" जितेन ने अख़बार से नज़रें उठाकर अचरज से उसकी ओर देखा।

"कितनी बार तो पूछ चुकी हूँ, कॉलेज में जलसा है, तुम आओगे या नहीं?"

"क्या हो रहा है जलसे में?" वह अब अपना ध्यान उसे दे रहा था पर अब तक जलसे के लिए उसका उत्साह काफ़ूर हो चुका था। हमेशा यही होता है। वह प्रश्न पूछती है, जितेन उत्तर इसलिए नहीं देता क्योंकि उसने सुना ही नहीं होता। वह खीज उठती है और चिल्लाकर प्रश्न दुहराने लगती है। जितेन आश्चर्यचकित-अपमानित उसके अकारण क्रोध को देखता रह जाता है। मनीषा को अपने पर ग्लानि होने लगती है और उस पर पहले से भी अधिक खीज।

"नाटक," उसने बेमन से कहा।

"कौन-सा?"

"थ्री पैनी ओपेरा।"

"थ्री पैनी ओपेरा...किसने लिखा है?"

"मैंने नहीं लिखा।"

जितेन औपचारिक-सा हँसकर चुप हो गया। साफ़ था कि उसे इस मज़ाक़ में मज़ाक़ कम और चिढ़ अधिक नज़र आई थी।

"ब्रेख्त ने लिखा है। नाटक साढ़े छह आरम्भ होगा। भाषण-वाषण भी हैं। साढ़े नौ बज जाएँगे समाप्त होते-होते। ड्राइवर आ सकेगा मुझे लेने?" उसने एक साँस में पूरा विवरण उगल दिया।

"हाँ क्यों नहीं, आ ही जाएगा।"

"और तुम?"

"कह नहीं सकता।"

"ख़ैर, देख लेना। वैसे तो तुम बोर ही होगे।"

"अच्छा...आज काम है तो काफ़ी। ड्राइवर भेज दूँगा। ठीक रहेगा?" उसे लगा अगर वह आग्रह करके कहे तो वह अवश्य आ जाए। पर उसने कहा कुछ नहीं। इस उदासीन जीव को मनुहार करके मनाने का मन कभी नहीं होता। वह चुपचाप बैठी कार की खिड़की से बाहर देखती रही। जितेन दुबारा अख़बार में लीन हो गया।

सहसा, उसे जितेन से बेहद ईर्ष्या होने लगी। क्यों वह उसके समान व्यस्त नहीं हो पाती? काम वह भी करती है, कॉलेज में पढ़ाती है, घर-बार देखती है, कभी-कभार कहानी भी लिख लेती है, फिर भी समय उसकी मुट्ठी में नहीं आ समाता, वैसे, जैसे जितेन की मुट्ठी में समाया रहता है। जितेन समय को पके फल की तरह दोनों हाथों में थामता है और निचोड़-निचोड़कर उसका इस्तेमाल करता है। इतना कि एक चुसी गुठली के अलावा कुछ नहीं बचता, जो वह मनीषा को अर्पण कर देता है और वह है कि समय के लम्बे वृक्ष को पत्ता-पत्ता, टहनी-टहनी कर तोड़ती है, सजाती है, सँवारती है और फिर भी उसकी ऊँचाई कम होने में नहीं आती। वैसी-की-वैसी सामने खड़ी डरावनी-डरावनी मुद्राएँ बनाकर उसे डराती रहती है। बस कभी-कभी, जब जितेन अपनी निचुड़ी हुई गुठली लेकर उसके पास पहुँचता है तो उसमें बचे इने-गिने रसबिन्दु यूँ झरने लगते हैं कि उनकी फुहार से उत्पन्न धुंध वृक्ष के अन्तिम छोर तक पहुँच, उसे अपने वक्ष में छिपा लेती है। पर वह धुंध होती है। सुबह तक छँट जाती है। फिर वही वृक्ष का लम्बा-का-लम्बा ठूँठ निकलकर उसे मुँह चिढ़ाने लगता है।

उसका मन हुआ, चिल्लाकर उससे पूछे—क्यों हम कभी इकट्ठे कहीं बैठकर इधर-उधर की मामूली बातें नहीं कर सकते? क्यों हम एक-दूसरे से यूँ कटे-कटे इस आलीशान कोठी की चारदीवारी में पड़े सड़ रहे हैं? क्यों तुम समझ नहीं सकते कि समय मुझे पल-पल करके खाता जा रहा है? पर गाड़ी रुक गई थी। उसके कॉलेज का फाटक सामने था। ड्राइवर उतरकर उसका दरवाज़ा खोलने का उपक्रम कर रहा था। पता नहीं क्यों आज ड्राइवर के इस यांत्रिक शिष्टाचार को वह बर्दाश्त नहीं कर पाई। दरवाज़े तक उसका हाथ पहुँचने से पहले ही उसने भीतर से स्वयं धक्का मारकर दरवाज़ा खोल डाला और फिर वैसे ही धड़ाक से उसे बन्द करके आगे बढ़ गई। उतरकर उसने सोचा, अच्छा ही हुआ जो उन बेकार प्रश्नों को पूछने से पहले कॉलेज आ गया, वर्ना आज वह उन्हें पूछ ही बैठती। सुनकर जितेन को उनके बचकाने झूठ पर कितना आश्चर्य होता, इसका अनुमान वह अच्छी तरह लगा सकती है, क्योंकि वह स्वयं जानती है कि वे सारे इलज़ाम झूठे हैं। अनेक शामें हैं, जो वह साथ गुज़ारते हैं। अनेक बार वह घंटों इकट्ठे बैठे रहते हैं। और जहाँ तक उस आलीशान कोठी का सवाल है, उसकी चारदीवारी के अन्दर पड़े-पड़े सड़ने का प्रश्न ही नहीं उठता। वह जानती है, वहाँ हर प्रकार के आराम और सुकून का इन्तज़ाम है। उन इलज़ामों को सुनकर उसकी जो प्रतिक्रिया होती, उसका अनुमान भी वह अच्छी तरह लगा सकती है। वह इन जुमलों में से कोई एक बोलता और पूरी ईमानदारी के साथ बोलता : नाराज़ क्यों होती हो, मैं कॉलेज आ जाऊँगा, कहीं चलना चाहती हो, कल के लिए पिक्चर के टिकट ले आऊँ? लाल बाग चलोगी इतवार को? तुम्हारे

पास इतना टैलेंट है, उसका इस्तेमाल क्यों नहीं करती? उपन्यास लिख डालो, या पी-एच.डी. कर लो, समय का इस्तेमाल करना चाहिए वर्ना वह सचमुच इनसान को खाने लगता है : मैं तुम्हें कुछ भी करने से नहीं रोकता, कोई और नौकरी करना चाहती हो तो कर लो।

वह जानती है यह सभी बातें सही और निर्विवाद हैं। इनसे उसकी बेचैनी घटने के बजाय बढ़ जाती। बात यह है कि वे साथ बैठे हों या अलग, रहते अलग-अलग ही हैं, और कष्ट की बात यह है कि इस अलगाव को सिर्फ़ मनीषा महसूसती है।

रोष और आत्म-दैन्य की मिली-जुली भावनाएँ लिये वह भीतर घुसी कि सुधा सिदप्पा सामने पड़ गई।

"क्या मुखमुद्रा बना रखी है। आज क्लास में क्या पढ़ा रही हो—करुण रस या रौद्र रस?" उसने कहा।

"तेरा सिर रस," मनीषा ने चिढ़कर कहा।

"ओह, एबसर्ड रस," सुधा बोली।

न चाहकर भी उसे हँसी आ गई।

"पता नहीं, तू हरदम हँसती कैसे रहती है," उसने कहा।

"बात यह है कि मेरा पतित्व करनेवाला कोई नहीं है।"

"पतित्व करनेवाला?"

"हाँ, हसबेंड करनेवाला।"

"तो?"

"तो, जब मैं बेकार की बात करती हूँ तो कोई मुझे धकेलकर काम की बात की ओर नहीं ले जाता। और जब मैं हँसना चाहती हूँ तो यह सोचकर गम्भीर नहीं बनी रहती कि उससे मेरा पति यह अनुमान न लगा बैठे कि मैं आवश्यकता से अधिक प्रसन्न हूँ।"

"क्या मतलब? तेरा ख़याल है मैं इसलिए दुखी होती हूँ क्योंकि जान-बूझकर अपने पति को परेशान करना चाहती हूँ?"

"तू नहीं। कुछ लोग ऐसा करते हैं। बात यह है कि पति लोग वैसे भी पत्नियों के दुखों को न हुए के बराबर लेते हैं। यदि पत्नी सदा प्रसन्न ही दिखती रहे तब तो उसकी ओर से उनकी चिन्ता पूर्ण रूप से समाप्त हो जाती है।"

मनीषा का चेहरा फीका पड़ गया। सुधा उसका विश्लेषण कर रही है और उसी के सामने।

"छोड़," सुधा ने ही कहा, "यह बतला, सन्ध्या को नाटक के लिए रुक रही है न?"

"हाँ।"

''और पतिदेव ? आएँगे ?''

''नहीं।''

''अच्छा है। तुझे एक रुचिकर व्यक्ति से मिलाना है, पतिदेव होते तो सम्भव है ईर्ष्या कर बैठते।''

''जितेन और ईर्ष्या,'' मनीषा व्यंग्य से हँसी, ''जिस दिन वह ईर्ष्या करेंगे मिठाई बाँटूँगी मैं।''

कहते ही मनीषा ने समझा कि हँसी-हँसी में उसने स्वयं अपने रोग का निरूपण कर डाला है। यही तो उसका अभाव है। वह जितेन के लिए ईर्ष्या का विषय नहीं है। न जाने कितने अमूल्य क्षण, तो अब तक दिवस, सप्ताह और माह मैं पिरोये जा चुके हैं, मनीषा ने जितेन की प्रतीक्षा करते बिता दिए हैं। पर जितेन ने उसकी प्रतीक्षा में कभी एक क्षण भी नहीं खोया। वह जब भी घर आया है, मनीषा वहाँ पहले से मौजूद रही है। उसने जब भी मनीषा को चाहा है, वह उसे अविलम्ब मिल गई है। मन के जिन सूक्ष्म असन्तुष्ट कोनों से वह उसे प्राप्त नहीं होती, वहाँ झाँककर जितेन नहीं देखता; और बहुत काम है उसे, और बहुत महत्त्वशाली विषय है उसके पास सोचने, विचारने और विश्लेषण करने के लिए।

पर आज ? आज जितेन को उसकी प्रतीक्षा करनी होगी। जब वह रात देर से घर पहुँचेगी तो वह पहले से वहाँ मौजूद रहेगा, शायद बेकरारी से उसका इन्तज़ार कर रहा हो। गहराती रात के एकान्त क्षणों में वह व्यस्त नहीं रहता और तब उसका मनीषा के लिए बेकरार हो उठना सहज सम्भव है।

सोचते-सोचते उसने महसूस किया कि सुधा की नज़रें उसके चेहरे के उतरते-चढ़ते भावों का मनोयोग से अध्ययन कर रही हैं। अनजाने में उसने सत्य को मज़ाक़ का रूप दे डाला था पर इतनी फूहड़ता के साथ कि सुधा ने सहज ही सत्य को जा पकड़ा था। एक खिसियानी हँसी हँसकर उसने कहा—

''क्या सोच रही है ?''

''यही,'' सुधा भी हँस दी, ''कौन-सी मिठाई मुझे अधिक रुचिकर लगती है, मैसूरपाक या गुलाबजामुन।''

बात टल गई।

''अच्छा यह बता, नाटक कैसा चल रहा है ?'' मनीषा ने पूछा।

''बहुत अच्छा। जो नाटक करवा रहे हैं, न वे जानते हैं कि वे क्या करवा रहे हैं और जो कर रहे हैं, न वे जानते हैं कि वे क्या कर रहे हैं। ब्रेख्त ने कुछ भी लिखा हो, हमसे क्या ? जो नाटक हम कर रहे हैं, वह हमारा अपना है और हमारी तरह एबसर्ड।''

''बस हो गया लेक्चर शुरू।''

"तू स्वयं ही देख लेना। मेरी कमेंट्री एक बार चल पड़ी तो फिर बन्द नहीं होगी," सुधा ने कहा और दोनों स्टाफ-रूम में घुस गईं।

बंगलूर के 'सेंट जोसेफ' कॉलेज में सुधा सिदप्पा अंग्रेज़ी साहित्य पढ़ाती है और मनीषा राय हिन्दी साहित्य। दोनों को कहानियाँ लिखने का शौक है, मनीषा को हिन्दी में और सुधा को कन्नड़ में। एक-दूसरे की कहानियाँ वह पढ़ नहीं पातीं। एक-दूसरे की भाषा वह जानती अवश्य हैं पर बोलने-भर तक। और उनकी कहानियों का अंग्रेज़ी अनुवाद अभी हुआ नहीं। कुछ अपने इस एक जैसे शौक के कारण, कुछ एक-दूसरे के विपरीत स्वभाव के कारण दोनों मित्र बन गई हैं। मनीषा अपने गम्भीर क्षण अकेले काट सकती है पर हँसने के लिए उसे साथी चाहिए, सुधा वह साथी है। सुधा को हँसने के लिए साथी चाहिए अवश्य। वह कोई भी हो सकता है, फाटक पर खड़ा चपरासी, बस में पास बैठा सहयात्री, सड़क पर खेलता नन्हा बच्चा, स्टाफ-रूम की सबसे प्रौढ़ और गुरु-गम्भीर प्रोफ़ेसर। सुधा जब हँसती है तो विषय-भर चाहती है, अधिक-से-अधिक दर्शक, इतना साथ उसके लिए काफ़ी होता है। अपनी हँसी में दूसरे को शरीक होना वह आवश्यक नहीं समझती पर यदि कोई हो, जैसे मनीषा, तो एतराज़ भी नहीं करती, बल्कि पसन्द ही करती है। फिर मनीषा की तबीयत में वह रूमानियत है जो व्यंग्य का विषय होते हुए भी उसे आकर्षक लगती है। मनीषा जानती है, उसकी रूमानियत पर सुधा मन-ही-मन हँस लेती है पर साथ ही यह भी जानती है कि उस हँसी में स्नेह है, दुर्भावना नहीं। वैसे ही जैसे उसकी रूमानियत सुधा को आकर्षित करती है, प्रभावित नहीं; सुधा की हँसी उसकी रूमानियत को लगाम लगाती है, कोड़ा नहीं।

शाम का कार्यक्रम आरम्भ हुआ तो हमेशा की तरह मनीषा और सुधा साथ-साथ बैठीं।

"वह गोरे-गोरे हज़रत कौन हैं, जानती है?" एक नए चेहरे पर नज़र जाने पर मनीषा ने पूछा।

"वह...नया आया है...अर्थशास्त्र विभाग में...दिल्ली से...उधार।"

"उधार? प्रोफ़ेसर भी नकद और उधार होते हैं?"

"हाँ, दिल्ली विश्वविद्यालय से 'लोन' पर है।"

"ओह," मनीषा हँस पड़ी, "अच्छा, तू क्या सदा अंग्रेज़ी में सोचकर फिर उसका अनुवाद हिन्दी में बोलती है?"

"नहीं," सुधा ने उत्तर दिया, "कन्नड़ में सोचकर पहले अंग्रेज़ी में अनुवाद करती हूँ, फिर हिन्दी में।"

"क्लास में ऐसे ही अनुवाद कर-करके पढ़ाती है?"

"और क्या? बीसवीं शताब्दी के मैसूर के कन्नड़-भाषियों को उन्नीसवीं शताब्दी के विलायत का अंग्रेज़ी-साहित्य पढ़ाना एक अनूदित प्रहसन ही तो है। ज़रा

सोच तो सही, यदि ऑक्सफोर्ड के कुछ गोरे मूँछदार प्रोफ़ेसर वहाँ, राजस्थानी लोकगीत पढ़ाने लगें तो कैसा लगे...रैम लैक्शमैन डोनो बाइया... आदि।''

सुधा के गाये लोकगीत के अंग्रेज़ी उच्चारण पर मनीषा हँसते-हँसते दुहरी हो गई।

''देखा,'' सुधा ने बीच में कहा, ''जब मेरे मुख से इतना हास्यास्पद लग रहा है तो सूट-बूट से लैस शुद्ध अंग्रेज़ के मुख से कैसा लगेगा?''

''तब अंग्रेज़ी साहित्य तू पढ़ाती क्यों है?'' मनीषा ने हँसी रुकने पर पूछा।

''पैसे मिलते हैं।''

''कुछ और पढ़ाएगी तब भी मिलेंगे।''

''एक और एम.ए. जो करना पड़ेगा।''

''अंग्रेजी में किया क्यों?''

''पिताजी ने पढ़ाया आरम्भ से लेकर अन्त तक एक 'सेंट जोसेफ' स्कूल-कॉलेज में। पढ़कर निकली तो अंग्रेज़ी के सिवा प्रत्येक विषय में जीरो थी। इसलिए वही पढ़ानी पड़ी।''

''अच्छा छोड़। तुझसे बहस करना तो बिजली के बल्ब को फूँक मारकर बुझाने के प्रयत्न के समान बेकार है।''

सुधा ने बुरा नहीं माना, खुलकर हँस दी, फिर बोली, ''बहस करनी है तो उस अर्थशास्त्र के प्रोफ़ेसर से कर। काफ़ी रुचिकर मनुष्य है।''

''अर्थशास्त्र का प्रोफ़ेसर और रुचिकर!''

''बिलकुल!''

''हो ही नहीं सकता। बोरियत में अर्थशास्त्रीय लोग व्यावसायिक लोगों से भी दो डिग्री आगे होते हैं।''

''ये नहीं हैं। मुख से नहीं लगता?''

''मुख तो सुन्दर है।''

''बस फिर। मिस्टर नागपाल!'' सुधा ने आवाज़ देकर उसे बुला लिया। ''अपनी सखी का परिचय कराना चाहती हूँ, मनीषा राय, मधुकर नागपाल।''

''नमस्ते,'' उसने अपनी काली पुतलियाँ ठीक उसके चेहरे पर जमाकर कहा।

''नमस्ते,'' मनीषा ने हाथ जोड़ दिए।

''कुर्सी ख़ाली हो तो बैठ जाऊँ?'' उसने पास की कुर्सी की ओर इशारा करके कहा और मनीषा के उत्तर देने से पहले ही उस पर बैठ गया।

''मनीषा कह रही थी, अर्थशास्त्र का प्रोफ़ेसर रुचिकर हो ही नहीं सकता,'' सुधा ने कहा, ''मैंने आपको इस बात का खंडन करने को बुलाया है।''

"आपको अर्थशास्त्र में अरुचि है या सिर्फ़ अर्थशास्त्र के प्रोफ़ेसरों में?" मधुकर ने संजीदगी के साथ पूछा।

"किसी में भी नहीं," मनीषा ने कुछ खिसियाने ढंग से कहा, "मैं तो सिर्फ़ यह कह रही थी कि अर्थशास्त्र इतना भारी विषय है कि उसके प्रोफ़ेसर भी..."

"भारी-भरकम होते हैं," मधुकर बीच में बोला, "सो तो है। मुझे ही देखिए। अब ज़रूर कल से डाइटिंग शुरू कर दूँगा।"

मनीषा हँस पड़ी और मधुकर भी। उसने देखा, हँसते हुए उसका गोरा मुख रक्तिम हो उठता है और आँखों की काली पुतलियाँ गहरी नीली झील में तैरती-सी प्रतीत होने लगती हैं। आकर्षक चेहरा है; शरीर भी भारी-भरकम नहीं, सुडौल और बलिष्ठ है।

तब तक मंच पर कार्यक्रम आरम्भ हो गया था। काफ़ी देर से भाषण दिया जा रहा था, जिसे दर्शकों में से चाहे कोई सुन रहा हो या नहीं, माइक के सामने खड़ा वह नाटा-पतला आदमी अवश्य सुन रहा था और तन्मयता से सुन रहा था। अपनी आवाज़ से उसका लगाव गहरा और पुराना मालूम पड़ता था और उसके इस्तेमाल में उसकी ताक़त बेहिसाब।

"वह कौन है?" मधुकर ने उसके कान के पास मुँह लाकर फुसफुसाकर पूछा।

"कौन?" चौंककर उसने कहा।

"वह चूहे की शक्लवाला।"

"वह...वाइस-चान्सलर," मनीषा ने जैसे एकदम ठीक पहचानकर कहा।

"ओह," मधुकर का स्वर बिलकुल संजीदा बना रहा, पर मनीषा के लिए माइक के सामने खड़े वाइस-चान्सलर का चेहरा, कल रात रसोईघर के कोने में देखे, ख़तरे के ख़याल से चौकन्ने कान खड़े, चूहे के चेहरे में बदल गया। अन्तर केवल यह था कि यह साहब सुनने के साथ-साथ बोल भी रहे थे। उसे बेतरह हँसी आने लगी। उसने मुड़कर मधुकर को देखा। वह चेहरे को संजीदा बनाए सीधी-सादी मुद्रा में बैठा था, पर उसकी काली पुतलियाँ हँसी के दबाव के कारण उथल-पुथल गहरी झील में गोते लगा रही थीं। उसे अपनी ओर देखता पा, उसने एक बार अपनी भँवें ऊपर कीं और यथावत संजीदा बना रहा। वह और अपनी हँसी रोक न पाई, ज़ोर से ठहाका लगा गई। मधुकर उसी मुद्रा में सामने ताकता रहा। आगे के क़हक़हों को मनीषा किसी तरह मुँह पर रूमाल रखकर खाँसी में परिवर्तित करने का प्रयत्न करने लगी। रह-रहकर उसकी नज़रें मधुकर से जा मिलतीं और वह फिर क़हक़हा लगाने को मजबूर हो जाती।

उसे लग रहा था, मधुकर से वह आज पहली बार नहीं मिली, बस बहुत अर्से बाद मिली है। जैसे वर्षों तक वह आत्मीय रहे हों, फिर बिछड़ गए हों और आज अचानक दुबारा मिल गए हों।

''आप में से किसी को घर पहुँचा है?'' प्रोग्राम समाप्त होने पर मधुकर ने पूछा।

''धन्यवाद, नहीं,'' मनीषा ने कहा, ''मेरी गाड़ी आनेवाली है।''

''और वही मुझे रास्ते में छोड़ती चली जाएगी,'' सुधा ने जोड़ा।

''इस मौसम में गाड़ी भी कोई चढ़ने लायक सवारी हुई,'' मधुकर बोला।

''तो आप किसमें चढ़ रहे हैं, हेलीकॉप्टर में?'' सुधा ने छेड़ा।

''वह अभी नहीं खरीदा। आज तो स्कूटर पर जा रहा हूँ।''

''हेलीकॉप्टर खरीदने का विचार है कब तक?''

''अब तक ज़रूरत महसूस नहीं की, इसलिए फिलहाल कोई इरादा नहीं है।''

मनीषा हँस पड़ी, बोली, ''सच, मौसम तो गाड़ी पर बैठने का नहीं है। आपकी बात सुनकर मन कर आया है, तेज़, ख़ूब तेज़ हवा के घोड़े पर सवार हो दूर तक दौड़ जाऊँ।''

''तो आइए,'' मधुकर ने फ़ौरन कहा, ''घोड़े का आधुनिक रूप स्कूटर हाज़िर है।''

''पर...मेरी गाड़ी...वह रही!'' मनीषा ने कहा।

''गाड़ी पर मैं चली जाती हूँ, तू स्कूटर पर आ जा,'' सुधा ने प्रस्ताव रखा।

मनीषा कुछ देर असमंजस में खड़ी रही। पता नहीं जितेन को कैसा लगेगा? गाड़ी छोड़ मधुकर के पीछे बैठकर घर पहुँचना? सोचकर स्वयं ही अजीब-सा लगा।

''आज नहीं,'' उसने कहा।

''तो कल?'' मधुकर फ़ौरन बोला, ''कल किस वक़्त आऊँ आपको लेने? कॉलेज किस वक़्त ख़त्म होता है आपका?''

''चार बजे,'' मनीषा ने कहा, ''पर आप लेने मत आ जाइएगा, मेरा मतलब मेरी गाड़ी आती है मुझे लेने।''

''ज़रूर आती होगी,'' मधुकर ने दृढ़ स्वर में कहा, ''सवाल गाड़ी छोड़कर बढ़िया सवारी पर चढ़ने का है। ख़ैर, मेरा फ़ोन नम्बर रख लीजिए। जब चाहें बुलवा लीजिएगा। यहाँ वाइ.एम.सी.ए. में रह रहा हूँ।'' मनीषा ने फ़ोन नम्बर लिख लिया। पर उसे फ़ोन करके बुलाने का उसका इरादा क़तई नहीं था। उसे लगने लगा था कि एक ही मुलाक़ात में वह मधुकर से ज़रूरत से ज़्यादा आत्मीय हो चली है।

सुधा को घर छोड़ते-छोड़ते दस बज गए। बहुत देर हो गई, मनीषा को लगा, जितेन खाने के लिए प्रतीक्षा कर रहा होगा। पर वह कर क्या सकती थी, प्रोग्राम ही देर से ख़त्म हुआ। वास्तव में नाटक चला तो निर्धारित समय तक ही, आरम्भ होने

में ही देरी हो गई, कारण चूहे साहब आज ख़ूब बोले। सहसा, उसे मधुकर के संजीदे चेहरे पर हँसी से मचलती उसकी काली आँखें याद हो आईं और वह एक बार फिर क़हक़हा लगा गई। फिर शायद इसलिए क्योंकि इस हल्की-सी स्मृति से ही गाड़ी के एकान्त अन्धकार में उसने मधुकर को अपने अत्यन्त समीप महसूस कर डाला था, वह सायास जितेन के विषय में सोचने लगी। जितेन बेचारा कब से उसकी प्रतीक्षा कर रहा होगा। जितेन के लिए 'बेचारा' शब्द का प्रयोग कितना असंगत है, यह प्रयोग के दौरान ही उसने अनुभव कर लिया, फिर भी जिद करके, मन-ही-मन, उसने उसे दुहरा दिया। आज मनीषा के बजाय जितेन का प्रतीक्षा करता रूप उसे बहुत भला लगा। आज वह समझ पा रहा होगा कि रोज़-रोज़ उसकी राह देखते बैठे रहना मनीषा को कितना अप्रिय लगता होगा। उसका हृदय उसके लिए असाधारण रूप से द्रवित हो उठा। रोज़, जब लम्बी प्रतीक्षा के बाद वह घर लौटता है तो उसकी इच्छा होती है, अपने व्यवहार के माधुर्य से उसे सराबोर कर दे, पर जाने क्यों, हो नहीं पाता। आज हो पाएगा; आज वह प्रतीक्षा करके नहीं, करवाकर उससे मिलेगी।

गाड़ी रुक गई। उसकी विचारधारा टूट गई। ड्राइवर ने उतरकर उसका दरवाज़ा खोल दिया। उतरने से पहले वह अपना बैग आदि सँभालने लगी।

तभी ड्राइवर ने कहा, "साहब बोला था गाड़ी फ़ैक्टरी लाने को।..."

"फ़ैक्टरी?" वह कुछ समझ नहीं पाई।

"जी। बोला था, मेमसाहब को घर पूरा छोड़ो तब गाड़ी फ़ैक्टरी लाओ।..."

"क्यों?" बेवकूफ़ की तरह उसने पूछा।

"साहब गाड़ी माँगता है।"

"साहब मैसूर फ़ैक्टरी में है?" उसने अपने दिमाग़ पर काबू करते हुए पूछा।

"जी!"

"घर आए ही नहीं?"

"आया था। खाना खाकर उधर गया है।"

"तुम छोड़कर आए हो?"

"नहीं जी। फ़ैक्टरी से दूसरा गाड़ी आया था। उधर गड़बड़ है। हमको बोला बाद में गाड़ी लेकर आओ।"

तो जितेन अभी तक फ़ैक्टरी में है। मनीषा कितनी भी देर करके कहीं से भी क्यों न लौटे, इन्तज़ार उसे ही करना है, जितेन को नहीं।

उसे याद है एक बार फ़ैक्टरी को लेकर उसने उससे शिकायत करने की कोशिश की थी। लाड़-भरे स्वर में उसने कहा था—तुम्हारे लिए फ़ैक्टरी ही सब कुछ है? क्यों इतना सिर खपाते हो उसमें? क्या मिलता है तुम्हें?...

उसने सोचा था, वह कहेगा, पैसा, और तब वह कह सकेगी, उन्हें इतना पैसा

नहीं चाहिए, वह कम में भी गुज़ारा कर सकते हैं। पर उसने वह नहीं कहा था। निहायत ठंडे स्वर में कहा था—

''तुम लोगों को लिखने-पढ़ने के लिए काग़ज़ तो चाहिए पर उसे बनाने के लिए मेहनत गवारा नहीं।''

''क्या मतलब ?'' उसने तिलमिलाकर कहा था।

''काग़ज़ की कमी होने पर तुम बुद्धिजीवी ही सबसे पहले शोर मचाओगे पर कभी सोचते हो, यह तुम्हें मिलता तभी है जब कोई इसे बनाता है।''

''तुम क्या अकेले काग़ज़ बनानेवाले हो ?''

''नहीं, पर बनानेवालों में से एक हूँ।''

''तुम तो ऐसे कह रहे हो जैसे हिन्दुस्तान के सारे बुद्धिजीवी तुम्हारे भरोसे जी रहे हैं,'' उसने हँसने का प्रयत्न करते हुए कहा था।

पर जितेन ने साथ नहीं दिया था। उसी ठंडे स्वर में कहा था, ''सब नहीं, कुछ।''

ज़ाहिर था उसके लिए बात एकदम तर्कसंगत थी, उसमें आरोप-आक्षेप या लाड़-दुलार जैसे बेमानी भावों का दख़ल नहीं था। पर यह सब बहुत पहले की बात है। विवाह के कुछ महीने बाद की। तब तक उसने अपने और जितेन के बीच ख़ामख़याली के रूमानी क्षण लाने की कोशिश छोड़ी नहीं थी।

''ले के जाऊँ, मेमसाहब ?'' ड्राइवर ने कहा तो उसे ख़याल आया कि वह अभी तक गाड़ी में ही बैठी है।

''हाँ-हाँ, जाओ,'' कहकर वह जल्दी से नीचे उतर आई।

अकेले घर में अँधेरे में ढूँढ़-ढूँढ़कर बत्ती जलाने और अकेले पका-परोसकर खाने जैसे कष्टकर काम उसे नहीं करने पड़े। उन सबके लिए बसप्पा-जैसा सुघड़ नौकर उनके पास है। बैठक में बत्ती जली हुई थी। खाने की मेज़ पर प्लेटें लगी हुई थीं। गरम रोटी सेंककर देने के लिए बसप्पा इन्तज़ार कर रहा था। यह और बात थी कि उसने खाना खाने से इनकार कर दिया और सीधी बेडरूम में चली गई! बेडरूम में भी सुख की नींद सोने के लिए माहौल हर तरह से उपयुक्त था। बीस वॉट का अकेला बल्ब हल्की रोशनी फैलाए हुए था और बीच में बिछा चौड़ा पलँग तरतीब से तैयार किया हुआ था। यह बात और थी कि कपड़े बदलकर बिस्तर पर लेट जाने के बावजूद उसे नींद नहीं आई। यहाँ तक कि जब रात बारह बजे जितेन फ़ैक्टरी से लौटकर कमरे में दाख़िल हुआ तब भी वह जग रही थी। उसके भीतर आने पर, एक नज़र उसके चेहरे पर डालते ही वह समझ गई कि वह बेहद थका हुआ है।

''सोयी नहीं ?'' उसने उत्तर की अपेक्षा किए बग़ैर कहा और बिस्तर पर लेट गया। जिस व्यस्तता से सुबह वह ईर्ष्या कर रही थी, उसी पर अब उसे दया हो आई। आख़िर क्यों इस तरह लगा रहता है जितेन ? जीवन-उपहारस्वरूप मिले समय के हर

क्षण का जैसे पसीने की बूँद से अधिक महत्त्व न हो। इतना सब करके क्या पाता है वह ? शान्ति ? सुख ? पर प्यार ? साहचर्य ? हँसी ? इनका क्या कोई महत्त्व नहीं है ?

उसका मन हुआ जितेन से कुछ ऐसे मधुर, ऐसे स्नेही, ऐसे संवेदनशील शब्द कहे कि उसकी तमाम थकान दूर हो जाए। सोच-सोचकर वह शब्द खोजती रही पर मिले नहीं। अपने स्वर में अतिशय प्यार घोलकर उसने सिर्फ़ इतना कहा, "कपड़े नहीं बदलोगे ?"

पर उसका भी कोई उत्तर नहीं मिला।

जितेन तब तक सो चुका था।

[2]

सुबह छह बजे जब आँख खुली तो देखा जितेन बिस्तर पर नहीं है। सुबह जल्दी उठने की उसे आदत है, इसलिए इसमें आश्चर्य की कोई बात नहीं थी। आमतौर पर यदि उसके उठने तक बसप्पा नहीं आया रहता, यानी जिस दिन वह और दिनों के मुक़ाबले जल्दी उठ जाता है, मनीषा को वह नहीं जगाता, चाय स्वयं बनाकर पी लेता है। आत्मनिर्भर क़िस्म का जीव है वह। पर आज, रात का उसका अति श्रान्त मुख स्मरण करके मनीषा बिस्तर से उठ गई। मन में आया, आज जितेन को अपने हाथ से चाय बनाकर पिला दे। कमरे से बाहर निकली तो देखा, वह दफ़्तर के कपड़े पहने, पूरी तरह तैयार, खाने के कमरे से निकल रहा है।

"जा रहे हो ?" हतप्रभ-सी वह बोली।

"हाँ।"

"चाय..."

"सब हो चुका।"

"कहाँ जा रहे हो, फ़ैक्टरी ?"

"हाँ।"

"क्या हो गया, स्ट्राइक ?"

"नहीं, ब्रेकडाउन। फिर बताऊँगा। आज कॉलेज तुम ख़ुद चली जाना। और वापसी में...चार बजे चाहिए न गाड़ी ?"

कहते-कहते वह दरवाज़ा खोल बरामदे में निकल आया और पोर्टिको में खड़ी गाड़ी की ओर बढ़ गया।

"नहीं, रहने देना," मनीषा ने कहा, "मैं ख़ुद आ जाऊँगी, तुम वैसे ही परेशान हो।"

"अच्छा," उसने गाड़ी में बैठते हुए कहा और गाड़ी चल पड़ी।

जितेन तो गया। अब? क्यों न आज जल्दी ही घर से निकल जाए? आजकल क्लास में जयशंकर प्रसाद पढ़ा रही है। कब से उस पर लाइब्रेरी जाकर दो-चार किताबें पढ़ने का विचार कर रही है, आज वही पूरा कर डाले। पर लाइब्रेरी खुलती है, नौ बजे। तब, जो मसाला घर पर पड़ा है उसे ही दुबारा पढ़कर कुछ नोट्स बना ले। उन्हें लेकर लाइब्रेरी जाएगी तो सुविधा रहेगी। अपने कमरे में जाकर उसने जयशंकर प्रसाद पर जमा तमाम टीका-टिप्पणी निकाली और उनका अध्ययन करने का प्रयत्न करने लगी। कुछ देर बाद, बसप्पा आकर चाय पास रख गया। चाय की चुस्कियाँ लेते-लेते उसने दो-चार पंक्तियाँ कॉपी में लिखीं ज़रूर पर उत्साह के साथ नहीं, और धीरे-धीरे बिलकुल ही अन्यमनस्क हो चली। कामायनी पढ़ रही होती तो शायद रस ले पाती, पर उसकी गूढ़ तार्किक मीमांसा उसे किसी तरह भी बाँध नहीं पाई। आकाश में उड़नेवाले स्वच्छन्द पक्षी से कहा जाए, आप-से-आप आकर पिंजड़े में बन्द हो जाए तो वह होगा क्या? वैसा ही तो इस समय उसका मन हो रहा है। पर क्यों? इतनी स्फूर्त उन्मुक्ति किसलिए? आज चार बजे उसे लेने गाड़ी नहीं आएगी, जाने का इन्तज़ाम भी स्वयं करना होगा, बस इतनी-सी नूतनता उसमें इस वन्य गतिशीलता का संचार किए दे रही है? उसका सम्पूर्ण अस्तित्व नूतन की माँग कर बैठा है। क्यों न आज कुछ किया जाए, रोज़ की दिनचर्या से सर्वथा भिन्न। उसने डायरी उठाकर देखना चाहा, आज कौन-कौन-से पीरियड लेने हैं और कब तक फ़ारिग हो सकेगी, तो कल के लिखे मधुकर के फ़ोन नम्बर पर निगाह पड़ गई। क्यों न उसे फ़ोन मिला डाले? उससे कहे, आज गाड़ी नहीं आ रही, स्कूटर पर चल सकेगी। उसने तो पूछा नहीं था, मधुकर ने ही ज़बरदस्ती अपना नम्बर लिखवा दिया था। तब मिला ले नम्बर? वह देर तक सोचती रही पर उठी नहीं। यह उसके दो वर्ष के घरेलूपन की सुदृढ़ता का लक्षण था कि तीव्र इच्छा के बावजूद वह उठी नहीं। बल्कि अपने को समझाने लगी कि जो मधुकर ने कल कौतुक में कह डाला था, उसे गम्भीरता से लेना सरासर नासमझी है। फ़ोन करेगी तो मधुकर उस पर हँसेगा ही। उसे शायद याद भी न हो कि कल वह किसी को अपने स्कूटर पर बैठाने का निमंत्रण दे आया था। याद हो भी तो सोचने की बात यह है कि हो सकता है, उसने यह निमंत्रण यह समझकर दिया हो कि वह अविवाहित है। अपनी हमउम्र अविवाहित लड़की से आकर्षित हो या यूँ ही छेड़खानी करने के इरादे से, कहीं चलने का निमंत्रण दे देना असंगत नहीं है। पर यह जानने पर कि वह विवाहित है, क्या उसकी दिलचस्पी क़ायम रह सकेगी? क्या वह यह महसूस नहीं करेगा कि कल जानबूझकर उसने उससे यह भेद छिपाए रखा था? अवश्य करेगा। छोड़ो मधुकर को। सुधा के साथ ही कोई प्रोग्राम बनाया जाए। पर क्या? तीन से छह पिक्चर, फिर महात्मा गांधी

रोड पर गपशप और कॉफ़ी ? सोचकर ही उसे उबासी आ गई। सैकड़ों बार यही सब वह सुधा के साथ कर चुकी है। इसमें नया क्या है ? छोड़ो यह भी। कोई भी योजना क्यों बनाई जाए ? अभी कॉलेज चली जाती है, फिर देखा जाएगा। जो, जैसा, जिस समय मन में आएगा कर लेगी।

फिर भी कॉलेज पहुँचकर आदतन उसने सुधा से यही कहा, "चलती है तीन बजे पिक्चर ? आज बृहस्पतिवार है, मैं दो बजे ही फ़ारिग हो जाऊँगी।"

"आज नहीं होगा," सुधा ने कहा..., "आज फैकल्टी में अपने डीन डॉ. चन्द्रशेखर का भाषण है, वहाँ जाना है।"

"छोड़ो भी भाषण-वाषण।"

"न-न, छोड़ूँ, कैसे ? जानती नहीं डॉ. चन्द्रशेखर मेरे आदर्श पुरुष हैं।"

"गोली मार आदर्श पुरुष को।"

"ओ राम! अपने पति की दीर्घायु के लिए तो करवा चौथ का व्रत रखती है और मेरे आदर्श पुरुष को गोली मार रही है," कृत्रिम क्रोध से सुधा ने उसे फटकारा।

"यह क्या आदर्श पुरुष, आदर्श पुरुष लगा रखी है, सीधा-सीधा हीरो नहीं बोल सकती ?" सहसा मनीषा खीज से भरकर बोल उठी।

"बोल सकती हूँ," सुधा ने भौंहें ऊपर चढ़ाकर कहा, "मुझे मालूम नहीं था, तूने मातृभाषा छोड़ अंग्रेज़ी का वरण कर लिया है।"

मनीषा कुछ नहीं बोली। आज सुधा की बातें उसे हँसा नहीं, खिजा रही हैं। सच, उसके बोलने का ढंग भी कितना घिसा-पिटा हो चला है।

तभी श्रीमती भटनागर वहाँ आ पहुँचीं। सुधा को घेरकर बोलीं, "अरे भई, उस दिन जो तुमने दोसे बनाने की विधि बतलाई थी, एक बार फिर तो बतलाना। उस दिन बनाए तो कुछ ठीक बने नहीं।"

"उफ़ भगवान्," मनीषा ने धीमे स्वर में कहा।

सुधा ने सुना और हँस दी, बोली, "देखा, घर हो या कॉलेज, नारी के जीवन में खाने-पीने से अधिक महत्त्व की वस्तु और नहीं है।"

फिर श्रीमती भटनागर से बोली, "मैं आकर सिखा दूँगी एक दिन, ऐसे नहीं बनेंगे।"

श्रीमती भटनागर धन्यवाद देकर चली गईं। सुधा और मनीषा क्लास की तरफ़ चल दीं। चलते-चलते सुधा ने कहा, "मनीषा, यदि इस सबसे तुझे अरुचि हो गई है तो ऐसा कर, नींद की गोलियाँ खाकर सो रह। जब उठेगी यही सब सुन्दर लगने लगेगा।" कहकर वह क्लास के अन्दर घुस गई। मनीषा निर्णय नहीं कर पाई कि वह सिर्फ़ मज़ाक़ कर रही थी या गम्भीरता से परामर्श दे रही थी। हाँ, इतना अवश्य समझ गई कि आज कुछ होनेवाला नहीं है। रोज़ की तरह यह दिन भी यूँ ही कट

जाएगा। थोड़ी देर में वह लाइब्रेरी जाकर आलोचना के मोटे-मोटे ग्रन्थ पढ़ेगी और उन्हें पढ़ते-पढ़ते कामायनी में रस का अभाव खोजने में पूर्णतया सफल हो जाएगी।

दो बजे तक वह क्लास में उलटा-सीधा पढ़ाकर फ़ारिग हो गई। फिर दो घंटे लाइब्रेरी में सिर खपाती रही। अधिक नहीं तो काम चलाने लायक नोट्स भी तैयार कर लिये। चार बजे वह बाहर निकल आई, इसलिए नहीं कि उसका काम पूरा हो गया था बल्कि इसलिए कि और देर तक उन बोझिल ग्रन्थों को पढ़ते रहना असम्भव हो गया था। उसे लगा, उसने अपने लिए ग़लत कैरियर चुन लिया है। पढ़ाती वह बुरा नहीं है। कभी-कभी तो क्लास में इतना अच्छा बोलती है कि अपना वक्तव्य सुन आप अवाक् रह जाती है। पर यह तभी होता है जब वह कोई अपनी बात कर रही हो। कठिनाई यह है कि उसकी कही बात को पढ़-लिखकर लड़कियाँ परीक्षा में पास नहीं हो सकतीं। मजबूरन स्वनामधन्य भीमकाय आलोचकों की उतनी ही भीमकाय और नीरस पोथियाँ बाँचना आवश्यक हो जाता है। यही उससे नहीं होता। करती है, पर ज़बरदस्ती। लगता है अच्छी शिक्षिका बनने के गुण उसमें विद्यमान नहीं हैं। अपने यहाँ अच्छा शिक्षक वही माना जाता है जिसके पास अपना सोचने-कहने को कुछ न हो, जो दूसरों को पढ़कर वर्ण-अक्षर सहित याद रखने में जितना माहिर हो, रटे-रटाए को नोट्स की भाषा में लिखवाने में उतना ही पारंगत। आख़िर वह कॉलेज पढ़ाने आती ही क्यों है? सिर्फ़ इसलिए कि सुपात्र के अभाव में विवाह जल्दी न हो पाने के कारण उसने हिन्दी में एम.ए. कर डाला था। और अब सुपात्र के सान्निध्य में उसके पास ढेर सारा फालतू समय बचा पड़ा रहता है। वह कहानियाँ भी तो लिखती है। घर पर बैठकर उन्हीं पर परिश्रम क्यों नहीं करती? बात यह है कि अपनी कहानियों से भी वह सन्तुष्ट नहीं है। जब भी लिखने बैठती है; लगता है वह सोच-सोचकर लिख रही है, प्रेरणा से वशीभूत होकर नहीं। लिखूँगी, उसने सोचा, एक दिन लिखूँगी कुछ—कहानी, उपन्यास, निबन्ध या नाटक : कुछ ऐसा जो लिखकर मुझे आत्मतुष्टि मिले : कुछ ऐसा जो मेरे भीतर यूँ कुलबुलाता रहा हो कि बिना लिखे चैन न आ रहा हो। कभी-कभी वह सोचती है, चारों तरफ़ फैली इस सूनी बंजर ऊब से तो बेहतर है कि उसके साथ कोई भयंकर त्रासदी घट जाए, जिससे वह उसे शब्दों में सरस आकार तो दे सके। अभी तो कुछ लिखने बैठती है तो उस पर भी उसकी नीरस निष्क्रियता का बोझ लद जाता है।

चार बजे वह कॉलेज के फाटक से बाहर निकली तो देखा मधुकर सामने खड़ा हुआ है।

''हैलो,'' उसे देखते ही वह बोला।

''हैलो,'' उसने जायजा लेते हुए कहा; अपने स्वर से हर्ष या आश्चर्य कुछ भी प्रकट नहीं होने दिया।

''मैं इधर से जा रहा था, सोचा आपके हालचाल पूछता चलूँ।''

''तो पूछिए?''

''कैसी हैं आप?''

''अच्छी हूँ,'' मनीषा ने कहा और दोनों खिलखिलाकर हँस पड़े।

''क्लास समाप्त?''

''हाँ।''

''तब घर जा रही हैं?''

''हाँ।''

''गाड़ी अभी शायद नहीं आई?''

''आज गाड़ी नहीं आ रही।''

''देखा,'' मधुकर ख़ुशी से चिल्ला उठा, ''मैं जान गया था आज आपकी गाड़ी नहीं आएगी, तभी तो चला आया।''

''आप तो कह रहे थे इधर से गुज़र रहे थे?''

''गुज़रा तभी तो आया,'' उसने अप्रतिभ हुए बिना कहा।

फिर कहा, ''चलिए, छोड़ आऊँ आपको?''

''क्यों बेकार परेशान होते हैं। मेरा घर आपके ठिकाने से बिलकुल अलग रास्ते पर है।''

''ठीक है। तब ऐसा करते हैं, आपको घर नहीं ले जाता। मेरे ठिकाने के पास एक बढ़िया कैफ़े है, वहीं बैठकर कॉफ़ी पिएँगे।''

''क्यों, घर पहुँचने की जल्दी है क्या?'' उसे हिचकिचाते देख उसने पूछा।

''नहीं तो,'' उसने कहा और फिर धीमे-धीमे यह भी कह डाला, ''मेरे पति आज देर से घर लौटेंगे।''

''तब तो ठीक ही है। हाँ, 'टिफ़नी' के बजाय कहीं और जाना चाहें तो कहें, फ़ौरन हुक्म की तामील होगी।''

हर्ष और आश्चर्य के साथ मनीषा ने देखा कि पति-जैसे प्रकांड शब्द से वह तनिक भी नहीं घबराया है।

''कहीं भी चलिए,'' उसने कहा, ''जो भी जगह यहाँ से नज़दीक हो। बेकार पेट्रोल जाया करने का क्या फ़ायदा?''

''बिलकुल दुरुस्त कहा आपने,'' मधुकर ने कहा, ''हम जहाँ भी हों, जो भी कर रहे हों, हमेशा ख़याल रखना चाहिए कि देश में पेट्रोल की तंगी है।''

मनीषा हँस दी, ''भाषण रहने दीजिए,'' उसने कहा, ''चलिए 'टिफ़नी' ही चलिए।''

वह स्कूटर पर बैठ गई तो उसने कहा, ''एक बात बताऊँ?''

''हाँ।''

''वास्तव में यहाँ से सबसे नज़दीक कैफ़े 'टिफ़नी' ही है। देश को छोड़िए, पेट्रोल खर्च करते समय मुझे अपनी जेब का भी ख़याल रखना पड़ता है।'' एक बार फिर दोनों मिलकर हँस दिए और इस हँसी से, स्कूटर पर बैठने की मनीषा की हल्की-सी झिझक भी बह गई।

'टिफ़नी' से जब वे उठे तो सात बज रहे थे। इन तीन घंटों में, उन दोनों में से कौन अधिक बोला और किसने अधिक सुना, इसका कोई ठीक रिकॉर्ड नहीं है। पर इतना कहा जाता है कि मनीषा इस बीच समझ गई कि बोलने में मधुकर उससे आगे है, पीछे नहीं। छोटी-छोटी बातें उसे वैसे ही उत्साहित कर देती हैं जैसे स्वयं उसे। 'टिफ़नी' में बैठकर बाहर सड़क का दृश्य अच्छी तरह देखा जा सकता है। वहाँ पर गुलमोहर और अमलतास के फूलों से लदे-फँदे पौधे देखकर वह कितना चंचल हो उठा था। ''लगता है,'' उसने कहा, ''मैं सही मौसम में बंगलूर आया हूँ। जहाँ देखो, फूल-ही-फूल हैं।''

''यही तो बात है। बंगलूर के लिए सभी मौसम सही मौसम हैं। पता है, यहाँ फूलों की एक प्रदर्शनी होती है पन्द्रह अगस्त को और दूसरी छब्बीस जनवरी को। फिर कौन-सा मौसम हुआ जब यहाँ फूल न खिले हों,'' मनीषा ने उत्तेजित स्वर में कहा।

''कोई नहीं,'' मधुकर ने कहा, ''सचमुच पैंतीस साल दिल्ली में रहकर मैंने बेकार बर्बाद कर डाले। रहने की जगह है तो बंगलूर, आप हमेशा से बंगलूर ही रहती आई हैं न?''

''नहीं, पहले बम्बई में थी।''

''बम्बई भी रहने लायक अच्छी जगह है,'' उसने फ़ौरन कहा।

''नहीं, बिलकुल बेकार।''

''फिर भी दिल्ली से अच्छी रहती। वहाँ रहता तो...''

मधुकर ने बात बीच में छोड़ दी पर उसके चेहरे पर टिकी उसकी काली पुतलियाँ यूँ आलोड़ित हो उठीं जैसे बरसाती नदी में बाढ़ आ गई हो। मनीषा के लिए सहज बने रहना कठिन हो गया।

''फूल ही नहीं, और सब कुछ भी है यहाँ,'' उसने बात को मोड़ते हुए कहा, ''मौसम, हवा, चौड़ी सड़कें, सफ़ाई, नेकदिल लोग...''

''एक बात का जिम्मा लेंगी?'' उसने बीच में कहा।

''किसका?''

''मुझे बंगलूर दिखाने का?''

''मैं...'' वह कुछ हिचकिचाई तो मधुकर ने कहा, ''नहीं तो सोचिए, अगर मैंने दिल्ली जाकर कहा, बंगलूर में देखने लायक कुछ नहीं है तो आपकी कितनी बेइज़्ज़ती होगी, नहीं?''

मनीषा हँसकर रह गई। उस दिन शायद ही उन्होंने कोई काम की बात की हो। छोटी-मोटी बेकार बातों में ही तीन घंटे कब निकल गए, पता ही नहीं चला।

सात बजे मनीषा की नज़र घड़ी पर पड़ी तो वह व्यस्त हो उठ खड़ी हुई।

"मुझे जाना चाहिए," उसने कहा।

"इतनी जल्दी," मधुकर चौंका।

"बहुत देर हो गई, मेरे पति इन्तज़ार कर रहे होंगे।"

"और पति को प्रतीक्षा कराना शास्त्रों में निषिद्ध है," मधुकर ने कहा।

"यह बात नहीं है," वह हल्की नाराज़गी से बोली, "जितेन फ़िक्र कर रहे होंगे। रोज़ मैं चार बजे घर पहुँच जाती हूँ।"

"तब चलिए आपको छोड़ आऊँ।"

"नहीं, आप तकलीफ़ न करें। मैं स्कूटर ले लूँगी।"

"स्कूटर पर ही ले चलूँगा।"

"मेरा मतलब भाड़े के स्कूटर से है।"

"भाड़ा भी दे दीजिएगा।"

मनीषा और नाराज़ न रह सकी, चुपचाप उसके पीछे स्कूटर पर जा बैठी।

"सँभलकर बैठिएगा, मैं स्कूटर ज़रा तेज़ चलाता हूँ।"

मनीषा ने उसकी कमर से बाँह डाल उसे थाम लिया। शोर करता स्कूटर द्रुत गति से चौड़ी सड़क पर दौड़ गया। सन्ध्या की शीतल मन्द पवन सहसा गतिशील हो उठी और सन-सन करती उसके कानों में बजने लगी। फिर जैसे वह दोनों हवा पर सवार किसी अनुपम, अनूठे, गन्तव्यहीन सफ़र पर चल पड़े। मनीषा की बाँह पर मधुकर की पीठ का हल्का स्पर्श था, बस इतना-सा था दोनों का सामीप्य, वह भी वायु के वेग से इधर-उधर छितराया हुआ। वह उसके प्रति सचेत तक न थी। बन्धनहीन, वह अकेली दौड़ी चली जा रही थी, समुद्रतट के छोरहीन फैलाव पर, हरे वन की अन्तहीन सर्पीली पगडंडी पर, अकेली क्योंकि बन्धनमुक्त, वर्ना उसके साथ-साथ एक छाया और दौड़ रही थी, जो उसके एकाकीपन के अहसास को मिटा दे रही थी। वह छाया किसकी है, इस समय देखने-परखने की मनःस्थिति में वह नहीं थी। वह कुछ नहीं चाहती थी, सिवा इसके कि वह दौड़ती जाए, दौड़ती जाए, दौड़ती जाए, तब तक, जब तक क्षितिज को भेदकर आकाश में लुप्त न हो जाए।

"और तेज़," उसने कहा, "और तेज़।"

उसके अपने कानों ने ही उसका कहा नहीं सुना, स्कूटर की खड़खड़ाहट और हवा की सनसनाहट उसे बीच में ही पी गई। फिर भी उसके साथी ने उसका आशय समझ लिया होगा क्योंकि उसने पाया कि अब वह पहले से भी दूने वेग के साथ हवा

का आलिंगन कर भाग रही है। बाँहें फैलाकर उसने आसमान को अंक में भर लेना चाहा कि स्कूटर धक्के के साथ रुक गया।

उसने पाया, वहाँ न समुद्र का अछोर तट है, न वन की बल खाती पगडंडी। वह बंगलूर के सर्वाधिक रेल पेलवाले व्यस्त महात्मा गांधी मार्ग पर खड़े हैं और मधुकर उससे पूछ रहा है, ''यह तो बतलाइए आपका घर है कहाँ?''

''घर...'' उसने गहरे आश्चर्य के साथ दुहराया, दुहराते ही याद आया, ''ओह घर,'' उसने दुबारा कहा और हँस पड़ी।

''हम आपके घर के लिए चले थे, याद है,'' मधुकर ने कहा।

''हाँ। अशोका होटल जानते हैं, उसी की बगल में है,'' मनीषा ने कहा।

इस बार स्कूटर ज़रा सँभलकर दौड़ा और सीधा उसके घर के सामने जाकर रुका।

''लगता है, आपके पति आ चुके हैं,'' मधुकर ने कहा।

उसने देखा, जितेन की गाड़ी बाहर पोर्टिको में खड़ी है। ओह, सचमुच बहुत देर हो गई! सुबह कॉलेज जाते समय जितेन से देर से लौटने के बारे में कुछ कहकर भी नहीं गई थी; वह अपने पर नाराज़ हो उठी।

''अच्छा, मैं चलता हूँ,'' मधुकर कह रहा था।

''नहीं, अन्दर आइए न, जितेन से मिलवा दूँ।''

''आज ही?''

''और क्या? यहाँ तक आए हैं तो मिलकर जाइए।''

''आप कहती हैं तो चलिए, आपको देर कराने का ग़ुस्सा मुझ पर ही उतरे।''

''नहीं-नहीं, ग़ुस्सा किस बात का, हाँ, फ़िक्र अवश्य कर रहे होंगे।'' दोनों बैठक में पहुँच गए।

''साहब आ गए?'' मनीषा ने बसप्पा से पूछा।

''हाँ जी,'' उसने कहा, ''एक घंटा हुआ।'' उसके स्वर का उलाहना स्पष्ट कह रहा था कि कम-से-कम उसे पति के लौट आने के एक घंटे बाद लौटने का कायदा पसन्द नहीं है।

''कहाँ हैं?'' उसने पूछा।

''खाकर सोया। बोला, बहुत थका है।''

''सोये हैं,'' अप्रतिभ हो वह बोली।

''हाँ। सुबह-सुबह इतना जल्दी गया हमको मालूम भी नहीं लगा,'' बसप्पा ने बुदबुदाकर कहा। फिर बोला, ''आपके लिए चाय लाऊँ?''

''चाय पिएँगे?'' उसने यांत्रिक समान मधुकर से पूछा।

वह उसके पास से हटकर कमरे के दूसरे कोने में जा पहुँचा था, शायद जानबूझकर।

"आपका घर बहुत सुन्दर है," वहीं से उसने कहा, "यह सब आपने किया है," उसने कमरे में बिखरी अनेक कलाकृतियों को हाथ के इशारे से समेटते हुए कहा।

"नहीं, जितेन ने।"

"कलाकार हैं आपके पति?"

"नहीं, फ़ैक्टरी में मैनेजर।"

"कमाल है।"

"क्यों, फ़ैक्टरी का मैनेजर कलाप्रेमी नहीं हो सकता? यह सब पसन्द से खरीदी हुई वस्तुएँ हैं।"

"वाक़ई पारखी हैं," उसने कहा, पर अब उसकी निगाह कमरे पर न होकर मनीषा पर थी।

उसने देखा और मुस्करा दी। पर उसका संकोच कम न हुआ।

"कल जितेन की फ़ैक्टरी में ब्रेकडाउन हो गया था, मैसूर गए हुए थे, देर से आए..."

"इसलिए थककर सोये हैं," मधुकर बीच में बोल पड़ा, "इसमें इतना परेशान होने की क्या बात है? मैं इतना बड़ा आदमी नहीं हूँ कि मेरे आने पर सोये हुए इनसानों को चेताकर जगा देना होता है। आज न सही फिर कभी आया तो मिल लूँगा," वह दरवाज़े की ओर बढ़ गया।

मनीषा ने वहीं से हाथ जोड़ दिए। यही बेहतर है। दरवाज़े पर पहुँचकर मधुकर सहसा मुड़ा, जैसे कोई अत्यन्त आवश्यक बात याद आ गई हो।

मुड़कर उसने कहा, "हाँ, सुनिए, आप यह पीला रंग मत पहना कीजिए। बैगनी रंग आप पर अधिक फबता है। उस दिन बहुत सुन्दर लग रही थीं आप बैगनी रंग में।"

कहकर वह चला गया। उसे लगा, इस आदमी से एक बार और मिलना निहायत ज़रूरी हो गया है, बैगनी रंग पहनकर, जिससे उसकी अन्तिम स्मृति वह सुन्दर समझकर रख सके। फिर अपने इस तर्कहीन विचार पर ग़ुस्सा आया, जो क्षण-भर में जितेन पर जा उतरा। कमाल का आदमी है। वह इतनी देर करके घर लौटी है और पति साहब हैं कि आराम से मीठी नींद सो रहे हैं। क्या सोचा होगा मधुकर ने? यही क़द्र है उसकी अपने घर में? उसका मन हुआ, अभी जाकर जितेन को जगा दे और उससे पूछे, क्यों उसने उसकी फ़िक्र नहीं की? क्यों उसने नहीं सोचा उसका एक्सीडेंट भी हो सकता है? तीन घंटों में क्या नहीं हो सकता? क्या नहीं हो गया? वह उठी और तेज़ी से अपने शयनकक्ष की ओर चल दी।

"खाना लगा दें?" बीच में बसप्पा की आवाज़ आई।

"नहीं," उसने बिना रुके कहा और बेडरूम का दरवाज़ा खोलकर भीतर घुस गई। भीतर जाकर देखा : हल्की रोशनी और साफ़-सुथरी ठंडक के बीच, बच्चों की-सी मासूमियत चेहरे पर ओढ़े, चौड़े पलँग पर जितेन निश्चिन्त सोया पड़ा है। उसने दरवाज़ा धड़ाक से मारकर बन्द कर दिया। जितेन की निद्रा में तनिक भी व्याघात नहीं हुआ। उसने हाथ बढ़ाकर ट्यूब-लाइट जला दी। कमरे में अशोभनीय प्रकाश फैल गया पर जितेन पर कोई प्रतिक्रिया नहीं हुई।

"जितेन," उसने पुकारा, "जितेन!"

जितेन बेख़बर सोता रहा! मनीषा जानती है, रोज़मर्रा का साधारण शोर उसकी नींद में खलल नहीं डाल सकता। केवल एक आवाज़ है जो गहरी-से-गहरी नींद से चौंकाकर पल-भर में उसे जगा दे सकती है और वह है टेलीफ़ोन की घंटी। पर टेलीफ़ोन इस समय मौन मुनि की तरह ख़ामोश है। हाँ, एक और तरीक़ा है उसे जगाने का। हाथ बढ़ाकर उसकी बाँह थामना और ज़ोर से झकझोर देना। पर इस आक्रामक स्पर्श के लिए इस समय उसके हाथों ने उठने से बिलकुल इनकार कर दिया। हारकर उसने दोनों बत्तियाँ बुझा दीं और बिना कपड़े बदले बिस्तर पर लेट गई। अन्धकार के एकान्त में उसका ध्यान जितेन से हटकर मधुकर की ओर मुड़ गया। एक बार फिर उसने अपने गालों पर ठंडी हवा के थपेड़े महसूस किए, कानों में अबाध दौड़ की सनसनाहट अनुभव की और हथेली पर मधुकर की छाती का स्पर्श। उसके होंठ आत्मीयता से मुस्कराए, काली पुतलियाँ प्रशंसा से चमकीं और यूँ आबद्ध कर गईं कि अनायास उसने बाँहें फैलाकर स्मृति में लहराती उसकी आकृति को समीप खींच लिया और अंक में भरकर सो गई।

सुबह के शायद पाँच बजे होंगे। वक्ष पर किसी के हाथ का स्पर्श पा वह जाग उठी। देखा, वह जितेन की बाँहों में घिरी हुई है। उसे अपने पर बेहद ग़ुस्सा आया। क्यों वह हल्की-से-हल्की आहट पर जाग उठती है। वह जितेन के आलिंगन से छिटककर अलग हो, बिस्तर के अन्तिम छोर पर खिसक गई।

"मनीषा," जितेन ने धीमे से पुकारा।

वह साँस रोककर पड़ी रही।

"मनीषा!" उसने फिर पुकारा और उसके उत्तर की प्रतीक्षा किए बग़ैर उसे खींचकर छाती से लगा लिया। उसने चाहा वह उदासीन-सी पड़ी रहे और सोने का नाटक करती रहे, पर कर नहीं पाई, बोली, "जग गए?"

"हाँ," जितेन ने कहा, "रात आते ही सो गया। कितना थका था बढ़िया नींद आई।"

"भाग्यशाली हो," उसने कहा, "जानते हो रात मैं कब वापस आई?"

"नहीं, मैं तुम्हारे आने से पहले ही सो गया था।"

"देखा था," उसका स्वर कटु हो आया।

“तुमने मुझे जगा क्यों न लिया?”

“दुकानें बन्द हो चुकी थीं, इसलिए तुम्हें जगाने के लिए बम खरीदने की सुविधा नहीं थी,” उसने व्यंग्य किया।

जितेन खिलखिलाकर हँस पड़ा।

“इसमें हँसने की क्या बात है?”

“वाह, इतनी मज़ेदार बात करती हो, फिर पूछती हो हँसे क्यों?”

“अच्छा, एक बात बतलाओ, तुम्हें ज़रा भी ख़याल नहीं आया कि मुझे इतनी देर क्यों हो गई?”

“मैंने सोचा कहीं पिक्चर-विक्चर चली गई होगी।”

“तुम्हें तनिक भी फ़िक्र नहीं हुई, आराम से सो गए। इतनी देर में कुछ भी हो सकता था, एक्सीडेंट या और कोई बुरी घटना।”

“कुछ हो गया था क्या?” जितेन उठ बैठा।

“नहीं।”

“तब मेरा फ़िक्र न करना अच्छा ही हुआ न,” उसने हँसकर कहा और उसके होंठों को चूम लिया।

मनीषा होंठ भींचे रही, प्रत्युत्तर नहीं दिया, मुँह हटाकर बोली—“जानना नहीं चाहते मैं कहाँ थी?”

“जानना क्यों नहीं चाहता? कहाँ थी?”

“मधुकर के साथ ‘टिफ़नी’ में कॉफ़ी पी रही थी,” मनीषा ने जैसे घोषणा की।

“अच्छा,” जितेन ने कहा, “सुधा कैसी है?”

“क्या मतलब?”

“मधुकर सुधा का पति है न?”

“जी नहीं, सुधा कुँवारी है।”

“सॉरी। मधुकर मुझे याद नहीं।”

“तुम उससे मिले ही नहीं। मैं भी पहली बार कल कॉलेज के जलसे में मिली थी। तबसे तुम इतने व्यस्त हो कि बतलाने का समय ही नहीं मिला।”

“हाँ,” जितेन ने कहा, “क्या करूँ, फ़ैक्टरी में ज़बरदस्त ब्रेकडाउन था।”

“आज मुझे घर छोड़ने आए थे तो तुमसे मिलाने अन्दर बुला लिया था, पर तुम सो रहे थे।”

“सॉरी।”

“बहुत दिलचस्प आदमी है,” मनीषा ने फिर घोषणा की।

“अच्छा,” उसने कहा, “अगली बार मिलो तो लेती आना।”

“मुझे क्या उससे मिलने के सिवा कोई काम नहीं है,” मनीषा ने चिढ़कर कहा।

जितेन ठठाकर हँस पड़ा।

"इसमें हँसने की क्या बात है?" मनीषा और चिढ़ गई।

"कुछ नहीं," जितेन ने कहा, "ख़ुश हूँ इसलिए हँस दिया।"

मनीषा ने पूछना चाहा, ख़ुश किस बात पर हो पर जितेन ने मौक़ा नहीं दिया। इस बार उसके होंठों पर उसके मुँह का दबाव इतना क्लिष्ट था कि वह छटपटाकर रह गई। न अपने को छुड़ा सकी और न देर तक उसकी अवहेलना कर सकी। धीरे-धीरे उसके होंठ जितेन के श्वासावरोधी चुम्बनों को थाम बैठे, उसकी बाँहें जितेन के कठोर आलिंगन के कसाव को स्वीकार कर बैठीं और फिर उसके शरीर के असंख्य रोमकूप उसके मन-मस्तिष्क से अलग छिटककर पुलकित सिहरन से भर उठे। उसकी देह प्रेम के तर्कहीन व्यापार में लीन हो गई और उसका मस्तिष्क अनगिनत तर्कों में उलझा रहा। जितेन क्या अपना सारा भाव-संवेग इन्हीं कुछ क्षणों के लिए बनाए रखता है? न चाहते हुए भी दूसरा प्राणी आलोड़ित हुए बग़ैर नहीं रह सकता? इन क्षणों के रहते क्या कोई कह सकता है कि जितेन को मनीषा की आवश्यकता नहीं है? पर वह जानती है, प्रथम रात्रि से लेकर अब तक उसने उसे जीतने की कभी कोशिश नहीं की। उसने उसे माँगा है और पा लिया है, बस। न कभी मीठी अतिरंजित प्रशंसा की है, न अनुराग के लिए मनुहार। प्रथम रात्रि ही क्या, विवाह से पहले भी उसने उसे जीतने के लिए क्या किया? उनका विवाह प्रेम की परिणति नहीं था, वह था एक सुविचारित व्यवस्था का वैधिक रूप, जिसका आयोजन उन्होंने स्वयं अपने माँ-बाप के साथ मिलकर किया था। तब भी जितेन ने उसे माँगा था और माँगते ही पा लिया था। आखेट नहीं किया, प्रलोभन नहीं दिया, आग्रह तक नहीं किया। उसके न मिलने की आशंका से तड़पा नहीं, मिलने की आशा से पुलकित नहीं हुआ। मिलने के लिए प्रतीक्षा तक नहीं की। सच तो यह है, प्रतीक्षा मनीषा ने ही की थी। विवाह की बात चली तो वह मैनेजमेंट का कोई कोर्स करने अमरीका चला गया था। वहाँ से लौटा पूरे एक वर्ष बाद और तब तक वह उसके लिए प्रतीक्षा करती रही, आनन्द-विहीन प्रतीक्षा।

वह साहित्य की विद्यार्थी रही है। कितने आख्यानों-उपन्यासों में उसने प्रेम की व्याख्या पढ़ी है। जितेन के आलिंगन से रोमांचित अपनी देह को नकारकर वह सोचती है, कैसा होता है वह प्रेम, जिसमें पड़कर मनुष्य अपने अस्तित्व को भुला बैठता है, बड़े-से-बड़ा आत्म-त्याग करने को तत्पर हो जाता है, एक साधारण से मनुष्य को जीतने में अपनी आत्मा का उत्सर्ग कर देता है, जीतकर सम्पूर्ण जीवन को सार्थक अनुभव करता है? जितना उन्मत्त जितेन का आलिंगन और उसका अपना आवेग होता, उतना ही गहरा उसका असन्तोष और उतनी ही मरुस्थली उसकी पिपासा!

जितेन से इस बारे में उसने कभी कुछ नहीं कहा। कहती भी कैसे? इस विवाह का उत्तरदायित्व जितना जितेन पर था, उतना ही उस पर भी। उसने भी तो उसे जीतने के लिए कुछ नहीं किया था। पर वह इस जन्मजात भुलावे से छुटकारा नहीं पा सकी थी कि जीतने का काम पुरुष का है और जीते जाने का स्त्री का। जितेन को दोष भी क्या दे? बिना बतलाए वह क्या, कोई भी कैसे जान सकेगा कि आनन्दातिरेक के उन आत्म-विभोर दिखनेवाले क्षणों में उसकी आत्मा अनाप्लावित ही रह जाती है? और आज? आज जब ठीक उसी क्षण उसे मधुकर की भाव-प्रवण काली पुतलियाँ याद हो आई थीं।

[3]

उसके बाद एक सप्ताह तक मधुकर से मुलाक़ात नहीं हुई। बैगनी रंग की साड़ियाँ पहन-पहनकर वह तंग आ गई।

"आजकल क्या हो गया है?" परसों सुधा उससे पूछ बैठी थी, "बैगनी रंग पहनना क्या ज्योतिषी ने बतला दिया है?"

"नहीं तो," उसने सकुचाकर कहा था।

"तब क्यों हमें बोर कर रही है? पाँच दिन हो गए, यही रंग पहने जा रही है। वैसे भी मुझे इस रंग से चिढ़ है।"

"तो मर! मैं क्या तेरी पसन्द-नापसन्द से कपड़े पहनती हूँ।" उसने कह तो डाला पर मन-ही-मन और संकुचित हुए बग़ैर नहीं रह सकी।

उस रोज़ कॉलेज समाप्त होने पर बाहर निकली तो सुधा भी साथ हो ली। मना करने के लिए कोई बहाना ढूँढ़े न मिला। बाहर आकर देखा; आज गाड़ी ठीक सामने खड़ी है। फिर भी पिछले पाँच दिनों की तरह आज भी जानबूझकर उसे अनदेखा कर, वह इधर-उधर झाँकने लगी। गाड़ी में बैठने की जल्दबाज़ी करने में डर था कि कहीं आसपास खड़े मधुकर को नज़रअन्दाज़ कर निकल न जाए।

"वह है," सुधा ने उसका ध्यान खींचा।

"कहाँ?" वह उल्लसित स्वर में चिल्ला उठी।

"वह सामने तो है गाड़ी।"

"ओह, गाड़ी।"

"तो तू क्या खोज रही थी," सुधा ने अचरज से पूछा।

"कुछ नहीं," मनीषा लजा गई, "चल चलें।"

मधुकर शायद अब नहीं आएगा। उसका पहला सन्देह ही ठीक निकला। विवाहित स्त्री में कोई दिलचस्पी नहीं ले सकता, बार-बार वह अपने-आपसे कहती

रही और अपने को समझाती रही कि उसकी राह देखना बेकार है, और फिर भी रोज़-रोज़ राह देखती रही।

कल स्टाफ-रूम में बैठे-बैठे उसे कुछ और ही ख़याल आया कि एकदम सुधा से पूछ बैठी, "तू मधुकर को कब से जानती है?"

"एक महीने से," सुधा ने कहा, "जब से वह यहाँ आया है।"

"तुझे अच्छा लगता है न?"

"हाँ, ख़ूब।"

मनीषा क्षण-भर उसे देखती रही, फिर धीमे-से बोली, "कुछ प्रेम-व्रेम का चक्कर तो नहीं है?"

"हो, तो भी क्या?"

"कुछ नहीं, मैं सोच रही थी, तुम दोनों एक-दूसरे के इतने अनुरूप हो...विवाह क्यों नहीं कर लेती उससे?"

"मैं?" सुधा ने अपनी बड़ी-बड़ी आँखें पूरी फैलाकर कहा, "पंजाबी से?"

"क्यों, पंजाबियों में क्या बुराई है?"

"प्रश्न बुराई का नहीं है। पर मेरा विवाह होगा तो किसी कन्नड़भाषी लिंगायत से।"

"ज़रूरी है?"

"एकदम। अपनी दो हज़ार वर्ष प्राचीन संस्कृति को क्या पल-भर में विस्मृत कर दूँगी?"

जैसा सुधा के मामले में हमेशा होता है, मनीषा समझ नहीं पाई कि यह व्यंग्य है या केवल ठोस सत्य का सपाट निरूपण।

"इतनी पढ़ी-लिखी होकर भी तू इन दक़ियानूसी बातों को मानती है?" फिर भी उसने कहा।

"पढ़ा-लिखा होने से क्या मनुष्य अपने संस्कार बदल सकता है?"

"तेरा मतलब, तू मधुकर से प्रेम करती है पर केवल इसलिए विवाह नहीं करेगी क्योंकि वह तेरे प्रान्त का नहीं है?"

"प्रेम," सुधा हँस पड़ी, "तू भी एक ही पागल है। मैंने कब कहा, मैं मधुकर से प्रेम करती हूँ। बात संस्कृति की हो रही है, तू मधुकर को कहाँ से बीच में ले आई?"

"मैं कहाँ ले आई? बात ही उससे आरम्भ हुई थी।"

"हाँ रे, याद आया। मैं कह रही थी कि यदि मैं मधुकर से प्रेम करती भी तो विवाह नहीं कर सकती थी।"

माथे पर बल डालकर वह सुधा को देखती रही।

''क्या हुआ, समझ में नहीं आ रहा क्या? लगता है तेरे विचार में जिससे प्रेम करो उससे विवाह करना आवश्यक है।''

''आवश्यक नहीं, स्वाभाविक,'' मनीषा ने कहा, ''अगर मैं किसी से प्रेम करती तो वह चाहे जिस प्रान्त, देश या धर्म का क्यों न होता, उससे विवाह करने में हिचकिचाती नहीं।''

''जितेन से ऐसे ही विवाह किया था क्या?''

''नहीं, उससे मेरी 'एरेंज्ड मैरिज' थी। अगर प्रेम करके विवाह करती तो...''

''तो?''

''तो हमारा जीवन कुछ और तरह का होता।''

''नहीं मनीषा, ऐसा ही होता। प्रेम क्षणिक वस्तु है। जब चुक जाता तो विवाहित जीवन ऐसा ही होता।''

''नहीं, कभी नहीं,'' मनीषा ने दृढ़ स्वर में कहा, ''असम्भव।''

''यदि तू सच में ऐसा सोचती है तो तूने जितेन से विवाह किया ही क्यों?''

''जब शुरू-शुरू में हम मिले थे तो वह मुझे अच्छा लगा था। सगाई के बाद भी हम दो-चार बार मिले थे। मुझे लगा था अगर हम इसी तरह मिलते रहे तो एक-दूसरे से प्यार करने लगेंगे, शायद मैं करने भी लगी थी, पर जितेन...जितेन...पता नहीं वह बहुत स्थिर, ठहरा हुआ, एकदम भौतिकवादी क़िस्म का आदमी है...मेरा मतलब उसने उस तरह के प्यार को बढ़ावा नहीं दिया।''

''किस तरह के प्यार को? वय-सन्धि के रोमांटिक प्यार को ही न?''

''किसी भी तरह के प्यार को।''

''तू तो ऐसे कह रही है जैसे प्यार का कोई स्वतंत्र अस्तित्व हो,'' सुधा ने हँसकर कहा।

मनीषा नहीं हँसी।

''प्यार का न सही, मेरा तो है,'' उसने कहा, ''जितेन के लिए मेरा कोई स्वतंत्र अस्तित्व नहीं है।''

''क्या कहती है?'' सुधा ने इस बार वास्तविक आश्चर्य के साथ कहा। ''जितेन जैसे उदार प्रकृति के मनुष्य के लिए तेरा कोई स्वतंत्र अस्तित्व नहीं है?''

''वह नहीं। मेरा मतलब, मेरी जगह जो भी उसकी पत्नी होती, उसका व्यवहार उससे ठीक ऐसा ही होता जैसा मुझसे है।''

''तेरा भी यदि जितेन के स्थान पर कोई और पति होता तो तेरा व्यवहार उसके साथ ऐसा ही होता जैसा जितेन से है।''

''नहीं,'' मनीषा ने कहा, ''तेरी समझ में नहीं आएगा। एक-दूसरे को सचमुच चाहकर विवाह करो तो दूसरी बात होती है। प्रेम साधारण-से-साधारण मनुष्य को

भी महान् बना देता है। एक-दूसरे को पाने की सच्ची ललक हमसे कठोर-से-कठोर साधना करा देती है, बड़े-से-बड़ा आत्म-त्याग।''

''बाप रे,'' सुधा ने बीच में बाधा दी, पर मनीषा ने उस पर ध्यान नहीं दिया। वह बोलती गई, ''इसमें क्या है, माँ-बाप, पंडित-पुरोहित ने मिल-जुलकर मंगल नक्षत्रों के तले, अग्नि की साक्षी दे, दो इनसानों के दुपट्टे बाँध दिए और वह चल दिए एक शैया पर जीवनपर्यन्त प्रेम का नाटक करने।''

''मुझे तो लगता है, जो तुझे सचमुच दुख दे रहा है, वह यह है कि जितेन प्रेम का नाटक नहीं करता,'' सहसा सुधा कह बैठी।

''क्या मतलब?'' उसने त्योरी चढ़ाकर कहा। यह सुधा भी आजकल ज़रूरत से ज़्यादा मुँहफट होती जा रही है, उसने सोचा।

''ख़ैर,'' सुधा जल्दी से बोली, ''मेरे विचार में तो प्रेम का होना और दाँत में दर्द का होना एक ही बात है। जब होता है तो मनुष्य उसे छोड़ संसार-भर से वैरागी हो उठता है : दत्तचित्त, भावप्रवण, उसकी सेवा-शुश्रूषा करता है, अन्य भौतिक पदार्थों से घृणा करने लगता है। पर फिर जब वह चुक जाता है तो सब सामान्य हो जाता है; उसकी स्मृति की कसक-भर शेष रह जाती है, और कुछ नहीं।''

''सच्चा प्रेम चुकता नहीं,'' मनीषा ने कहा।

''अनुभव से कह रही है?''

''नहीं, विश्वास से।''

''तब मैं कुछ नहीं कह सकती। मनुष्य जब विश्वास को बीच में ले आता है तब तर्क बेकार हो जाता है। पर तेरी एक बात से मैं सहमत हूँ। जीवन में कम-से-कम एक बार प्रेम करना अवश्य चाहिए। वैसे ही, जैसे जीवन में कम-से-कम एक बार भूकम्प से होकर अवश्य गुज़रना चाहिए, एक बार तीव्र वृष्टि के नीचे अवश्य भीगना चाहिए, एक बार ऊँचे पहाड़ की दुर्गम चोटी पर अवश्य चढ़ना चाहिए। मेरा मतलब ये सब महत्त्वपूर्ण अनुभव हैं, जो हो सके तो प्रत्येक मनुष्य को प्राप्त कर लेने चाहिए, बस।''

मनीषा अब तनिक हँस दी, ''अपना-अपना मत है,'' उसने कहा।

ज़ाहिर था कि सुधा के मन्तव्य से वह तनिक भी सन्तुष्ट नहीं थी। उसे अफ़सोस इस बात का था कि इस बहस में काम की बात पीछे छूट गई थी।

''मधुकर से तेरा परिचय कैसे हुआ?'' उसने कुछ ठहरकर पूछा, ''मेरा मतलब उसे भी साहित्य में रुचि है क्या?''

''ओह मधुकर! मैं भी कितनी मूर्ख हूँ जो मूल बात छोड़ सामान्यीकरणों में उलझ गई,'' सुधा ने फ़ौरन कहा, ''साहित्य में रुचि है या नहीं, नहीं जानती।

परिचय हुआ था डैडी के द्वारा। दिल्ली विश्वविद्यालय के अर्थशास्त्र विभाग के डीन मैसूर के हैं और डैडी के मित्र। जब मधुकर दूर देश बंगलूर आने को उद्धत हुआ तो उन्होंने डैडी के नाम उसे एक पत्र दे दिया। वही लेकर वह घर आया और हमारा परिचय हुआ।''

मनीषा ने चाहकर भी और प्रश्न नहीं पूछा, सुधा स्वयं ही बतलाती गई, ''पिछले बुधवार के समारोह के बाद मैं उससे नहीं मिली। आदमी अच्छा है पर प्रेम करने योग्य नहीं।''

''क्यों ?''

''मेरा मतलब मैं उससे प्रेम नहीं करती।''

''ओह!''

''तेरा इरादा है क्या ?''

''क्या ?''

''उससे प्रेम करने का ?''

''मेरा विवाह हो चुका है।''

''तो शुभ-शुभ एक प्रेम भी कर डाल। अनेक भ्रमों से छुटकारा मिल जाएगा।''

मनीषा चुप रही। उसे काफ़ी हद तक विश्वास हो गया था कि और किसी में हो न हो, सुधा में मधुकर को कोई दिलचस्पी नहीं है।

आज फिर बृहस्पतिवार था और मनीषा क्लास लेकर दो बजे ही फ़ारिग हो गई थी। आज जमकर तीन घंटे लाइब्रेरी में काम करेगी, उसने तय किया था। पिछला पूरा सप्ताह यूँ ही बर्बाद कर डाला था। क्लास से निकलते ही, वह लाइब्रेरी का कार्ड और नोट्स की मोटी कॉपी थाम लाइब्रेरी की ओर चल दी। वह जानती है कि विश्वविद्यालय की मुख्य लाइब्रेरी की इमारत उसके अर्थशास्त्र विभाग से एकदम सटी हुई है, पर चलते-चलते उसका ख़याल आ जाने पर, उसने उसे एक तरफ़ झटककर अपने को विश्वास दिला लिया कि इससे उसे कुछ भी लेना-देना नहीं है। हाँ, विश्वास आया या नहीं, यह कहना ज़रा कठिन है। वह विद्वत्ता का लबादा चेहरे पर ओढ़े लाइब्रेरी के मुख्य द्वार पर पहुँची ही थी कि मधुकर सामने पड़ गया। उसने उसे देखा और एक संक्षिप्त-सा, 'हैलो' कहकर आगे बढ़ गई।

''सुनिए,'' मधुकर ने आवाज़ देकर कहा।

''जी,'' वह रुक गई।

''मुझसे नाराज़ हैं क्या ?''

''नहीं तो।''

''तो इतना छोटा-सा 'हैलो' कहकर झटक क्यों दिया ?''

''नहीं-नहीं, अन्दर कुछ काम है।''

"अच्छा, काम कर आइए। मैं यहीं हूँ। लौटने पर मिलिएगा।"

वह लाइब्रेरी में घुस गई और जल्दी-जल्दी जो सबसे पहले दिखीं, वही किताबें कार्ड पर लेकर बाहर निकल आई। मधुकर वहीं-का-वहीं खड़ा मिला।

"लाइए," उसने किताबों के लिए हाथ बढ़ा दिया। मनीषा ने किताबें उसे थमा दीं। "समय है न," उसने पूछा, " 'टिफ़नी' में बैठें?"

उसने कोई उत्तर नहीं दिया पर साथ-साथ चलने लगी।

"रोज़ सोचता था, आपसे मिलूँ आकर, और सोचकर रह जाता था; डर लगता था कहीं आपको तंग तो नहीं कर रहा।"

"मैंने सोचा आप कहीं बाहर गए होंगे," सोचने-विचारने से पहले ही बात मुँह से निकल गई।

मधुकर ने कहा कुछ नहीं, आँख उठाकर उसकी ओर ताका-भर पर उसकी दृष्टि का आह्लाद साफ़ कह गया कि कथ्य का भावार्थ उसकी समझ में पूरी तरह आ गया है।

"मैं भी कितना बेवकूफ़ हूँ," कुछ देर बाद उसने कहा, "व्यर्थ ही पूरा एक सप्ताह बर्बाद कर डाला।"

"आप क्या हर बृहस्पतिवार को दो बजे फ़ारिग हो जाती हैं?" 'टिफ़नी' में बैठकर उसने पूछा।

"हाँ, बृहस्पत और सोम को भी।"

"तब इस सोमवार को अपना वायदा पूरा कीजिए न?"

"कैसा वायदा?"

"वही, मुझे लालबाग दिखाने का।"

"वायदा किया था मैंने? मुझे तो याद नहीं।"

"आपकी याददाश्त कमज़ोर है," मधुकर ने संजीदा स्वर में कहा, "पर कोई बात नहीं। सभी औरतों की होती है। आप उसे लेकर दुखी न हों। मुझे तनिक भी बुरा नहीं लगा।"

मनीषा के पास हँसने के सिवा कोई चारा नहीं था।

"ठीक है। यही सही, सोमवार को लालबाग चलेंगे।"

"ऐसा नहीं हो सकता, गाड़ी आप न मँगवाएँ? मैं आपको ठीक समय पर घर पहुँचा दूँगा।"

मनीषा मान गई। जितेन से कुछ भी कहा जा सकता है, लाइब्रेरी में काम है अथवा यूनिवर्सिटी में लेक्चर है या कुछ न कहकर सिर्फ़ यह बतलाया जा सकता है कि वह देर से घर आएगी। कारण जानने के लिए वह जिरह नहीं करेगा और न देर से आने पर आक्षेप।

"मैं दो बजे कॉलेज आ जाऊँगा," मधुकर ने कहा।

"नहीं," उसने कहा, "मैं यहीं मिलूँगी, 'टिफ़नी' में।"

"दो बजे?"

"दो-सवा दो बजे।"

"ठीक है, मैं दो बजे आ जाऊँगा और आपका इन्तज़ार करूँगा।"

"अधिक नहीं करना पड़ेगा, मुझे समय पर आने की लत है।"

"यह तो और भी अच्छा है," मधुकर ने नाटकीय अन्दाज़ में कहा।

"यूँ मैं तो उम्र-भर आपका बेसब्री में इन्तज़ार करने को तैयार हूँ।"

बात मज़ाक़ के तौर पर कही गई थी, पर उसके नीचे तैरता सत्य बाहर झाँककर उसे गुदगुदा गया। वह आनन्द से मुस्करा दी।

किसी भी नज़र से देखा जाए, दुपहर दो बजे का समय लालबाग जाने के लिए दिन का सबसे मौजूँ समय नहीं माना जा सकता। यह उस दिन की विशेषता ही मानी जानी चाहिए कि मनीषा को लगा अब तक वह लालबाग के हरीतिमा-आच्छादित सौन्दर्य की बारीकियों को पकड़ने में इसलिए असफल रही थी क्योंकि आज से पहले वह वहाँ दुपहर के दो बजे कभी नहीं आई थी। जनवरी के महीने की दुपहरी की उज्ज्वल धूप! वैसी पारदर्शी प्रशान्त ज्योति भला और कब उपलब्ध हो सकती है? यह उस ज्योति की महिमा ही तो थी, जिससे मनीषा ने हर फूल की पंखुड़ी में झिलमिल-से अनगिनत रंगों का खिलवाड़ इतनी सूक्ष्मता से देख लिया; प्रत्येक सपाट दिखनेवाले हरे पत्ते पर लहराती महीन नसों में उस रंग के असंख्य शेड भी गिन डाले। सच तो यह है कि यदि मनीषा की स्मरण-शक्ति कम तीक्ष्ण होती तो वह यह तक मानने को तैयार हो जाती कि आज से पहले उसने कभी लालबाग देखा ही नहीं। वह नौबत नहीं आई। वह उन इनसानों में से है, जो मोह के तंद्रिल-से-तंद्रिल क्षण में भी यथार्थ को सर्वथा भूल नहीं पाते, पर इस दुर्भाग्य के रहते हुए भी कोई विशेष हानि नहीं हुई। उसे यह विश्वास तो हो ही गया कि बंगलूर के लालबाग जैसा सुन्दर एकान्त स्थल पृथ्वी पर और कहीं नहीं है, और अब तक उसके इस तथ्य से अनजान रहने का कारण केवल यह है कि आज तक वह वहाँ सदा ग़लत ऋतु और ग़लत समय पर आती रही है। उसे जो याद था उसके अनुसार लालबाग में पर्यटकों की इतनी भीड़ होनी चाहिए थी कि फूल कम दिखलाई दें और सिर अधिक। पर आज ऐसा नहीं था। लग रहा था जैसे उसके और मधुकर के वहाँ आने का समाचार पाकर सारे पर्यटक लालबाग छोड़ कहीं और घूमने निकल गए हैं। जो भी हो, मनीषा तर्कबुद्धि से उस समय इस समस्या का हल नहीं खोज रही थी। अपनी दृष्टि की इस विशिष्टता से वह पूर्णतया सन्तुष्ट थी, जो उसे फूल-पत्तियों का सौन्दर्य इतनी विशदता से दिखलाते हुए भी पर्यटकों की भीड़ को कहीं छिपा दे रही थी।

लालबाग के एक कोने से दूसरे कोने तक घूमकर उसने तनिक भी क्लान्ति अनुभव नहीं की। छह बजने को आए और दिन का उज्ज्वल प्रकाश सन्ध्या की धूमिल ज्योति में परिणत हो चला। तभी वह दोनों बाँस की खपच्चियों से बनाए उस ग्रीनहाउस के पास पहुँचे, जिस पर हरी लताओं का इतना घना झुरमुट छाया हुआ था कि कहीं दिखलाई नहीं देता था कि उसके नीचे सूखे बाँस की लकड़ियाँ भी हैं। उसकी सघन छाया के तले असंख्य हरे-भरे 'क्रोटोन्स' के गमले रखे थे। श्वेत, लाल, बैगनी, हरे, पीले, अनेक रंगों की उनकी बहुरूपदर्शी छटा गोधूलि में और प्रखर हो उठी थी। एक ठहरे हुए क्षण के लिए उनके पत्तों के हर रंग पर इतना महीन सूक्ष्म प्रकाश लहरा गया कि उनका एक-एक कण बिन्दु जगमगा उठा।

"कितना सुन्दर है, यहीं बैठें," मनीषा बोल पड़ी।

दोनों वहीं बैठ गए।

ग्रीनहाउस के सामने हवाइन हाईबिस्कस के पौधों की क़तारों-पर-क़तारें लगी थीं। पौधे इस समय पूरी बहार पर थे। पीले, नारंगी, लाल, गुलाबी, अनेक रंगों के हाईबिस्कस से लदी झाड़ियाँ नन्हीं बालिकाओं के समान एक-दूसरे को अपनी रंगीन पोशाकें दिखातीं, खेलती-खिलखिलाती-सी जान पड़ रही थीं।

"वह क्या फूल है ?" मधुकर ने पूछा।

"हाईबिस्कस।"

"हाईबिस्कस ? जवाकुसुम ही न ?"

"हाँ, पर हवाइन। इसका फूल यहाँ के जवाकुसुम से बड़ा होता है और विभिन्न रंगों का। वह वाला—पीला—सुन्दर है न ?"

"है तो," मधुकर ने पूरा साथ नहीं दिया, "एक बात है," उसने कहा, "हमारे यहाँ जो फूल शोख रंग का होता है, वही विदेश में जाकर फीका क्यों पड़ जाता है ? लाल गुलाब हो या लाल जवाकुसुम ?"

"रंग भी तो कई हो जाते हैं।"

"हाँ, जैसे यहाँ सब ख़ूबसूरत औरतों के बाल काले होते हैं, पर यूरोप में किसी के सुनहरी, किसी के लाल तो किसी के भूरे।"

"विविधता में ही जीवन का आनन्द है," मनीषा हँस दी।

"होगा," वह बोला, "जहाँ तक मेरा सवाल है, मुझे सिर्फ़ एक औरत के बालों में दिलचस्पी हो सकती है, उसके जिसकी अब तक मुझे तलाश रही है : और उसके बाल हैं काले, स्याह काले, उसकी आँखों की तरह, और उतने ही दीप्तिमान। वह उसके चेहरे को वैसे ही घेरे रहते हैं जैसे यह सदाबहार पौधे इस वक़्त हमें।"

मनीषा ने सुना, धीमे-से चेहरा उठाया और उसकी ओर देखा। उसने उसके चेहरे को थाम लिया और आहिस्ता से उसकी ठोड़ी को चूम लिया।

''मैं तुम्हें प्यार करता हूँ,'' उसने कहा।

सुनकर उसे आश्चर्य नहीं हुआ : बस हुआ हृदय के भीतर गहन सन्तोष और फिर उस पर हावी होती उतनी ही गहन निराशा।

''मैं विवाहित हूँ,'' उसने कहा।

''जानता हूँ।''

मनीषा चुप होकर दूर तक फैले हरे पत्तों के जाल को देखने लगी। मधुकर ने अपनी गरम हथेलियाँ उसके कन्धों पर रख दीं।

''इतनी उदास क्यों?'' उसने कहा और धीमे, बहुत धीमे उसके होंठ चूम लिये, ''मैं तुम्हें प्यार करता हूँ, इससे उदास क्यों?''

मनीषा को लगा, पास खिले जवाकुसुम ने आहिस्ता से उसके होंठों को अपनी मृदुल पंखुड़ी से छू दिया है। इतना नन्हा-सा स्पर्श! और उसके अन्तरतम तक वह पारुल बिखेर गया। प्रथम चुम्बन! उसने सोचा। उसके होंठों के साथ-साथ उसके शरीर के अनगिनत रोम-छिद्र उस कोमल मधुर स्पर्श से रोमांचित हो उठे। प्रथम चुम्बन, उसने फिर सोचा, ऐसा ही होता है प्रथम चुम्बन! जन्म से तृषित दग्ध देह को पल-भर में रसाप्लावित कर देता है।

पर फिर जब मधुकर का मुख दुबारा उसके मुख पर झुका तो सहसा, कोड़े के वार के समान उसे याद आ गया कि यह प्रथम चुम्बन नहीं है। इससे पहले जितेन के अनेकानेक तीखे चुम्बनों को वह सह चुकी है। पर उनमें से किसी ने आज तक उसे यूँ नहीं झकझोरा। जितेन के चुम्बन प्रश्न होते थे, जो उससे उसके शरीर की माँग करते थे, अधिक-से-अधिक समर्पण के लिए निमंत्रण दे देते थे। अपने-आपमें वह कुछ नहीं थे। पर यह चुम्बन! यह प्रेम की परिणति था, प्रेम की घोषणा, अपने-आपमें एक पूर्ण क्षण। उसने उसके हृदय की गहराइयों में झाँका था, उसकी आत्मा के संगीत को सुना था और उससे एकसुर हो उसमें लीन हो गया था।

''तुम मुझे पहले क्यों नहीं मिले?'' उत्तप्त स्वर में उसने कहा।

''दुर्भाग्य।''

''हमें एक-दूसरे से अब नहीं मिलना चाहिए।''

''शायद तुम ठीक कहती हो। जहाँ तक मेरा सवाल है, मैं तब तक तुमसे मिलने का प्रयत्न करता रहूँगा जब तक तुम स्वयं मुझे मना न कर दो। मैं तुम्हें प्यार करता हूँ, मनीषा, और सिर्फ़ इसलिए तुमसे मिलना बन्द नहीं कर सकता क्योंकि संयोग से तुम विवाहित हो।''

''मिलते रहने से जानते हो क्या होगा?''

''जानता हूँ। तुम भी मुझे प्यार करने लगोगी।''

''इतना भरोसा है अपने पर?''

"नहीं, तुम पर।"

"पर इस तरह मिलने से अन्त में दुख के सिवा हमें कुछ नहीं मिलेगा।"

"अन्त में न? सो मिले। जो क्षण तुम्हारे साथ गुज़रेगा वह तो आनन्द से परिपूर्ण होगा।"

मनीषा उठकर उससे दूर चली गई। उसकी समझ में नहीं आ रहा था आगे वह क्या करे या कहे।

"नाराज़ तो नहीं हो न?" मधुकर ने उसके पास आकर कहा। मनीषा ने सोचा, इस प्रश्न का एक ही उत्तर हो सकता है, हाँ। उसने अपनी जुबान को आदेश दिया कि वह गम्भीरतापूर्वक इस शब्द का उच्चारण कर दे। पर आश्चर्य के साथ पाया कि जुबान ने जो कहा, वह था, नहीं। यही नहीं; कहते हुए होंठों ने भी उसके मस्तिष्क का साथ नहीं दिया, कसे रहने के बजाय, वह फैलकर मुस्करा दिए, जैसे उस शब्द ने उन्हें गुदगुदा दिया हो; पीछे आँखें भी नहीं रहीं, होंठों के साथ वह भी मन्द स्मित की कान्ति से चमक उठीं।

[4]

अगले दो महीने वह हर बृहस्पतिवार और सोमवार को मधुकर से मिलती रही। हर बार मिलने से पहले यह प्रतिज्ञा करके कि वह उससे कह देगी, यह उनकी अन्तिम भेंट है। हर बार मिलने के बाद निश्चय करके कि अगली भेंट में वह उससे कह देगी कि वह उनकी अन्तिम भेंट है। बस मिलते समय न जाने क्या हो जाता है कि वह अत्यन्त स्वाभाविक ढंग से उससे एक बार और मिलने का वायदा कर आती। उससे मिलकर घर लौटती तो पाती, होंठों पर उसके होंठों का स्वाद तो है ही, कानों में उसकी हँसी की गूँज भी है और दृष्टि के सम्मुख उसके साथ देखे हर पत्ते-फूल-पत्थर का सजीव चित्र। लगता, वह सब उसने जीवन में पहली बार देखे हैं। मधुकर के साथ रहते, उसकी इन्द्रिय-शक्ति सहस्र गुना तीव्र हो उठती थी। चारों ओर बिखरी क्षुद्र-से-क्षुद्र वस्तु भी उसकी विशद दृष्टि के आगे किसी अलौकिक ज्योति का स्पर्श पा रंगदीप्त हो उठती। घर लौटने के कुछ क्षणों बाद तक वह कौंधती दृष्टि उसके साथ रहती तब वह जितेन के साथ अपने झूठे रिश्ते को स्पष्टता के साथ देखती। प्रतिज्ञा करती कि मधुकर का सम्पर्क कितना भी मधुर और अनिवार्य क्यों न लगे उसे नकारना ही होगा : कारण वह विवाहित है और विवाह उसने अपनी इच्छा से किया है। फिर अपने निश्चय से उसे अवगत कराने के लिए उससे अन्तिम भेंट करने जाती और पाती कि वह कुछ नहीं कह पाई है, सिवा इसके कि अगले सोम या बृहस्पत, दिन के दो बजे उससे फिर मिलेगी।

रात को अपने शयनकक्ष में मुलायम गद्दे पर आराम से लेटे-लेटे वह सोचती, कितना आसान तो है, मधुकर मुझे प्यार करता है और मैं उसे। इस तरह छिप-छिपकर मिलकर अपनी आत्मा का हनन करने से कहीं अच्छा है, जितेन से तलाक़ माँग लेना और जीवन का पुनरारम्भ करना, मधुकर के साथ। एक दूसरा घर; एक दूसरा शहर; एक दूसरी दिनचर्या; एक दूसरा जीवन। फिर जैसे-जैसे नूतन की कल्पना उसे प्रहर्ष से भरती जाती, वैसे-वैसे आतंक से भी और वह पाती एक बार फिर कोई निश्चय न लेकर, उसने अपने को क्षण-क्षण बीतती स्थितियों के ज्वार-भाटे के साथ बहते रहने के लिए छोड़ दिया है। रोज़मर्रा के जीवन में हमें बाँधे रहने की बहुत बड़ी बात ताक़त होती है। जितना वह हमें सालता है, जितना हम उसे तोड़ फेंकने के मंसूबे बनाते हैं उतना ही वह हमें जकड़ता चला जाता है।

भीतर-ही-भीतर एक बात मनीषा जानती थी अनिश्चित काल तक ऐसे बहते रहना सम्भव नहीं होगा। एक दिन आएगा और शीघ्र, जब कोई-न-कोई ठोस पत्थर उसके बहाव के बीच अवरोध बन खड़ा हो जाएगा और उसे अपनी राह निर्णीत करने पर बाध्य कर देगा। उस अनिवार्य क्षण की कल्पना से वह पुलकित थी और भयभीत भी।

ऐसे ही जनवरी, फरवरी बीत गई और फिर मार्च। दो दिन में अप्रैल का महीना आरम्भ हो जाएगा : अप्रैल यानी यूनिवर्सिटी में परीक्षा का आरम्भ। लेक्चर, ट्यूटोरियल से कुछ दिनों के लिए छुट्टी। सुबह दस बजे परीक्षा आरम्भ, एक बजे समाप्त। दस से एक इनविजिलेशन की ड्यूटी, फिर सारा दिन चैन। बंगलूर के शान्त-निरीह वातावरण में इनविजिलेशन से क्या डर? न तोड़फोड़, न मारपीट। चुपचाप पर्चा शुरू और चुपचाप ख़तम। अप्रैल का महीना इतना सुखद कभी नहीं लगा था। एक बजे से लेकर शाम सात बजे तक का समय मधुकर के साथ गुज़ार सकेगी। दो दिन बाद शुरू होनेवाले अप्रैल की कल्पना से वे दोनों इतने सुखी थे कि कुछ दिनों के लिए किसी भी समस्या के विषय में सोचना स्थगित कर रखा था।

आज था तीस मार्च का दिन, सोमवार। सहसा, मन्थर गति से चल रहा घटनाचक्र कब, किस अदृश्य शक्ति के हाथ का धक्का पाकर, द्रुतगामी हो नई दिशा पर छोड़ चला और मनीषा को उस अनिवार्य क्षण की दहलीज़ पर ला खड़ा कर गया, उसे पता ही नहीं लगा। मधुकर के साथ बैठे-बैठे आनेवाले अप्रैल के विषय में बतियाते सात बज गए थे।

"अब चलूँ," मनीषा ने उठते हुए कहा।

"परसों एक बजे, मिलोगी न?" मधुकर ने उसका हाथ थाम लिया, और एक नन्हा-सा चुम्बन उसकी हथेली पर रख दिया और एक, बुरी तरह धड़क रही उसकी नाड़ी पर, कलाई के ऊपर।

"हाँ," उसने फँसे कंठ से कहा।

हमेशा की तरह आज भी उसके हल्के-से स्पर्श से उसका पूरा शरीर यूँ झंकृत हो उठा कि गला तक रुँध गया। और बात नहीं हुई। दोनों स्कूटर पर बैठकर उसके घर को चल दिए। और तभी, किसी क्षण, शायद स्कूटर की तेज़ रफ़्तार से स्पर्धा कर, अनिश्चितता में अटका घटनाचक्र रेस के घोड़े के समान दौड़कर कहाँ-से-कहाँ निकल गया।

घर के बाहर स्कूटर रोककर वे उतरे तो देखा गाड़ी के पास खड़ा जितेन उस पर सामान लदवा रहा है।

"आ गए...जा रहे हो... ?" मनीषा ने बेवकूफ़ की तरह एक साथ कहा। उसे इस समय वहाँ देखकर वह बुरी तरह अचकचा उठी थी।

"हाँ," जितेन ने सहज भाव से उत्तर दिया, "मद्रास जा रहा हूँ। अच्छा हुआ तुम आ गईं, वर्ना तुमसे बिना मिले ही जाना पड़ता।"

"पर, एकदम ?"

"नहीं, बात तो कई दिनों से हो रही थी पर निश्चित नहीं थी, इसलिए तुमसे नहीं कहा," उसने कहा और मधुकर की ओर मुड़ गया, "मैं जितेन राय हूँ, आप... ?"

"यह मधुकर हैं, मिस्टर नागपाल," मनीषा ने बौखलाकर जल्दी-जल्दी परिचय करवाया, "और यह जितेन, मेरे पति।"

"नमस्ते," जितेन ने हाथ आगे बढ़ाया पर मधुकर को हाथ जोड़ते देख ख़ुद भी नमस्कार में हाथ जोड़ दिए।

"पिछली बार आप आए तो मिलना नहीं हो पाया, इसके लिए माफ़ी चाहता हूँ," उसने कहा, "आइए, अन्दर चलें।"

"आप क्या हमेशा ऐसे ही एकदम बाहर चले जाया करते हैं ?" अन्दर पहुँचकर मधुकर ने पूछा।

"नहीं, एकदम तो नहीं। असल में अपनी एक मशीन का पार्ट ठीक करने मद्रास, पान्निकर कम्पनी को भेजा हुआ है, कब से फ़ोन पर झक मार रहा हूँ, न ठीक किया जाता है, न कोई सन्तोषजनक सूचना दी जाती है, इसलिए सोचा और देर न करके ख़ुद जाकर अपने सामने ठीक करवाकर ले आऊँ।"

"गाड़ी से जा रहे हो ?" मनीषा ने पूछा।

"हाँ, लाने में आराम रहेगा।"

"मशीन इम्पोर्टेड होगी ?" मधुकर ने पूछा।

"हाँ," उसने लापरवाही से कहा।

"शायद इसीलिए ठीक करवाने में तकलीफ़ हो रही है।"

‘‘हो सकता है।’’

‘‘मेरी समझ में नहीं आता आप लोग ऐसी मशीनें क्यों लगाते हैं जिन्हें हमारे श्रमिक न चलाना जानते हैं, न सुधारना।’’

‘‘तब क्या करें?’’

‘‘और भी मशीनें हो सकती हैं जो लेबर इन्टैनसिव हों।’’

‘‘कहाँ हैं?’’

‘‘बन सकती हैं, यहीं अपने देश में।’’

‘‘हाँ, बन तो ज़रूर सकती हैं,’’ जितेन ने कहा, फिर पूछा, ‘‘आप भी हिन्दी-साहित्य पढ़ाते हैं?’’

‘‘जी नहीं, अर्थशास्त्र।’’

‘‘ओह! सच मुझे आप थ्योरी पढ़ानेवालों से बड़ी ईर्ष्या होती है। आप जो चाहे कह सकते हैं।’’

‘‘आपका मतलब हम लोग बिना सोचे-विचारे बात करते हैं?’’

‘‘नहीं, सोचते-विचारते आप लोग बहुत हैं, शायद ज़रूरत से ज़्यादा, बस करते कुछ नहीं।’’

‘‘आप पूँजीपतियों का ख़याल है इस देश में कर्ता केवल आप हैं,’’ मधुकर ने तिलमिलाकर कहा।

‘‘मैं पूँजीपति नहीं, मुलाज़िम हूँ,’’ जितेन ने कहा, ‘‘पूँजीपतियों को लेकर मैं बहस नहीं करना चाहता, पर अपने जैसे मुलाज़िमों के लिए ज़रूर कह सकता हूँ कि हम कर्ता हैं।’’

काश, जितेन यह कहते हुए मुस्करा देता, मनीषा ने सोचा, तब मधुकर इतना अधीर नहीं होता। पर वह तनिक भी नहीं मुस्कराया। वह गम्भीरता से गम्भीर विषय पर बात कर रहा था। ऐसी बातचीत के बीच वह महज़ औपचारिक कारणों से मुस्कराया नहीं करता, वह जानती है।

‘‘सिर्फ़ मोटी तनख़्वाह पानेवाले आप जैसे लोग या श्रमिक भी?’’ मधुकर ने तमतमाये चेहरे से पूछा।

जितेन ज़ोर से हँस पड़ा, ‘‘एक श्रमिक के मुक़ाबले में मोटी तनख़्वाह आप भी पाते हैं, मिस्टर नागपाल, पर उसके मुक़ाबले में कर्ता नहीं बन सकते,’’ कहकर ही उसने सहज भाव से पूछा, ‘‘क्या लेंगे, ह्विस्की या बियर?’’ उसके लहजे से लगा जैसे अप्रिय कुछ कहा ही नहीं गया।

‘‘जी नहीं, धन्यवाद,’’ मधुकर ने तीखे स्वर में कहा, ‘‘वह सब महँगे व्यसन मेरी ताक़त से बाहर हैं।’’

‘‘तो चाय-कॉफ़ी, मनीषा, बसप्पा से कहो न।’’

''लेंगे कुछ, कॉफ़ी,'' मनीषा ने पूछा।

''नहीं,'' मधुकर ने छोटा-सा उत्तर दिया।

''आप बुरा तो नहीं मान गए,'' जितेन ने ऐसे कहा जैसा बुरा माननेवाली कोई बात ही नहीं हुई हो, ''पर बात यह है कि 'इकोनॉमिक्स' की 'जार्गन' मुझे कभी भी अर्थपूर्ण नहीं लगी, और न ही उसके टोटके, जो इकोनॉमिस्ट लोग हर समस्या के हल के लिए इत्मीनान से पेश करते रहते हैं।''

''जार्गन आप लोग भी कम नहीं बोलते,'' मधुकर अब भी क्रुद्ध था, ''किसी मैनेजर के पास चले जाइए, वह धड़ाधड़ बोलता चला जाएगा—मैनजमेंट बाई ऑब्जेक्टिव्स, ऑपरेशन रिसर्च, टाइम एंड मोशन स्टडी, और न जाने क्या-क्या। सब विदेशों से चुराई लफ़्फ़ाज़ी! मैनेजर बनने के लिए उन अमीरजादों ने तालीम अमरीका में जो पाई होती है।''

''हाँ,'' जितेन फिर हँस पड़ा, ''यह छूत की बीमारी अब हम लोगों को भी लगने लगी है। मैं तो यही कहता हूँ, बोलो कम और जो बोलो, करके दिखाओ। भाषण देने को बुद्धिजीवी बहुत हैं।''

''तो क्या सब बुद्धिजीवी सिर्फ़ भाषण ही देते हैं? इतिहास उठाकर देखिए, कितने ही उदाहरण मिल जाएँगे, जब बुद्धिजीवियों ने क्रान्ति में सक्रिय भाग लिया है। फ्रांस की क्रान्ति...''

''ओह, फ्रांस!'' जितेन ने बात बीच में काट दी, ''विदेशों के उदाहरण मुझे मत दीज़िए, बहुत बेमानी लगते हैं। अपने देश की बात कीजिए, है यहाँ कोई बुद्धिजीवी, जो किसी ठोस चीज़ का संचालन कर रहा है? अलबत्ता, सुझाव हर मिनट एक की रफ़्तार से ज़रूर दे रहा होगा। यही हमारी त्रासदी रही है, विचारकों को हमने हमेशा करनेवालों से ऊँची जगह दी है। इसीलिए हमारे यहाँ विचारक नपुंसक हो गया है। बोलता है और बोल-बोलकर आख़िर थककर चुप हो जाता है, न ख़ुद कुछ करता है, न दूसरों को करने के लिए प्रोत्साहित करता है। और-तो-और, जिन श्रमिकों के नाम की शाब्दिक माला वह हमेशा जपता रहता है, उनका संचालन ही कब किया है उसने? संचालन करनेवाला है अवसरवादी राजनीतिज्ञ, जिसे हर कर्मठ इनसान में प्रतिद्वन्द्वी की बू आती है।''

''श्रमिकों का संचालन हम क्या करेंगे? वे तो आपकी मुट्ठी में हैं। और अवसरवादी राजनीतिज्ञ, वे भी आपके ही चट्टे-बट्टे हैं,'' मधुकर उग्र स्वर में बोला।

''काश,'' जितेन ने वास्तविक विषाद के साथ कहा, ''हमें मैनेज करना आता, तब हमारी यह दुर्दशा न होती। ख़ैर, आज समय कम है, लम्बी बहस फिर कभी करेंगे, दिलचस्प विषय है।''

''मैं चलता हूँ,'' मधुकर एकदम उठकर खड़ा हो गया।

"अरे बैठिए न," जितेन ने कहा, "मैं आपको भगा नहीं रहा। मुझे दो-चार चीज़ें और रखनी हैं, अभी आया," वह कमरे से बाहर निकल गया।

मधुकर दुबारा बैठा नहीं। "जा रहा हूँ," उसने मनीषा से कहा। मनीषा ने उसे रोका नहीं। कहा, "अच्छा...और सुनो, जितेन की बातों का बुरा न मानना। उन्हें जिरह करने की आदत है और कुछ मुँहफट भी हैं।"

"यह शौक वह अपने मुलाज़िमों पर ही फरमाएँ तो बेहतर रहे," उसने कहा, "शायद आप भी उनके आरोपों से सहमत हैं?"

"कैसे?" मनीषा ने मुस्कराकर मीठे स्वर में कहा, "उनके आरोप मेरे विरुद्ध तो सचमुच खरे उतरते हैं। मैं अभियुक्तों में से एक हूँ।"

"शायद। अच्छा चलूँ," वह अब उतना कठिन नहीं रह गया था।

जितेन ने जो कुछ कहा था; मनीषा को ग़लत नहीं लगा था। विवाद करके उसका खंडन, उसे सम्भव नहीं लगा था, इसलिए चुप बनी रही थी। फिर भी उसकी पूरी सहानुभूति मधुकर के साथ थी। जितेन को क्या अधिकार था उसे कठघरे में खड़ा करके न्यायाधीश--समान उससे प्रतिप्रश्न करने का? वह कोई मुक़दमा तो था नहीं कि तनिक मुस्कराया तक नहीं जा सकता था? एक बार फिर उसे लगा कि जो ग़लत हुआ था वह यही, कि वह एक बार भी मुस्कराया नहीं था। सहसा, एक नया विचार उसके दिमाग़ में कौंध गया। कहीं वह मधुकर से इसलिए तो खिंचा-खिंचा नहीं रहा था क्योंकि वह उससे ईर्ष्या कर उठा था? क्या उदासीनता की ऊपरी पर्तों को चीरकर उसके अन्तःकरण ने एक-दूसरे के प्रति उनके लगाव को भाँप लिया था, और अपने तरीक़े से आक्रमण कर उठा था। अन्दर से लौटने पर शायद वह कुछ और कहे, सोचकर उसका हृदय आशंका से धड़क उठा। जितेन का उसके लिए सतर्क हो, ईर्ष्या कर उठना; एक सुखद अनुभूति थी वह। उसके साथ ही उसकी विचारधारा विपरीत दिशा में बह चली। सचमुच मधुकर के साथ जो हुआ ठीक नहीं हुआ। उसे इतना प्रोत्साहित नहीं करना चाहिए था। पहले यह तो निश्चय कर लेती कि वह वाक़ई उससे आकर्षित है या महज़ जितेन को झकझोर डालने के लिए उसे निकट आने दे रही है? उसकी निकटता के स्मरण मात्र से ही उसका सम्पूर्ण शरीर पुलकित हो गया पर उसे नकारकर सोचा, इससे क्या? स्नेह पाना किसे अच्छा नहीं लगता? और वह भी मधुकर जैसे आकर्षक और दिलचस्प पुरुष से? उसका साहचर्य मधुर है, मोहक है, यह ठीक है, फिर भी उसे इससे और आगे बढ़ने के लिए प्रश्रय नहीं देना चाहिए। अभी भी समय है। जितेन की बाँहों के सुरक्षित आलिंगन में बँधकर उस अवांछनीय स्पर्श की मादकता को भुला देना होगा। भुला देना शायद उतना कठिन भी न हो जितना वह अब तक सोचती आई है।

"मिस्टर नागपाल गए?" हाथ में ब्रीफ़केस थामे जितेन बैठक में आ पहुँचा।

"हाँ, तुम क्या अभी जाओगे?" मनीषा ने साग्रह पूछा।

"हाँ, अभी चल पड़ूँगा तो रात बारह बजे तक मद्रास पहुँच जाऊँगा। कल सुबह जल्दी फ़ैक्टरी जा सकूँगा, वर्ना परसों शनिवार हो जाएगा और वे लोग वीक-एंड मनाने में रम जाएँगे।"

"कब तक आओगे?"

"हफ़्ता लग जाएगा।"

"एक हफ़्ता।"

"हाँ—आ," उसके स्वर के आतंक से चौंककर उसने उसकी ओर देखा, बोला, "काम जल्दी निबट गया तो जल्दी लौट आऊँगा।"

"मैं भी साथ चलूँ?"

"अब? अब इतना वक़्त कहाँ है कि तुम सामान-वामान ठीक कर सको। वैसे भी मुझे डान्डेली वग़ैरह भी जाना है, काम बहुत है, तुम नाहक बोर होगी।"

मनीषा को इस प्रतिक्रिया के लिए तैयार रहना चाहिए था पर वह नहीं थी। फिर भी उसने अपनी कमज़ोरी ज़ाहिर नहीं होने दी, कहा, "मैं तो मज़ाक़ कर रही थी।"

"और हाँ," जितेन ने कहा, "गाड़ी लिये जा रहा हूँ। तुम्हें तकलीफ़ तो होगी पर देखना बस के चक्कर में मत पड़ना, स्कूटर-टैक्सी जो मिले ले लिया करना।"

"उसकी क्या ज़रूरत है? मधुकर मुझे छोड़ सकता है," मनीषा ने जैसे निशाना बाँधकर तीर फेंका।

"ठीक है। उन्हें अगर आपत्ति न हो।"

"आपत्ति क्यों होगी?"

तभी बसप्पा ने आकर कुछ लिफ़ाफ़े उसे देकर कहा, "चोपड़ा साहब यह दे गया है।"

"बस मैं इन्हीं का इन्तज़ार कर रहा था," उसने एक लिफ़ाफ़ा खोलते हुए कहा, "अब चलूँगा।"

मनीषा को लगा वह निर्णायक क्षण आ पहुँचा है जिसे अब तक वह कल पर टालती आई है। यदि जितेन उसे वहाँ अकेला छोड़कर चला गया तो इस एक हफ़्ते के बीच इतना कुछ घट जाएगा कि भविष्य की डोर उसके हाथ से छूट, स्थितियों के थपेड़े खाती अनिश्चितता में मँडराने लगेगी। निर्णय का प्रत्येक क्षण भयानक होता है। एक नूतन, अपरिवर्तनीय दिशा में क़दम उठाने से पहले उसका आतंकित अन्तःकरण चिल्लाकर उससे पूर्वपरिचित को पकड़े रहने के लिए अनुनय कर उठा। उसे लगा, जैसे भी हो जितेन को आज रोक रखना चाहिए, वर्ना उसके जीवन की तमाम व्यवस्था और सुरक्षा छिन्न-भिन्न हो जाएगी। स्वयं उसके हाथ दरवाज़ा खोल झंझावात को निमंत्रण देंगे और फिर दुनिया की कोई ताक़त उसके चारों ओर खड़ी सुदृढ़ दीवारों को गिरने से नहीं बचा सकेगी।

"मधुकर को क्या आपत्ति होगी," बसप्पा के चले जाने पर उसने फिर कहा, "वह शौक से छोड़ जाएँगे।"

जितेन लिफ़ाफ़े के अन्दर से पत्र निकालकर उसका अनुसरण करने लगा, कहा कुछ नहीं। एक लम्बी साँस खींचकर उसने आख़िर वह वाक्य भी कह डाला, जिसे सुनने के बाद उसे यकीन था उसकी सारी अन्यमनस्कता हवा हो जाएगी। यदि यह सुनकर भी वह उदासीन बना रहा तो उसके पास अपने को झंझावात के हवाले करने के सिवा कोई चारा नहीं रह जाएगा।

"मैं उसके संग ज़्यादा आना-जाना नहीं चाहती," उसने कहा, "लगता है वह मुझमें ज़रूरत से ज़्यादा दिलचस्पी लेने लगा है।"

जितेन ने पत्र मोड़कर वापस लिफ़ाफ़े में डाल दिया। दूसरा लिफ़ाफ़ा खोलकर उसका काग़ज़ बाहर निकाल लिया।

"सुन रहे हो?" मनीषा ने कहा।

"हूँ—हाँ," उसने इत्मीनान से वह पत्र पढ़ा और वापस लिफ़ाफ़े में डाल दिया, फिर बोला, "दिलचस्प आदमी है मधुकर पर छोकरे की तरह ज़रूरत से ज़्यादा भावुक।"

"मुझे लगता है वह मुझे चाहने लगा है। बहुत प्रभावित है," मनीषा ने कहा और साँस रोककर प्रतीक्षा करने लगी कि अब वह चौंककर उसकी ओर बढ़ेगा और उसे बाँहों में लेकर अपने प्यार का इसरार करेगा।

भावना का यह प्रतिवादी ज्वार-संवेग मधुकर के नवजात प्यार की तरंग को पीछे धकेल देगा और वह ध्वंस और पुनर्निर्माण के भूकम्प से बच जाएगी।

"अच्छा," लिफ़ाफ़ों को ब्रीफ़केस में जमाकर रखते-रखते, जितेन मज़े से हँस पड़ा। बोला, "मैंने कहा न, वह ज़रूरत से ज़्यादा भावुक है।"

"अच्छा चलता हूँ," उसने फिर कहा और दरवाज़े की ओर बढ़ गया।

मनीषा उसे बाहर के फाटक तक पहुँचाने नहीं गई। जहाँ खड़ी थी वहीं खड़ी, अपने चारों ओर उठी दीवारों को चटाख-चटाख कर टूटते सुनती रही और सुनकर जितनी आतंकित होती रही उतनी ही आह्लादित भी।

[5]

तीस मार्च को आरम्भ हुआ वह सप्ताह उसके जीवन का सबसे महत्त्वपूर्ण और अपूर्व सप्ताह बन गया। बाद में कई बार उसने सोचा, यदि जितेन उस दिन मद्रास न गया होता तो उसके जीवन का क्या रूप होता? क्या मधुकर मात्र एक मधुर

लघु परिचय बनकर रह जाता ? उसका वह स्निग्ध चुम्बन मात्र स्मृति, जो मस्तिष्क के कोने में सोई पड़ी रहती और कभी-कभी, किसी अज्ञात क्षण अपनी याद दिला जाती : वैसे ही जैसे बचपन की अनगिनत विशृंखलित स्मृतियाँ वहाँ बिखरी पड़ी हैं : नन्ही हथेली पर वर्षा की बूँद का पावस स्पर्श, गीले बालों पर ग्रीष्म की तेज़ हवा का दुलार, गड्डमड्ड भीड़ के कोलाहल-बीच परिचित की पुकार का साहाय्य।

उसका सदा यही विश्वास रहा कि मधुकर ने उसे खोजा अवश्य पर मिली वह संयोग के कारण ही।

''यदि जितेन उस दिन मद्रास न जाता तो यह कुछ नहीं होता,'' उसने मधुकर से कहा भी।

''असम्भव,'' उसने दृढ़ स्वर में प्रतिवाद किया, ''बिलकुल ग़लत! यह होता ही, आज नहीं तो कल। ऐसे नहीं तो किसी और तरह। एक बार जब मैं और तुम एक-दूसरे से मिल लिये तो कोई ताक़त हमें अलग नहीं रख सकती थी। हम एक-दूसरे के हैं, एक-दूसरे के लिए हैं। जितेन का होना महज़ एक स्थिति है जो हमें बदल डालनी है।''

''पता नहीं जितेन को कैसा लगेगा,'' मनीषा ने कहा।

''यह तुम्हारी समस्या है। मैं तो सिर्फ़ इतना जानता हूँ कि मैं तुम्हें प्यार करता हूँ, तुमसे विवाह करना चाहता हूँ और बर्दाश्त नहीं कर सकता कि कोई दूसरा आदमी तुम्हारे पास आए,'' कहते-कहते उसकी आँखें भक से जल उठीं।

''पर वह आदमी मेरा पति है,'' उसने म्लान-सी हँसी हँसकर कहा।

''होगा,'' मधुकर ने कहा और उसे बाँहों में समेट लिया।

''नहीं,'' उसने प्रतिवाद किया, ''ऐसे कोई बात नहीं हो सकती।''

''ठीक है,'' उसने उसे छोड़कर कहा, ''आओ आमने-सामने दो कुर्सियों पर बैठकर इस मसले को तय करें। बीच में गोल मेज़ भी चाहिए?''

''प्लीज़ मधुकर।''

''प्लीज़ क्या?''

''मज़ाक़ मत करो।''

''अच्छा नहीं करता, तुम ही इस मीटिंग को चलाओ।''

''मेरी समझ में नहीं आता मैं क्या करूँ?''

''मधुकर चुप रहा।''

''हूँ?'' मनीषा ने कहा।

''क्या?''

''तुमने जवाब नहीं दिया।''

"इसका जवाब मेरे पास नहीं है। मैं तुम्हें यह नहीं बतला सकता कि तुम क्या करो। बतला सकता हूँ, तो सिर्फ़ यह कि मैं क्या चाहता हूँ? फिर निर्णय तुम्हारे हाथ में है।"

मनीषा चुप रही।

"बतलाऊँ?"

"हाँ।"

"मैं तुमसे विवाह करना चाहता हूँ, यदि तुम्हारे पति तलाक़ देने को राज़ी हो जाएँ तो। न हो तो भी ठीक है, हम वैसे ही साथ रह सकते हैं, यदि तुम्हें आपत्ति न हो तो।"

"तुम्हारे और मेरे घरवाले क्या कहेंगे?"

"ठीक कह नहीं सकता पर अनुमान लगा सकता हूँ।"

"फिर?"

"उसके लिए मेरा एक सुझाव है।"

"क्या?"

"हम उनसे पूछने ही न जाएँ कि वे क्या कहते हैं?"

न चाहते हुए भी मनीषा हँस दी।

"सबसे कटकर रह लोगे?" उसने पूछा।

"नहीं।"

"तब?"

"मैं अपने को किसी से काटूँगा ही नहीं जो काटेंगे वही जोड़ने की भी फ़िक्र करेंगे।"

"यूनिवर्सिटीवाले क्या कहेंगे?"

"मेरा सिर!" मधुकर झल्लाकर बोला, "अजीब कूढ़मग्ज हो।"

मनीषा चुप रही।

"देखो मनीषा, ये सब बेकार की बातें हैं और तुम जानती हो कि ये बेकार है। काम की बात सिर्फ़ एक है। तुम जितेन को चाहती हो या मुझे?"

"इतना भी नहीं जानते।"

"बस फिर। तुम्हें चुनना होगा, चाहे आज चुनो, चाहे कल, चाहे परसों। नहीं, परसों तक इन्तज़ार कौन करेगा।"

"बस इतनी जल्दी सब्र टूट जाएगा?" मनीषा ने हँसकर पूछा।

"सब्र तो ख़ैर टूटेगा ही। पर अगर तुम चाहो तो आज नहीं अगले साल भी निर्णय ले सकती हो, मैं बेसब्री से तुम्हारा इन्तज़ार करता रहूँगा। पर निर्णय फिर भी वहीं-का-वहीं रहेगा और तुम्हीं को लेना पड़ेगा।"

''तुम मुझे पहले क्यों नहीं मिले?'' मनीषा ने कहा।

''तुम्हें शादी करने की इतनी जल्दी क्या पड़ी थी?'' मधुकर ने कहा।

''पता नहीं कैसे मैं यह 'एरेंज्ड मैरिज' कर बैठी। अब सोचकर एकदम असम्भव लगता है।''

''तब ठीक है, तोड़ दो।''

''पर इसमें जितेन का कोई दोष नहीं है। विवाह मैंने अपनी मर्ज़ी से किया था।''

''मैं कब कह रहा हूँ दोष किसी और का है? दोष तुम्हारा है और सिर्फ़ तुम्हारा। पहला यह कि जितेन से विवाह किया और दूसरा यह कि मुझे अपने प्रेम में फँसाया?''

''मैंने फँसाया?''

''और क्या?''

''वाह! तुम ही तो...''

मधुकर हँस पड़ा, बोला, ''वही न। न तुमने मुझे फँसाया न मैंने तुम्हें। हम दोनों जैसे चुम्बकीय आकर्षण से खिंचकर एक-दूसरे से टकरा गए। पर अब जब टकरा ही गए हैं तो कुछ-न-कुछ तो करना ही होगा।''

''मैं जितेन से बात करूँगी।''

''कब आ रहे हैं?''

''कल शाम को।''

''कल?'' मधुकर एकदम गम्भीर हो उठा, ''मनीषा, मैं बर्दाश्त नहीं कर सकता कि कोई दूसरा पुरुष तुम्हारे क़रीब आए। तुम मेरी हो, सिर्फ़ मेरी। कल के बारे में सोचकर ही मेरा दिमाग़ फटने लगता है।''

''कमाल है। ईर्ष्या जितेन को होनी चाहिए न कि तुम्हें।''

''उन्हें नहीं होती तो मैं क्या कर सकता हूँ? वे बड़े आदमी हैं। इन छोटी-मोटी बातों को आसानी से झेल सकते हैं। पर मैं नहीं झेल सकता। यह मेरा जीवन है, मेरी साधना, मेरा पागलपन, मेरा सब कुछ।''

''सचमुच जितेन में बड़प्पन बहुत है,'' सहसा मनीषा कह उठी।

''तो?''

''देखा जाए तो वह हम दोनों से बेहतर आदमी है।''

''होगा।''

''होगा नहीं, है।''

''अच्छा है। तो? सवाल बेहतर आदमी का नहीं है। सवाल है कि तुम प्यार किसे करती हो?''

''तुम्हें।''

''तब?''

''मैं बात करूँगी।''

''सिर्फ़ बात?'' मधुकर ने कहा, फिर स्वयं अपने पर लज्जित हो उसे पास खींचकर उसके बालों में मुँह छिपा लिया।

''मैं तुम्हें प्यार करता हूँ,'' उसने कहा, ''तुम्हें चाहता हूँ, अब, यहाँ, हमेशा, जहाँ भी हूँ।''

''ओह मधुकर, तुम मुझे पहले क्यों नहीं मिले?'' मनीषा के मुँह से एक बार फिर निकला।

''क्योंकि अब मिलना था,'' मधुकर ने कहा और धीमे से उसकी बरौनियाँ चूम लीं। फिर पलकें, मुँदी आँखें, नाक की नुकीली चढ़ाई, गालों की गोलाई, ठोड़ी की ढलाई, होंठों के कोने और उसके होंठ फिसलते रहे! मनीषा को लगा मधुकर को उसकी देह के एक-एक पोर से प्यार है; उसकी भावना के एक-एक उतार-चढ़ाव से लगाव है और यह प्यार उसे जीवन में पहली बार मिला है।

जितेन को गए छह दिन बीत चले थे और पिछले पाँच दिनों की तरह आज भी वह उसके साथ उसके घर पर थी।

जितेन के जाने के अगले दिन ही उसने अपने को मधुकर के साथ इस कमरे में अकेले पाया था और समझा था कि उसके जीवन का सबसे स्वाभाविक क्षण है। जितेन के साथ भी एक दिन उसने अपने को एक कमरे में अकेले पाया था और समझ में नहीं आया था कि यह इतना अस्वाभाविक क्यों है, उनका प्रेम करना ही नहीं, उसका उस कमरे में होना भी। कमरे में वह इसलिए थी क्योंकि उन्होंने विवाह किया था, अपनी मर्ज़ी से, सोच-विचारकर। बस इसलिए ज़रूरी हो गया था कि वे एक-दूसरे से प्यार करें, अपनी मर्ज़ी से सोच-विचारकर। और सचमुच सब कुछ ख़ूब सोच-विचारकर होता गया था। पर मधुकर के साथ वह उतना ही अनायास लगा जितना एक के बाद एक सीढ़ी पर चढ़ते जाना।

''यह मेरा घर है,'' मधुकर ने कमरा खोलकर उसे दिखाया था।

''यह वाई.एम.सी.ए. है?'' आश्चर्य से उसने पूछा।

''वाई.एम.सी.ए.!'' वह ठठाकर हँस पड़ा, ''बुद्धू, वाई.एम.सी.ए. में तुम्हें ले जाता तो अब तक न जाने कितनी दीवारें गिर चुकी होतीं। जानती हो वहाँ लोगों ने कब से औरत नहीं देखी?''

''तुम्हीं तो कह रहे थे, तुम वाई.एम.सी.ए. में रहते हो,'' वह नाराज़ होकर बोली।

''रहता था। अब खोज-खाजकर यह घर लिया है। कल आकर सामान जमा गया था। कैसा है?''

"अच्छा है, पर यह सामान जमा हुआ है क्या?"

मधुकर ने इधर-उधर बिखरे सामान पर नज़र डाली, बोला, "खास लगता तो नहीं?"

मनीषा ज़ोर से हँस दी, "एकदम भड़भूजे की दुकान लगता है," उसने कहा।

"तब खड़ी खी-खी क्या कर रही हो, जमा दो न।"

"कहाँ से शुरू करूँ? यह किताबें कबाड़ी को बेचनी हैं?" उसने कमरे के एक सिरे से दूसरे तक बिखरी किताबों को दिखाकर कहा।

"कबाड़ी को भला क्यों देनी होतीं? मेरे काम की हैं।"

"इन्हें ऐसे ही पढ़ते हो?"

"तो क्या करूँ इनका?"

"अलमारी में नहीं रख सकते?"

"अलमारी? ओह—हाँ, अलमारी। रख सकता हूँ। ले आऊँगा। अभी तो आया हूँ, भाई।"

"गनीमत है," मनीषा ने कहा, "ले आओगे।"

"तुम न कहती तो शायद न लाता," मधुकर हँस दिया।

"तब तक ज़मीन पर ही एक किनारे लगा दें?"

"क्या फ़ायदा दो-दो बार मेहनत करने का?"

"चलो, एक बात तो पक्की तौर पर पता चल गई," मनीषा ने कहा।

"क्या?"

"तुम्हारी शादी नहीं हुई।"

"क्यों शादी होने से क्या होता?"

"बीवी उठाकर इन सबको कबाड़ी को बेच देती।"

"कैसे बेच देती? मैं सिर नहीं फोड़ देता उसका!"

"क-क-क्या!"

"नहीं," उसने फ़ौरन हाथ जोड़ दिए, "नहीं फोड़ता। अब छोड़ो भी यह चिख-चिख। इन किताबों के क़िस्से में यह बतलाना तो भूल ही गया कि यह बैठक है।"

"वह कैसे?" मनीषा ने मासूमियत से पूछा।

"कैसे क्या? वह दो कुर्सियाँ रखी हुई दिखलाई नहीं देतीं?"

"ओह-हाँ। बैठें?"

"नहीं, अन्दर एक और कमरा है, वह भी देख लो।"

"वहाँ क्या है," उसने डरी आवाज़ में पूछा।

"पलँग!" मधुकर ने दहाड़कर कहा और उसका हाथ पकड़कर उसे अन्दर ले गया।

''पलँग है कहाँ ?'' अन्दर पहुँचकर मनीषा ने पूछा, ''यहाँ तो कपड़े-ही-कपड़े नज़र आ रहे हैं।''

वाक़ई, पलँग पर अस्त-व्यस्त कपड़ों का ढेर लगा हुआ था।

''ज़्यादा मीन-मेख मत निकालो, यह तुम्हारा आलीशान बँगला नहीं है, ज़रा हाथ-पाँव हिलाकर कपड़े हटाओ, अभी दिखलाई दे जाएगा।''

''अरे, यहाँ तो अलमारी भी है।''

''हाँ, है। तब चलो इसी में रखवाओ,'' कहकर मधुकर ने एक झपेट में तमाम कपड़े समेटे और अलमारी में ठूँस दिए।

''बस हो गया ?'' हतप्रभ मनीषा बोली, ''यह ऐसे ही रखे जाएँगे ?''

''मैं पागल हूँ, एकदम पागल,'' मधुकर बोला, ''इतने साल आराम से रहा, कभी किसी औरत को घर में नहीं घुसने दिया। अब इस उम्र में किस पागलपन में आकर इस औरत को यहाँ ले आया। जब से आई है, नुक्स ही निकाले जा रही है।''

''तब लाए क्यों ?''

''कहा न, मैं पागल हूँ, एकदम पागल...मनीषा, सचमुच मैं पागल हूँ,'' उसने उसके सामने आकर उसके कन्धों पर अपने हाथ रख दिए, धीमे-से उसकी नाक चूमकर बोला, ''हूँ न ?''

''हाँ,'' मनीषा ने कहा, ''नाक पर भी भला कोई चूमता है ?''

''क्यों, नाक भी तो मनीषा है और मैं मनीषा से प्यार करता हूँ।''

इस बार उसने झुककर ठोड़ी का गदगदा चूम लिया फिर उसके होंठ फिसलते रहे और मनीषा को लगा जीवन में पहली बार किसी ने उसे प्यार किया है : उसके पोर-पोर को, कण-कण को, उसके प्राण के रोम-रोम को, उसकी हँसी और रुलाई को, उसके विचार-कुविचार को। वह खड़ी थी और मकड़ी के धागे-सा महीन भावना का जाला उसके चारों ओर बुना जा रहा था। जानबूझकर, वह उसके बीच खड़ी थी और जाले में फँसती जा रही थी। धागा इतना महीन था कि एक झटके में उसे तोड़कर कभी भी बाहर निकला जा सकता था। पर वह निकलना चाहती ही कहाँ थी ? वह चाहती थी, धागा खिंचें, उसके चारों ओर लिपटे, खिंचें और फिर लिपट जाए।

फिर एक क्षण वह आया जब वह भूल गई कि उस स्थूल काया की अपनी भी कुछ माँगें हैं। जो-जो मिलता गया, वह मंत्रमुग्ध-सी ग्रहण करती चली गई : विलास और प्रहर्ष अनुभव किया, भावना की धरोहर मानकर। लहराती पतंग-समान उसकी देह धरती से उठकर बादलों में बिचर आई, और जब लौटी तो इतनी स्नेह-स्निग्ध कि डोर कट जाने पर भी हवा में लहराती रही। यह सब इसलिए हुआ क्योंकि आज

उसके होंठों पर सम्मोहित दबाव होंठों का नहीं, मधुकर का था; उसके वक्ष पर उन्मत्त स्पर्श अँगुलियों का नहीं, मधुकर का था; उसके शरीर को आलोड़ित करता रोमांचित शरीर, पुरुष का नहीं मधुकर का था। वहाँ था तो केवल मधुकर, और कोई नहीं, मनीषा भी नहीं। जीवन में पहली बार वह अपने को भूल सकी थी। केवल शरीर से ही नहीं, मन-मस्तिष्क से भी वह नहीं थी, और किसी तरह इसी न होने में पूर्ण भी थी। जो हुआ वह पहाड़ी नदी के नीचे उतरकर मैदानी नदी के विस्तार में समन्वित होने के समान आनुक्रमिक और पूर्ण था। उसके अस्तित्व का मिट जाना तक इतना सहज और स्वाभाविक था कि उसे कोई ठेस नहीं पहुँची। विस्फोट का वह आकस्मिक क्षण आया ही नहीं जो उसे चौंकाकर जगा देता और मनीषा की याद दिला देता। जो शेष रहा था, वह था बस मधुकर, कम-से-कम मनीषा के लिए। हो सकता है, मधुकर के लिए मनीषा शेष रही हो।

क्षण के आगे समर्पण करके सदा के लिए उसे स्मृति में सँजोया जा सकता है, पर घटित समय में बाँधकर नहीं रखा जा सकता। क्षण गुज़र गया और मनीषा का अहम् लौट आया। वह मनीषा राय है, जितेन राय की पत्नी। जितेन और उसके बीच का रिश्ता केवल उससे ताल्लुक़ रखता है मधुकर से नहीं। वह रिश्ता उसका अपना बनाया हुआ है, आत्मघाती। तीसरी मंज़िल से नीचे लगाई गई छलाँग की तरह पूर्व आयोजित। उसे तोड़ने से पहले जितेन से बात करनी होगी। वह इस रिश्ते से मुँह नहीं मोड़ सकती, हाँ स्वार्थी समान, जितेन की अनुमति के साथ या उसके बिना उसे तोड़ अवश्य सकती है। एक चीज़ थी जो उसके धर्माभिमानी दम्भ को बनाए रखने में उसकी सहायता कर रही थी, और वह थी, मद्रास जाते समय की जितेन की वह हँसी, जब उसने कहा था, मधुकर ज़रूरत से ज़्यादा भावुक है। यानी प्रेम केवल एक छिछोरी भावुकता है, जिससे वह स्वयं सर्वथा बरी है। तब यदि मनीषा में भी मधुकर समान अल्पवयस्कीय भावुकता हो तो उस जैसा परिपक्व और दम्भी इनसान उसके साथ रहना चाहे ही क्यों? ठीक है, न रहे, उसे मुक्त कर दे।

[6]

"जितेन, मुझे तुमसे कुछ कहना है," मनीषा ने कहा।

"हूँ..." जितेन ने घड़ी पर नज़र डालकर कहा, "आज जल्दी सोया जाए।"

"अभी तो आठ भी नहीं बजे।"

"हाँ, बस झटपट खाना लगवा लो, फिर सोयें।"

"अभी से?"

"हाँ," जितेन ने जम्हाई लेते हुए कहा, "बहुत थका हूँ, सुबह चार बजे उठा था, सोचकर कि दुपहर में सो लूँगा पर सारा दिन फ़ैक्टरी में बीत गया?"

"काम हो गया?"

"हाँ, यही गनीमत है।"

"खाना लगवा लेती हूँ," उसने कहा और सोचा, कोई बात नहीं, बात कल हो जाएगी। जितेन वाक़ई बहुत थका होगा। सुबह चार बजे मद्रास से चला, दस बजे मैसूर फ़ैक्टरी पहुँचा होगा, सारा दिन वहाँ उलझकर अब कहीं सात बजे जाकर घर लगा है। नहा-धोकर बैठा ही था कि उसने सोचा, रात से पहले जो कहना है कह ले। मधुकर से वायदा किया था कि जिस दिन जितेन घर पहुँचेगा, उसी दिन उससे बात करके अन्तिम निर्णय ले लेगी। पर अब लग रहा है एक रात रुकना ही होगा। यह कोई छोटी-मोटी बात तो है नहीं कि एक साँस में कहकर ख़तम कर दी जाए। जो कुछ कहना है, समझा-बुझाकर। मधुकर के साथ रहते यह जितना सहज लगता है, उससे अलग होने पर उतना ही कठिन। जितेन से कोई ख़ास शिकायत भी तो नहीं है जिसके बल पर अपनी स्वतंत्रता घोषित की जा सके। फिर वह औसत आदमियों से अधिक सदय और विवेकशील इनसान है। उसके अपने साथ भी उसका व्यवहार सदा सौजन्यपूर्ण रहा है। इन अन्तिम क्षणों में उसे भी उसके साथ ऐसा ही व्यवहार करना होगा। समझाकर कहना होगा कि जो हो गया है, उसमें उसका दोष नहीं है। है केवल स्थितियाँ या संयोग या मनीषा का भाग्य।

खाना खाकर जितेन शयनकक्ष में चला गया। वह जानबूझकर बैठक में बैठी पत्रिकाएँ पलटती रही; तब तक, जब तक उसे विश्वास न हो गया कि इतनी देर में, दिन-भर के अथक परिश्रम के बाद जितेन सोये बिना न रहा होगा। फिर वह कमरे में आई और चुपके से बिना आवाज़ किए बिस्तर के दूसरे कोने में लेट गई और सोने का प्रयत्न करने लगी। पर बहुत कोशिश करने पर भी नींद नहीं आई। घर का एक-एक कोना स्मृतियों से सजीव होकर उसकी आँखों के सामने घूमने लगा। कल जितेन के साथ-साथ यह सब भी उसे छोड़ देना होगा, यह कमरे, यह बगीचा; सामने खिड़की पर झूलते मोटे नीले परदे, बैठक के कोने में सजा बाँस का ऊँचा फूलदान, दीवार पर टँगा शिवानन्द का भावमय चित्र, केरल से खरीदे कथकली नृत्य के रंग-बिरंगे मुखौटे, चन्दन की बनी नटराज की विशाल मूर्ति, बगीचे के दाएँ कोने में उगा मैगरडीज सन-सैट नाम का गुलाब का पौधा, क़तार से रखे कैक्टस के गमले और...बंगलूर शहर। उसका मन हुआ कि इससे पहले कि यह तमाम परिचित वस्तुएँ उससे छिन जाएँ, वह मन भरकर उन्हें देख ले। हाथ बढ़ाकर उसने बेडस्विच जला दिया। मद्धिम प्रकाश कमरे में फैल गया। बिस्तर से उठते-उठते वह ठिठक गई और अधलेटी मुद्रा में सिर के नीचे बाँह रखकर जितेन को देखती रही। सहसा उसने

आँखें खोल दीं और बाँह बढ़ाकर उसे पास खींच लिया। सकपकाकर उसने बत्ती बुझा दी।

"जलने दो," जितेन ने कहा।

"नहीं, मैं बुझाने ही वाली थी। मैं सोने आई थी, तुम सो जाओ।"

जितेन ने और कुछ नहीं कहा, हाथ बढ़ाकर बत्ती दुबारा जला ली और कसकर उसके होंठों को चूम लिया। छटपटाकर उसने अपना मुँह हटा लिया और उसे परे धकेलने लगी।

"क्यों क्या हुआ ?" उसने कहा।

"इस वक़्त नहीं। तुम सो जाओ, थके हो।"

"इतना नहीं थका। तुम्हें बहुत मिस किया," कहकर उसने उसे कुछ कहने का मौक़ा न देकर उसका मुँह बन्द कर दिया। बिजली की कौंध की आकस्मिकता के साथ उसकी आँखों के सामने मधुकर आ उपस्थित हुआ, उसने अपनी आँखें कसकर बन्द कर लीं और निर्जीव लाश-समान पड़ी रही। सहसा उसने पाया, उसके होंठ जितेन की गिरफ़्त के बाहर हैं।

"लगता है," उसने स्नेहिल स्वर में कहा, "मुझसे ज़्यादा तुम थकी हो।" फिर उसने अपनी बाँहों का ढीला-सा घेरा बनाया और उसे हल्के से घेरकर बच्चों की तरह छाती से लगा सोने का उपक्रम करने लगा। उसे रोना आ गया। ओह जितेन, उसने मन-ही-मन कहा, तुम इतने विनम्र और सज्जन क्यों हो ? उन फ़िल्मी दुर्जनों की तरह क्यों नहीं हो जिनकी भर्त्सना कर छोड़ देना इतना आसान होता है ? मैं तुम्हें प्यार नहीं करती, इसमें कहीं अवश्य मेरा कसूर है। उसकी समझ में नहीं आया अपनी इस भावना को उस पर किस तरह व्यक्त करे। अनायास उसने मुँह आगे करके उसके बन्द होंठों को चूम लिया। उसकी इस नामालूम-सी हरकत ने बारूद के ढेर में दियासलाई दिखलाने का काम किया। जितेन की बाँहें कस गईं और फिर कसती चली गईं। धीरे-धीरे मनीषा ने पाया कि महज़ आँखें बन्द किए रखने से वह सुगमता से चरम बिन्दु पर जितेन को मधुकर समझे रह सकती है। आज शायद पहली बार जितेन के आलिंगन में उसका मस्तिष्क देह के आगे समर्पण कर गया, तर्क-वितर्क स्थगित करके देह की सहज प्रतिक्रियाओं के बीच मुँह छिपा पड़ा रहा। तर्क-बुद्धि जब लौटी भी तो वही ख़याल आया, यही ठीक है, जितेन की अन्तिम स्मृति मधुर ही सही।

अगले दिन वायदे के अनुसार परीक्षा समाप्त होते ही पर्चे जमा कर वह मधुकर के घर जाने के लिए निकल पड़ी। जल्दी-जल्दी वह गेट पार कर रही थी कि सुधा ने आवाज देकर रोक लिया।

"तेरी गाड़ी नहीं आई ?" उसने पूछा।

''नहीं, मैं अपने-आप जा रही हूँ,'' उसने कहा और एक क़दम आगे बढ़ा लिया जिससे वह समझ जाए कि वह किस क़दर जल्दी में है। पर सुधा पर कोई असर नहीं हुआ।

''जितेन अभी लौटे नहीं?'' उसने पूछा।

''लौट आए।''

''कब?''

''कल।''

''तो गाड़ी क्यों नहीं आई?''

''यूँ ही,'' उसने गम्भीर स्वर में छोटा-सा उत्तर देकर उसे समझाना चाहा कि इस तरह प्रश्न पूछते जाने का उसे कोई अधिकार नहीं है।

''यूँ ही क्या,'' सुधा ने उसके मनोभावों की परवाह किए बग़ैर कहा, ''सीधा क्यों नहीं कहती मधुकर के घर जा रही है?''

''क्या मतलब,'' वह हल्के से चौंकी।

''मतलब यह कि पूरे कॉलेज को पता है कि तेरा मधुकर से प्रेम चल रहा है।''

''तो?'' वह भड़क उठी, ''तुम लोग क्या मधुकर के गार्जियन हो?''

''नहीं, हम नहीं हैं पर उसे गार्जियन की आवश्यकता अवश्य है,'' सुधा ने कहा।

''मतलब?''

''और तुझे भी।''

''तू मेरे लिए अपना माथा ख़राब मत कर,'' मनीषा ने कठोर स्वर में कहा।

''पागल है तू। क्या समझती है, यह सब जितेन के कान में नहीं पड़ेगा?''

''तू कह दे न जाकर।''

''मैं तो नहीं कहूँगी,'' सुधा ने मुलायम स्वर में कहा, ''पर कोई-न-कोई अवश्य कह देगा। यह प्रेम-व्रेम तो चलता ही रहता है, मैं उस पर आपत्ति नहीं कर रही, पर इस तरह तुमुल नाद करके उसकी घोषणा करने की क्या आवश्यकता है? विवेक के साथ काम नहीं करेगी तो तेरे और जितेन के सम्बन्धों को अवश्य ठेस पहुँचेगी।''

''सुधा,'' मनीषा व्यंग्य से हँसी, ''तू समझती है मैं लुक-छिपकर प्रेम का खिलवाड़ कर रही हूँ? तेरे परिचित ऐसा करते होंगे। जहाँ तक मेरा सवाल है, मैं स्वयं जितेन को सब बतलाने जा रही हूँ।''

''क्या,'' सुधा ने उसका हाथ पकड़ लिया, ''ऐसी बेवकूफ़ी मत कर बैठना। हम सोचते हैं, कहकर हम अपनी दोषी भावना को कम कर लेंगे, पर यह कितना

बड़ा स्वार्थ है, जानती है? अपनी क्षणिक शान्ति के लिए तू दूसरे की मानसिक शान्ति, हो सकता है, सदा के लिए नष्ट कर दे।''

''होगा,'' मनीषा ने कहा, ''पर बिना बतलाए उनसे तलाक़ कैसे माँगा जाएगा, बतला तो?''

चौंककर सुधा ने उसकी ओर देखा और कुछ देर देखती ही रही, फिर बोली, ''लगता है तू गम्भीरता से यह कह रही है।''

''बिलकुल।''

''विश्वास नहीं होता तू इतना बचपना कर सकती है।''

''इसमें बचपना क्या है? मैं मधुकर से प्यार करती हूँ और उससे विवाह करना चाहती हूँ। झूठ से मुझे नफरत है। मैं जितेन से झूठे प्रेम का दावा कर झूठा रिश्ता निभाने से बेहतर समझती हूँ कि उससे अपने को काटकर उसे दुबारा जीवन आरम्भ करने का मौक़ा दूँ।''

''मैं समझती थी रूमानियत एक सुन्दर मुखौटा है जो तू कभी-कभी पहन लेती है। अब पता लगा उसे लगाकर तूने अपना चेहरा ही खो डाला है।''

''तू कहना क्या चाहती है?''

''जितेन जैसे आदमी को छोड़कर मधुकर के साथ जाना, इससे बढ़कर बचकानी रूमानियत और क्या हो सकती है?''

सुधा ने 'मधुकर' कुछ इस ढंग से कहा कि मनीषा तिलमिलाकर रह गई।

''यह मेरा निजी मामला है,'' उसने होंठ भींचकर कहा।

''हर बेवकूफ़ी निजी होती है,'' सुधा ने कहा।

''तू मधुकर या जितेन, दोनों में से किसी के बारे में क्या जानती है जो इस तरह भाषण दिए जा रही है?''

''जानती हूँ कि मधुकर आकर्षक है, रोमांटिक है, भावुक है और इसलिए कोई भी अल्पवयस्क स्वप्नजीवी लड़की उसका प्रेम पाकर धन्य हो सकती है। पर अट्ठाईस वर्ष की प्रौढ़ बुद्धिजीवी लेखिका, आश्चर्य है! और वह भी जितेन जैसे उदार और परिपक्व व्यक्ति को त्यागकर।''

''जितेन-जितेन-जितेन!'' मनीषा झल्ला उठी, ''इतना अच्छा लगता है तो ख़ुशी मना। मेरे बाद तू उससे विवाह कर लेना।''

सुधा ने चौंककर उसकी ओर देखा। उसकी निगाह में हिकारत भरी हुई थी। ''मनीषा,'' उसने गम्भीर स्वर में कहा, ''मैं समझती थी कि तू बहुत भावुक है, अब समझी तू केवल स्वार्थी है।''

मनीषा का चेहरा फ़क़ पड़ गया। अपनी बात कहकर वह स्वयं लज्जित हो गई थी। जितेन को लेकर इस समय कटाक्ष करना कितना अशोभनीय है, वह बिना

समझाए समझ गई थी। वह जानती है, परिचित-अपरिचित, जो भी उसकी कहानी सुनेगा उसे स्वार्थी पुकारे बग़ैर नहीं रहेगा। एक तरह से उनका कहना सच भी होगा। पर बस उतना ही सच जितना दूर से देखा हुआ कोई भी यथार्थ होता है। यथार्थ सत्य का वह सतही रूप है, जो अपनी सुगम सुगोचरता से दर्शक को इतना मोहित कर लेता है कि वह उसके सूक्ष्म और सम्भ्रमकारी तथ्य को समझने का प्रयत्न ही छोड़ देता है। सत्य सचमुच क्या है, केवल भुक्तभोगी ही समझ सकता है। वह जानती है कि वह जितेन को अपनी ख़ुशी के लिए छोड़ रही है, यानी वह स्वार्थी है। पर साथ ही वह यह भी जानती है कि अपनी ख़ुशी का बलिदान करके यदि वह उसके पास रह भी गई तो इससे उसका कोई लाभ नहीं होगा। साथ रहने पर उसके जीवन का शून्य छूत की बीमारी की तरह जितेन के जीवन को खाने लगेगा और अन्त में उतना ही खोखला करके छोड़ेगा जितना वह स्वयं है। पूर्ण सत्य तो यह है कि इस पूरे व्यापार में मनीषा कर्ता ही नहीं है। है केवल साधन, अपरिहार्य परिस्थितियों के हाथ में खिलौना मात्र। और लोग इस बात को नहीं समझ सकते पर सुधा? उसके इतनी निकट होते हुए भी वह उसके जीवन के विराट सत्य को नहीं पहचान सकती? पहचान न भी पाए पर क्या विस्तार से समझने पर समझ भी नहीं पाएगी? उसका मन हुआ सुधा का हाथ थाम ले और उसे अपने बारे में और मधुकर के अनम्य और अनुपम प्रेम के बारे में समझाए।

''फिर मैं पहले भी कह चुकी हूँ,'' उसने सुना सुधा कह रही थी, ''मेरा विवाह होगा तो किसी कन्नड़-भाषी लिंगायत के साथ, नहीं तो जन्म-भर कुँवारी रहकर अपने धर्म का निर्वाह करना होगा।''

हो सकता है मनीषा के फ़क़ पड़े चेहरे को देखकर उसे लगा हो कि वह अधिक कटु बात कह गई है या फिर अधिक देर गम्भीर बने रहना उसके 'सिनिक' स्वभाव के ही विरुद्ध हो। उसके बदले स्वर को अपने सजल मनोभावों के बीच उतारने का प्रयत्न करती मनीषा चुप रह गई।

''डेढ़ बज गया, मैं चलूँ,'' सुधा ने कहा।

''डेढ़!'' चौंककर उसने अपनी घड़ी देखी। सचमुच डेढ़ बज रहा था। उफ़, मधुकर पूरे आधे घंटे से उसका इन्तज़ार कर रहा होगा। समय के पाबन्द इनसान के लिए आधा घंटा प्रतीक्षा में काटना कितना कष्टकर होता है, वह जानती है। सुधा को अपने बारे में समझाना स्थगित करना होगा। अभी तो तुरन्त मधुकर के पास पहुँचना है। जल्दी से गरदन और हाथ हिलाकर उसने उससे विदा ली और पाँच कॉर्नवालिस रोड मधुकर के घर की ओर चल दी।

वहाँ पहुँचने पर उसने देखा, दरवाज़े पर ताला लटक रहा है। यानी मधुकर अभी नहीं पहुँचा। उसने राहत की साँस ली और डुप्लीकेट चाबी से दरवाज़ा खोल लिया।

अन्दर पहुँचकर एक बार फिर घड़ी पर नज़र डाली, पौने दो बज रहे थे। उसे आश्चर्य तो हुआ, मधुकर अभी तक घर कैसे नहीं पहुँचा पर विशेष परेशानी नहीं हुई। बस आता ही होगा। उसने बैठक और बेडरूम में बेतरतीब फैली चीज़ों को समेटा और सँवारकर यथास्थान लगा दिया। फिर रसोईघर में जाकर गैस जलाई और एक भिगौना पानी उस पर चढ़ा दिया। उसके आने तक पानी खौल जाएगा और तुरन्त कॉफ़ी बन जाएगी। खाने के लिए वह दोसे साथ लेकर आता है। वैसे उसने रसोईघर में बिखरे दो-चार डिब्बे भी टटोल डाले। आधी डबलरोटी तो हाथ लग गई पर बहुत खोजने पर भी मक्खन या खीरा, टमाटर-जैसी चीज़ नहीं मिली जो सैंडविच बना डालती। हारकर उसने डबलरोटी काग़ज़ में लपेटकर वापस डिब्बे में डाल दी। फिर रसोईघर के तमाम बर्तन, यही कोई चार प्याले, चार प्लेटें, तीन चम्मच—एक कहीं खो गया था, और दो भिगौने धो-पोंछकर तरतीब से लगा दिए। इतने में देखा पानी खौल आया है। उसने फिर एक नज़र घड़ी पर डाली : दो, मधुकर अभी तक नहीं आया। उसने गैस बुझा दी और बैठक में जाकर एक पत्रिका के पन्ने पलटने लगी। हर दस पन्ने पलटने के बाद वह घड़ी पर निगाह डाल लेती और दुबारा पन्ने पलटने लगती। ऐसा करते-करते ढाई बज गए और तब उसे एक अजीब-सी अनुभूति हुई। लगा, वह मधुकर नहीं, जितेन की प्रतीक्षा कर रही है। घबराकर उसने पत्रिका बन्द कर दी और उठकर रसोईघर में चली आई। गैस जलाकर पानी दुबारा खौलने के लिए रख दिया। एक प्याले में कंडेन्सड दूध और कॉफ़ी पाउडर डालकर इन्तज़ार करने लगी कि जैसे ही पानी खौले, अपने लिए कॉफ़ी बना ले। पूरे बंगलूर शहर में मधुकर ही ऐसा इनसान होगा जो इन्स्टैंट कॉफ़ी पीता हो। फिल्टरवाली कॉफ़ी बनाने के लिए उसके पास न बर्तन है न इच्छा। उसे स्वयं इन्स्टैंट कॉफ़ी फीकी लगती है। न हो, उसने सोचा, वह ख़ुद ही जाकर बाज़ार से एक फिल्टर और कॉफ़ी पाउडर खरीद लाएगी। आप लोगों की कॉफ़ी बहुत तेज़ होती है, मुझसे पी नहीं जाती, एक दिन मधुकर ने कहा था तो सुधा बोल उठी थी, अभी बच्चे हैं आप, इसलिए। सहसा सुधा के कहे शब्द एक बार फिर उसके कानों में गूँज गए। ओफ़्फ़ोह, क्या हो गया है मधुकर को? एक तो वैसे ही सुधा ने दिमाग़ ख़राब कर दिया है, ऊपर से मधुकर जाने कहाँ बैठ गया। स्कूटर चलाता भी तो इतना अन्धाधुन्ध है। नहीं, वह सब वह नहीं सोचेगी। खौल आए पानी को प्याले में डालकर वह बैठक में लौट आई और देर तक उसे हाथ में लिये बैठी रही। पीने की इच्छा नहीं हुई। वह सुधा को मन-ही-मन समझाती रही कि उसने जो कुछ कहा था वह ग़लत था। प्यार एक नैसर्गिक वस्तु है जो भाग्यवान को ही नसीब होती है। परिपक्वता या भौतिक भोग-विलास की दुहाई देकर उसे नकारा नहीं जा सकता। यदि मधुकर वैसा हो भी जैसा सुधा उसे समझती है तो भी कोई अन्तर नहीं पड़ता। प्रेम पात्र की उपयुक्तता देखकर नहीं किया जाता :

वह बस हो जाता है। उसके नियम उतने ही अज्ञात हैं जितने कि वह जो कली को चटकाकर खिला देते हैं, अंकुर को सहलाकर पात बना देते हैं। आज घर जाकर वह जितेन से कह देगी कि उसे मधुकर से प्यार है और वह उसके बग़ैर नहीं रह सकती : हालाँकि, उसने तीन बजा रही घड़ी पर निगाह डालकर सोचा, कमबख़्त ने दो घंटे से यहाँ भूखा-प्यासा बैठा रखा है।

ठंडी पड़ गई कॉफ़ी के प्याले को उठाकर वह खड़ी हुई ही थी कि दरवाज़े पर ज़ोर से दस्तक हुई। मधुकर! प्याला हाथ में थामे-थामे वह दरवाज़े की तरफ़ भागी। दूसरा हाथ बढ़ाकर सिटकनी खोल दी। बाहर मधुकर ही था। भीतर आकर उसके हाथ में प्याला देखकर बोला, ''मुझे भी देना कॉफ़ी।''

''लो,'' उसने प्याला उसकी ओर बढ़ा दिया।

''थू!'' एक घूँट भरकर उसने कहा, ''यह तो एकदम ठंडी है।''

''दो घंटे में ठंडी नहीं होगी ?''

''ओह,'' वह हँस दिया, ''सचमुच बहुत देर हो गई।''

''कहाँ थे ?'' मनीषा ने कहा, ''मैंने सोचा चलो क़िस्सा निबटा, कहीं एक्सीडेंट में शहीद हो गए लगते हैं।''

''अरे क्या बताऊँ,'' वह बोला, ''तुम्हारी इस यूनिवर्सिटी में सब साले एक से बढ़कर एक गधे हैं।''

''हुआ क्या ?''

''क्या नहीं हुआ ? तुम्हें बतलाया था न, मेरी क्लास में एक लड़का है, जिसे पोलियो हो चुका है। बेचारे के हाथ ख़राब हैं, लिख नहीं पाता। कितनी दौड़-धूप करके इन सालों से उसके लिए लेखक नियुक्त करवाया था, आज पता है क्या हुआ ?''

''क्या ?''

''सालों ने ऐसा लेखक दिया है जो अर्थशास्त्र का क-ख-ग भी नहीं जानता। थ्योरी का पेपर था और उस गधे के बच्चे को एक भी डायग्राम बनाना नहीं आता था। ऊपर से इन्वीजिलेटर साहब फरमाते हैं कि समय अधिक नहीं दिया जा सकता। मन कर रहा था साले का सिर फोड़ दूँ।''

''साला, गधा कहना ज़रूरी है ?''

''बिलकुल ज़रूरी है,'' मधुकर ने तैश में कहा, ''साले को साला नहीं कहूँगा तो क्या कहूँगा!''

''अच्छा कहो। फिर क्या किया ? फोड़ आए सिर ?''

''नहीं। इतनी गम्भीर बात है और तुम्हें मज़ाक़ सूझ रहा है ?''

''अरे बाबा, मज़ाक़ कौन साला कर रहा है,'' मनीषा ने भी खीजकर कहा, ''अब बतलाओ भी हुआ क्या ?''

''माथापच्ची करके कल से दूसरा लेखक तय करवा के आया हूँ।''

''चलो काम तो हो गया।''

''पर जानती हो उस बदमाश ने क्या कहा मुझसे?''

''किस बदमाश ने?''

''तुम्हारे आदरणीय वाइस चान्सलर ने? कहने लगा, ठीक तो है, अर्थशास्त्र के विद्यार्थी को लेखक बनाकर देंगे तो मदद नहीं कर देगा उसकी? सच कहता हूँ, सुनकर मन हुआ एक जड़ दूँ उसके मुँह पर। लड़का बेचारा विकलांग है, आत्म-बल के भरोसे किसी तरह पढ़ रहा है, उसकी मदद करने से तो रहे, बैठे-बैठे क़ानून निकाल रहे हैं। यह साला सारा-का-सारा देश ही वकीलों का देश है। और पता है मैंने यह कहा तो क्या बोला, ''मिस्टर नागपाल आप बहुत भावुक हैं। साला गधे की दुम!''

''तुम्हारे लिए सभी यह कहते हैं,'' अनायास मनीषा के मुँह से निकल गया।

''कौन कहता है?'' मधुकर उठकर बिलकुल उसके क़रीब आ गया, ''कौन कहता है?'' उसने दुहराया, ''तुम ऐसा सोचती हो?''

''नहीं, मधुकर,'' उसने मधुर स्वर में कहा, ''मैं नहीं सोचती। मुझे तो तुम्हारी लोगों के लिए यह चिन्ता अच्छी लगती है। और लोग कहते हैं।''

''कौन लोग? तुम्हारे पति?''

''सुधा। वह भी।''

पर मैं ऐसा नहीं सोचती, उसने मन-ही-मन दुहराया। काश मैं भी इसी तरह हर इनसान के लिए चिन्तित हो सकती। आज जितना उत्तेजित मधुकर क्लास के एक सामान्य छात्र के लिए हो उठा है, उतना तो वह सिर्फ़ उसके लिए हो पाती है, जो उसके प्रेम का पात्र हो, जैसे मधुकर। या जितेन। प्रेम पात्र की खोज में भटककर वह जितेन के रास्ते मधुकर तक पहुँची है और अब उसे अपनी जीवन-धुरी का केन्द्रबिन्दु बना बैठी है। कॉलेज में मधुकर और मनीषा दोनों पढ़ाते हैं, अनिवार्य वे दोनों एक-दूसरे के लिए हैं : फिर भी अपने जीवन का बहुत बड़ा अंश मधुकर बचा ले जाता है और केवल अर्थ-उपार्जन के हेतु नहीं, आन्तरिक उत्साह और ऊष्मा से प्रेरित हो, अपने कार्यक्षेत्र को अर्पण कर देता है। पर मनीषा? वह क्या उस ऊष्मा का अनुभव केवल पुरुष को लेकर ही करती है? उसने अपने भीतर टटोलकर देखा और पाया ऐसा नहीं है। कभी-कभी, अपनी कहानी के पात्रों की संरचना करते, ऐसी ही अनूठी ऊष्मा उसके शरीर के रोमछिद्रों को प्रज्वलित कर देती है और लगने लगता है कि वह पात्र उसके जीवन के निकटतम पात्रों से अधिक सजीव और महत्त्वशाली है। उस क्षण वह अपना लक्ष्य ख़ुद अपने भीतर खोजती है और उसे पाने के मार्ग का संचालन भी स्वयं करती है, अकेली। पर तब अकेलेपन की चिलकती धूप उसे

तपाकर हरित छाया-कुंजों की शरण में नहीं भगाती, आत्म-तुष्टि की स्वाभिमानी गरमाहट से भर देती है। उसे लगा, वह तुष्टि मधुकर के संसर्ग में पाई परितुष्टि से अधिक घनी और गहरी होती है। मुझे अपने लिखने पर और ध्यान देना चाहिए, उसने सोचा।

"तुमने बात कर ली?" मधुकर के स्वर के साथ-साथ अपने कन्धों पर उसके हाथों के प्रचंड दबाव से चौंककर वह इन विचारों की परिधि से बाहर निकल आई।

"तुमने बात कर ली?" उसने दुहराया और कन्धों पर उसके हाथों का दबाव और कठोर हो गया।

वह समझ गई, इस वक़्त यह प्रश्न उसे भीतर तक झिंझोड़े हुए है।

"नहीं, अभी नहीं," उसने अपने स्वर को यथासम्भव विनीत बनाकर कहा।

"क्यों, लौटे नहीं?"

"लौट आए।"

"कब?"

"कल शाम।"

"तो? बात क्यों नहीं की?"

"सम्भव नहीं हुआ।"

"सम्भव नहीं हुआ। क्यों सम्भव नहीं हुआ?"

"समझने की कोशिश करो, मधुकर," अब इस जिरह से वह क्रुद्ध होने लगी थी, "वे कल ही लौटे। बहुत थके थे। एकदम कह देना सम्भव नहीं हुआ।"

"कहना चाहती तो हो न?"

"हाँ! हाँ! हाँ!"

"तब कहा क्यों नहीं? रात-भर क्या करती रही?"

"क्या करती रही! पति पत्नी के पास हफ़्ता-भर बाद लौटे तो क्या करता रहेगा, सोच नहीं सकते?" वह फट पड़ी। दिन-भर उस पर हावी रहा तनाव पराकाष्ठा पर पहुँच चुका था।

"सोच सकता हूँ," मधुकर ने छोटी-सी आवाज़ में कहा, "पर बर्दाश्त नहीं कर सकता।"

उसके हाथ मनीषा के कन्धों से फिसल गए और वह पास की कुर्सी पर ढह गया, भयंकर ताप के सम्मुख सूखे पत्ते की तरह सिकुड़कर। उसके इस मर्माहत भाव ने मनीषा को प्रेम से अभिभूत कर डाला। यही है उस व्यापक प्रेम का रूप जो दो इनसानों को निकट लाकर एक बना डालता है। सुधा क्या जानती है मधुकर को? यही कि वह अतिशय भावुक और अपरिपक्व है। यदि प्रेम करना अपरिपक्वता की निशानी है तो उसका आरोप सही है। परिपक्व आदमी इतनी गहराई से प्यार कर भी

नहीं सकता, उसके लिए स्वप्न देखना आवश्यक जो होता है। प्यार वह करता है केवल अपने से, दूसरे से करता है व्यापार। इतना सब वह सोच गई पर मधुकर पर व्यक्त न कर पाई। सहसा उसने पाया कि वह इतनी क्लान्त है कि कुछ भी कहने या करने की स्थिति में नहीं है, जैसे कोई तूफ़ान उसे चटक-पटककर अभी-अभी वहाँ से गुज़र चुका हो।

वह मधुकर के पास पड़ी कुर्सी पर बैठ गई और थके कंठ से बोली, ''दोसे लाए हो?''

''नहीं,'' उसने कहा।

''घर में भी कुछ नहीं है।''

उसने कन्धे झटक दिए।

''भूख लगी है?''

''हाँ।''

''बाहर चलें?''

''नहीं।''

''कॉफ़ी बना देती हूँ।''

''अच्छा।''

''पानी रखकर बाज़ार से मक्खन ले आती हूँ, डबलरोटी घर में है।''

''अच्छा।''

वह उठी और रसोईघर की ओर जाते-जाते रुककर धीरे-से उसके घने बाल सहला दिए।

उसने उसका हाथ थामकर हल्के-से उसे चूम लिया। फिर वह पानी रखने रसोईघर में चली गई।

[7]

''जितेन, मुझे तुमसे कुछ कहना है,'' अगली रात मनीषा ने अपने को वही कलवाला संवाद दुहराते हुए पाया।

''हूँ...'' जितेन ने अख़बार पढ़ते-पढ़ते कहा। फिर वही उत्तर!

पर आज वह निश्चय कर चुकी थी कि उसकी तमाम अन्यमनस्कता से लोहा लेकर अपनी बात कहकर रहेगी। कहकर ही नहीं, उसे सुनाकर रहेगी।

''सुन रहे हो?'' उसने ऊँचे स्वर में कहा।

''हूँ।''

''थोड़ी देर के लिए अख़बार रख दो। मैं जो कह रही हूँ, यह सुन लो तो अच्छा रहेगा।''

''हूँ?'' चौंककर उसने कहा और साथ ही नज़रें उठाकर उसकी ओर देखा। उसके चेहरे की अद्‌भुत गम्भीरता ने उसकी दृष्टि को बाँध लिया।

''क्या बात है?'' उसने कहा।

''बात जो है, उसका कुछ आभास तुम्हें होगा ही। तुम्हारे मद्रास जाते समय मैंने संकेत भी किया था...''

वह कह रही थी कि पास रखे फ़ोन की घंटी ज़ोर से बच उठी।

''एक मिनट,'' कहकर जितेन ने फ़ोन उठा लिया।

रात का खाना खाकर वह दोनों बैठक में आ बैठे थे, तभी उसने बात छेड़ी थी। चाह रही थी कि पूरी बात खोलकर उससे कहे जिससे उसे अपने से या उससे शिकायत का मौक़ा न मिले। पर इसके लिए आवश्यक था जितेन का एकाग्र मनोयोग। वही मिलना कठिन हो रहा था। वह कुर्सी के एक कोने पर बैठी बेचैनी से टेलीफ़ोन समाप्त होने की राह देख रही थी पर वह था कि ख़तम होने में ही नहीं आ रहा था। शायद फ़ैक्टरी में गड़बड़ होगी। वार्तालाप सुनने का उसने प्रयत्न नहीं किया : मन-ही-मन जो उससे कहना था वह दुहराती रही। फिर उसे डर लगने लगा कि कहीं वह फ़ोन काटते ही उठकर सीधा फ़ैक्टरी न चल दे, और कहना कल तक स्थगित हो जाए। नहीं, एक और रात-दिन उसे मन-ही-मन जुगालना, कल जाकर फिर मधुकर से तकरार करना उससे बर्दाश्त नहीं होगा। जो कहना है फ़ौरन कहना होगा। तभी उसकी समझ में यह भी आ गया कि बात को घुमा-फिराकर न कहकर निष्ठुरता से साफ़-साफ़ कह देने से ही वह जितेन का ध्यान आकर्षित कर सकती है। ठीक है, जिस आदमी को उससे दो बात करने तक की फुर्सत नहीं है उससे कैसा लगाव? जो रिश्ता रात के अँधेरे में जन्म लेता है और चन्द घंटे क़ायम रहकर दिन के उजाले के साथ-साथ ख़त्म हो जाता है, उसे तोड़ने में कैसा संकोच?

''जितेन,'' फ़ोन के कटते ही उसने ऊँची आवाज़ में कहा।

''सॉरी, फ़ैक्टरी से फ़ोन था। वहाँ...''

''जानती हूँ, तुम्हें फ़ौरन जाना है, पर जाने से पहले मेरी बात सुन लो।''

''हूँ?'' उसका स्वर अनमना था।

''मैं तुमसे तलाक़ चाहती हूँ।''

''क्या,'' वह खड़े होते-होते बैठ गया, फिर हँस पड़ा।

''इतनी भी क्या नाराज़गी?'' उसने कहा, ''मैं बस, गया और आया। रात तक ज़रूर लौट आऊँगा।''

मनीषा का दिल हुआ पास रखा फूलदान उसके सिर पर दे मारे। उफ़, आदमी इतना अन्धा भी हो सकता है! उसकी हँसी ने उसका संकोच फूँक मारकर उड़ा दिया और वह क्रूर हो उठी।

''मैं नाराज़ नहीं हूँ,'' उसने कहा, ''मैं मधुकर से प्यार करती हूँ और उससे विवाह करना चाहती हूँ।''

''मधुकर ?'' उसने बेवकूफ़ समान दोहराया, ''मधुकर ?''

''हाँ, तुम मिल चुके हो उससे।''

''यह सब तुम क्या कह रही हो ?''

''क्यों, तुम क्या जानते नहीं ? मद्रास जाते समय मैंने तुमसे कहा था न ?''

''क्या कहा था ?''

''कहा था कि मधुकर मुझे चाहने लगा है।''

''हाँ...शायद। मधुकर, तुम नहीं।''

''क्यों, मैं क्यों नहीं ?''

जितेन चुपचाप देर तक उसके चेहरे को देखता रहा।

''यह सच है या मज़ाक़,'' आख़िर उसने घुटे-घुटे स्वर में पूछा।

''सच। मेरे जीवन का सबसे स्पष्ट और अनश्वर सच।''

''पर कैसे ? क्यों ?'' उसने पता नहीं उससे या अपने-आपसे पूछा।

''कैसे-क्यों, मैं नहीं समझा सकती। प्रेम में कैसे-क्यों शायद होता भी नहीं।''

''मनीषा,'' सहसा जितेन ने गम्भीर स्वर में कहा, ''किसी भी स्त्री-पुरुष के बीच आकर्षण का मतलब यह नहीं होता कि वह विवाह करें ही करें। आकर्षण ऐसी चीज़ है जो वक़्त के साथ टिकती नहीं। तुम जानती हो मैं उतने तंग ख़यालों का आदमी नहीं हूँ। मधुकर और तुम्हारे बीच कुछ हो भी गुज़रा हो तो उसे भुलाया जा सकता है। इसमें तलाक़ की ज़रूरत नहीं है।'' स्तम्भित मनीषा उसका मुँह ताक़ती रह गई। बस इतना ही समझ पाया है वह ? इतना निरुद्वेग भी कोई आदमी हो सकता है ? उसके कानों में मधुकर के कहे शब्द बज उठे। कोई दूसरा पुरुष तुम्हारे क़रीब आए मैं बर्दाश्त नहीं कर सकता।

''आकर्षण!'' उसने कहा, ''मैं प्रेम की बात कर रही हूँ ?''

''एक ही बात है।''

''एक ही बात ? जितेन, तुमने कभी प्रेम किया है ?''

''क्यों नहीं। तुमसे करता हूँ।''

''मुझसे ? विवाह का अर्थ प्रेम नहीं होता और न साथ सोने का। मुझसे प्रेम करते तो इतने शान्त भाव से मुझे मधुकर की बाँहों में छोड़कर मद्रास न चले जाते।''

''ज़ोर करके रोक लेता तो तुम मधुकर को छोड़ देतीं? इसी को अनश्वर सच कहती हो?''

''नहीं,'' मनीषा ने कठोर स्वर में कहा, ''तुम रोकते भी तो मैं रुकती नहीं। तुम क्या, दुनिया की कोई ताक़त मुझे नहीं रोक सकती। मैं सिर्फ़ यह कह रही हूँ कि तुम प्रेम करते तो मुझे रोकने का प्रयत्न ज़रूर करते, आराम से मद्रास न चले जाते।''

''मनीषा,'' जितेन ने कहा, ''बात क्या इतनी-सी है? मेरे मद्रास चले जाने पर तुम नाराज़ हो? सच कहता हूँ मैं यह सोच ही नहीं सकता कि तुम मधुकर से प्यार कर सकती हो।''

''क्यों?''

''शायद इसलिए कि इतना भावुक मैं तुम्हें नहीं समझता था।''

''मुझे समझने का तुमने कभी प्रयत्न किया है?''

''शायद तुम्हारा इलज़ाम सही है, पर इन दिनों मैं बहुत बिज़ी रहा हूँ, और तुमने कभी कहा भी तो नहीं। आगे से मैं पूरी कोशिश करूँगा कि तुम्हें इतना अकेला न छोड़ूँ।''

''मैं तुम पर कोई इलज़ाम नहीं लगा रही, जितेन,'' उसने स्वर को कोमल बनाकर कहा। उसे लगा जो वह नहीं करना चाहती थी वही कह गई है और मूल बात शिकवे-शिकायत के गन्दे पानी में बहकर दूर निकल गई है।

''इलज़ाम का सवाल ही पैदा नहीं होता,'' वह कहती गई, ''मधुकर से मैं इसलिए प्रेम नहीं करती क्योंकि मुझे तुमसे कोई शिकायत है। करती हूँ क्योंकि बस करती हूँ।''

''मधुकर को तुम जानती ही कितना हो? कितने दिन हुए हैं उससे मिले?''

''चार महीने।''

''बस!''

''हाँ, पर आदमी को दिन और महीने के हिसाब से नहीं जाना जाता। उसे मैं दो सप्ताह में ही उतना जान गई थी जितना तुम्हें दो वर्ष में भी नहीं जान सकी।''

''मैं...''

''और वह मुझे दो दिन में ही उतना जान गया था जितना तुम दो वर्ष में नहीं जाने।''

''यह जानना महज़ आकर्षण है या जिसे तुम कहती हो, प्रेम। जब वह चुक जाएगा तब क्या करोगी?''

''प्रेम चुकता नहीं।''

''प्रेम ज़रूर चुक जाता है, यही उसकी नियति है।''

''नहीं!''

"और यही उसकी त्रासदी।"

"तुम प्रेम के बारे में क्या जानते हो?"

"यही कि प्रेम जीवन का लक्ष्य नहीं होता।"

"ठीक है। तब तुम्हें एतराज़ ही क्या है? मुझे तलाक़ दे दो।"

जितेन कुछ देर चुप रहा, फिर बोला, "चुनने का अधिकार सबको है, मनीषा। मैं सिर्फ़ यह कहना चाहता हूँ कि एक बार और सोच लो। तलाक़ की ज़रूरत मैं नहीं समझता।"

"तुम अगर न देना चाहो तो मत दो, हम ऐसे ही रह लेंगे। जहाँ तक बदनामी का सवाल है, वह मेरी होगी तुम्हारी नहीं, तुम्हें जो दुख या परेशानी होगी, उसके लिए मुझे अफ़सोस है, पर अपना निर्णय मैं नहीं बदल सकती। पर मैं नहीं समझती सचमुच तुम्हें कोई दुख होगा। कुछ दिन अटपटा-सूना अवश्य लगेगा, फिर सब सामान्य हो जाएगा।"

"मेरे दुख को छोड़ो, तुम अपने लिए सोचो। क्या तुम मधुकर के लिए अपने आकर्षण को प्रेम का नाम इसलिए नहीं दे रही क्योंकि इससे तुम्हारी बचपन की कोई साध पूरी होती है, अपनी मर्ज़ी से विवाह करने की साध?"

"नहीं-नहीं, कभी नहीं! मेरा मनोविश्लेषण करने की कोशिश मत करो। हाँ, मैं उससे दो साल पहले मिली होती तो मैं ही नहीं, तुम भी इस एरेंज्ड मैरिज के हादसे से बचकर ख़ुश होते। पर अब यह सब कहने का कोई महत्त्व नहीं है। अब तो मैं सिर्फ़ एक ही बात जानती हूँ : मैं और मधुकर एक-दूसरे से प्यार करते हैं और करते रहेंगे।"

"यह भावुकता में कही गई बात है।"

"तो? भावुकता से चिढ़ तुम्हें है मुझे नहीं। प्रेम भावुकता है तो हो। मुझे इस शब्द से डर नहीं लगता। डर लगता है तुम्हारे ठंडे दिल से सोचने से। ऐसे वही सोच सकता है जिसने कभी प्यार नहीं किया, जो प्यार करना जानता नहीं, चाहता नहीं।"

"ज़बरदस्ती करके तुम्हें नहीं रोकूँगा, मनीषा। एक इनसान का दूसरे पर इतना अधिकार मैं नहीं मानता। इतना ज़रूर कहूँगा, एक बार और सोच लो। मैं तुम्हें चाहता हूँ, चाहता हूँ तुम न जाओ। इसके अलावा सिर्फ़ यह कह सकता हूँ, कभी लौटना चाहो तो लौट आना।"

"सहृदयता के लिए धन्यवाद। लौटने का मौक़ा नहीं आएगा। तुम जो भी कहो, मेरी तुम्हारे लिए यही प्रार्थना रहेगी कि एक-न-एक दिन तुम भी उस प्रेम को जान लो, जो तुम्हारी आत्मा का पोर-पोर आनन्द से परिपूर्ण कर दे, जीवन का हर क्षण प्रहर्ष की बूँदों से भिगो दे। तुम्हारा चिन्तन, तुम्हारा तर्क, तुम्हारा कर्तव्य सब उसके तेज़ बहाव में संगमित हो जाएँ और तुम उस क्षण को पा लो, जिसे पाने के बाद जीवनपर्यन्त तुम्हारी आँखें उसकी चमक से वशीभूत रहें। मेरी तरह तुम्हारा अहम् भी

पारुल-समान उस जवाकुसुम की पंखुड़ियों में समा जाए, जो प्रेम का सहज वरदान होता है।'' कहते-कहते उसे लगा, इन दो वर्षों में आज पहली बार जितेन उसके एक-एक शब्द को ध्यान देकर सुन रहा है। सहसा, वह उसके लिए दुखी हो उठी।

''मैं जानबूझकर तुम्हें दुख नहीं देना चाहती, जितेन,'' उसने कहा, ''मैं लाचार हूँ वर्ना...''

''और तर्क बेकार है,'' जितेन ने जैसे अपने-आपसे कहा।

''मैं आज रात ही किसी होटल चली जाती हूँ।''

''नॉनसेंस!'' उसने सख़्ती से कहा, ''इस तरह भागने की ज़रूरत नहीं है। जब जाना होगा चली जाना।''

''पर मेरा अब यहाँ रहना...''

''क्यों, अब क्या हो गया ? चार महीने से तुम उसे प्यार करती यहाँ रह रही थीं तो अब क्या हुआ ?''

''तब मैं अपने से संघर्ष कर रही थी। तुम्हें धोखा देकर मैं नहीं रही। पर अब जब निर्णय लिया जा चुका है तो और यहाँ रहना...''

''डरो मत। मैं तुम पर बलात्कार नहीं करूँगा,'' उसने ऐसे स्वर में कहा कि उसके व्यंग्य के भीतर छिपे दर्द ने मनीषा को छू लिया।

''जितेन!'' भाव-विह्वल स्वर में उसने कहा।

''अब जाओ, सुबह बात करेंगे,'' जितेन ने उसकी ओर पीठ करके कहा।

मनीषा को लगा वह वास्तव में उतना विवेकशील और शान्त नहीं है जितना वह समझती आई है।

''अपनी ख़बर देते रहना,'' उसने कहा, ''मैं चाहती नहीं थी कि ऐसा हो। मैंने रोकने की कोशिश भी की थी पर—'' और कहते-कहते उसका गला रुँध गया।

जितेन उसकी ओर पीठ किए चुप बना रहा।

''मुझे तुमसे कोई शिकायत नहीं है,'' उसने फिर कहा।

''अब जाओ, आराम करो,'' जितेन ने रूखे स्वर में कहा।

उसकी रुखाई ने उसे झकझोरकर रख दिया। उसने साफ़-साफ़ देखा, पतली झिल्ली-समान फैली उस रुक्षता में जगह-जगह छिद्र हैं, जहाँ से वह जितेन के हृदय के वह अंश देख पा रही है, जो पहले कभी नहीं देखे।

''जितेन,'' वह फिर बुदबुदाई।

उसने कुछ नहीं कहा, तेज़ चाल से चलकर कमरे से बाहर हो गया।

वह कुछ देर वहीं खड़ी रही फिर कन्धे झटक, अपने कमरे की तरफ़ मुड़ गई। बेकार है, उसने सोचा, अब जितेन को समझने का प्रयत्न करना बेकार है। उसका समय निकल चुका।

एक बार घर छोड़ने का निर्णय ले लेने पर, मनीषा ने पाया, आगे की योजना बनानी उतनी ही आसान है जितनी किसी दावत के लिए खाने की सूची बनानी। उस रात देर तक जगकर उसने अपनी यात्रा का रूप और क्रम तय कर डाला! उसकी दिशा तय करने में जो भावात्मक-उद्वेलन उसने अनुभव किया था अब उसे कार्यान्वित करने के तरीक़े सोचने में कम होने लगा। उसे ख़याल आया कि हो सकता है कि जितेन इसीलिए इतना शान्त रहता हो, क्योंकि वह सदा कर्मरत रहता है। कर्म का सम्बन्ध उन छोटे-छोटे व्यावहारिक क्षणों से होता है जो अपने-आपमें भावना के उत्कट परिचालन से मुक्त रहते हैं। अपनी आगे की यात्रा आयोजित करने में उसने सबसे पहले इस बात का ख़याल रखा कि इस विषय को लेकर जितेन के समाज में कम-से-कम चर्चा होनी चाहिए। मधुकर के साथ बंगलूर में रहना असम्भव है। वह जानती थी कि परित्यक्त पुरुष समाज के लिए व्यंग्य का विषय होता है। एक शहर में रहने पर जितेन के लिए स्थिति असहनीय हो जाएगी।

"मेरा निर्णय बदला नहीं है," सुबह नाश्ते की मेज़ पर उसने जितेन से कहा, "आज रात मैं पिताजी के घर बम्बई चली जाऊँगी और फिर वहाँ से दिल्ली।"

जितेन ने कुछ नहीं कहा, चुपचाप बैठा सामने रखे चाय के प्याले को घूरता रहा। क्षण-भर की यह चुप्पी मनीषा के लिए असहनीय हो उठी। वह उसे वापस उन कष्टप्रद क्षणों के बीच ले जाने लगी जो कल रात उसने जितेन के स्वर की रुक्षता सुनने के बाद गुज़ारे थे।

"लोग कुछ-न-कुछ तो कहेंगे ही," चुप्पी तोड़ डालने के लिए उसने कहा, "बंगलूर में रहकर तुम्हें दूने संकट में नहीं डालना चाहती।"

"लोग क्या कहेंगे मैं उसकी परवाह नहीं करता," उसने बिना उसकी ओर देखे कहा।

"फिर भी..."

"तो तुमने निर्णय ले लिया है," उसने कहा। उसके स्वर में कोई उत्तेजना नहीं थी। वह एक सीधा-सादा प्रश्न पूछ रहा था या शायद वह भी नहीं। महज़ बात कह रहा था, यथार्थ को शब्द दे रहा था।

"हाँ," उसने धीमे से कहा, "हो सके तो मुझे माफ़ कर देना।"

"ठीक है," वह उठ खड़ा हुआ, "मैं फ़ैक्टरी जा रहा हूँ, गाड़ी भेज दूँगा, ड्राइवर तुम्हें स्टेशन छोड़ आएगा," उसने सपाट स्वर में कहा और बाहर निकल गया।

क्षण-भर को मनीषा को लगा, कल रात उसकी रुक्षता के पीछे सुनी आग्रह की गूँज उसकी कल्पना रही होगी। पर पूरी तरह विश्वास नहीं हुआ। उसने पाया कि जितेन को लेकर वह कोई भी निश्चित मत नहीं दे सकती।

दुपहर को मधुकर से मिलकर उसने अपनी बम्बई और वहाँ से दिल्ली जानेवाली योजना पक्की कर ली। एक महीना बाद, अपना समय पूरा करके वह भी दिल्ली चला आएगा और यूनिवर्सिटी से दूर कहीं घर ले लेगा।

मनीषा उसे वहीं मिलेगी। तलाक़ मिलने में जो दो–एक साल लगनेवाले थे, उस समय के लिए अलग रहने को दोनों में से कोई तैयार नहीं था। सफ़ेद काग़ज़ पर खिंची चन्द स्याह लकीरों से अधिक तलाक़ का महत्त्व उनके लिए नहीं था। बस तब तक के लिए उन्होंने अपने परिवार का आरम्भ अवश्य स्थगित कर दिया था।

दिल्ली के उस छोटे–से घर में गुज़ारे मधुकर के साथ के वह आरम्भिक क्षण! जो सोचा था, पूरा हुआ था, आशा से अधिक। कितने क्षण हैं जो इतने सम्पूर्ण हो पाते हैं? कितने जीवन हैं जिनमें ऐसे सम्पूर्ण क्षण आते हैं? फिर भी कोई जीवन जिसमें कुछ ऐसे क्षण आ जाएँ सदा के लिए सम्पूर्ण तो नहीं हो जाता?

मनीषा

आज साढ़े चार वर्ष बाद, दिल्ली के अपने उसी घर की ओर वापस जाते-जाते, मधुकर के साथ गुज़ारे उन आरम्भिक क्षणों को याद करके, मनीषा को लगा जैसे वह उसके साथ नहीं, किसी और के साथ घटित हुआ हो। किसी उपन्यास या नाटक के पात्र के साथ, जिसकी कहानी इतनी विशद भावुकता के साथ लिखी गई थी कि पढ़ने-सुनने पर उसकी स्मृति का अभिन्न अंग बनकर रह गई थी। उसे लगा, यह कहानी उसके अपने लिखे उपन्यास के पात्रों के बारे में भी हो सकती थी, पर तब मधुकर-मनीषा का मिलन कथानक का अन्त नहीं, आरम्भ होता। सहसा, उसकी समझ में आ गया कि यही जीवन में भी हुआ है। मधुकर के साथ जीवन आरम्भ करके उसने अपने जीवन में एक नया अध्याय-भर खोला था और कुछ नहीं। उसके बाद अनेक और अध्याय उसमें आ जुड़े थे।

आज के उसके और चार वर्ष पहले के मधुकर के साथ के जीवन में कहीं कोई साम्य नहीं है। जो कभी एक के बाद एक सीढ़ी चढ़ने के समान अनायास था, आज कमंद डालकर दीवार पर चढ़ने के समान सचेष्ट हो गया है। पहले जो सत्य था, अब नाटक बनकर रह गया है। प्रेम करते-करते ऊब उठे, वह और मधुकर, प्रेम का नाटक करने लगे हैं। पहले वह अपने साथ होने को ही लक्ष्य मानकर, उस तक पहुँचने की चेष्टा में व्यस्त रहते थे, इसलिए जब साथ होते थे तो और कुछ नहीं चाहते थे। अब उनका अपना-अपना अकेलापन सबसे ज़्यादा उन्हें तभी कचोटता है, जब वे साथ होते हैं। पर उसे स्वीकार कर, उसका उपाय करने की हिम्मत उनमें नहीं है, इसलिए सत्य का सामना करने के बजाय वे नाटक करने लगते हैं, संवाद बोल-बोलकर अपने को विश्वास दिलाते हैं कि चूँकि वे अकेले नहीं, साथ हैं इसलिए व्यस्त भी हैं। इस अभिनीत व्यस्तता से उनका समय भले ही भर जाए, मन-मस्तिष्क नहीं भर पाता।

पिछले दो दिनों में और उससे पहले नैनीताल में जितेन से मिलने के बाद दिल्ली लौट आने पर, उसने जो भी सोचा-समझा था, उससे वह जान गई थी कि इस असमानता का कारण न तो उसके जीवन-कथानक के अन्य पात्र हैं, और न जीवन में बाहर से पड़ता दबाव है, कारण वह स्वयं है।

ऐसा क्यों हुआ ? क्या जो जितेन ने चार वर्ष पहले कहा था, वही सच था ? प्रेम चुक जाता है, यही उसकी त्रासदी है, यही उसकी नियति। क्या मधुकर के लिए उसका प्रेम चुक गया है ? या चुका नहीं, सिर्फ़ रोज़मर्रा की वस्तु बन गया है। क्या अपने ख़ाली दिनों को ऊब से बचाने के लिए ही वह दुबारा जितेन के पीछे नहीं दौड़ गई थी ? नहीं, अब और आत्मछलना नहीं, उसने सोचा, और एक मनोवैज्ञानिक की क्रूरता के साथ अपने जीवन का विश्लेषण आरम्भ कर दिया।

जितेन से तलाक़ मिले उन्हें ढाई वर्ष हो चले हैं। तलाक़ मिलते ही, उसने याद किया, मधुकर ने उससे कहा था—

"चलो, यह समस्या भी हल हो गई। अब तुम्हें कॉलेज में नौकरी खोजने की आवश्यकता नहीं रही। अब तो अगले तीन साल में तीन बच्चे पैदा करके दुबारा परिवार नियोजन के बारे में सोचा जाए, क्यों ?"

"तीन नहीं, दो," उसने कहा था।

"दो साल में तीन बच्चे ?"

"नहीं बुद्धू, तीन साल में दो बच्चे।"

"अच्छा चलो, दो ही सही। लगता है, तुम्हें माल्थूस बाबा से बहुत डर लगता है।"

"लगना ही चाहिए। तुम अर्थशास्त्र पढ़ाते हो, जानते नहीं आबादी कितनी तेज़ी से बढ़ रही है ?"

"जानता हूँ। तुम जानती हो माल्थूस के कितने बच्चे थे ?"

"कितने ?"

"पूरे नौ।"

"वह हज़रत अपने घर में अपनी थ्योरी का प्रयोग करके देख रहे होंगे," मनीषा हँस पड़ी थी, "तुम्हें उसकी आवश्यकता नहीं है।"

अच्छी तरह परामर्श करके उन्होंने योजना बनाई थी पर वह अगले तीन महीनों में ही विफल हो गई। पहले शिशु का तीन माह बाद गर्भपात हो गया और डॉक्टरी राय के अनुसार अगले शिशु की योजना दो साल तक स्थगित कर देनी पड़ी।

"कोई बात नहीं," मधुकर ने हँसकर कहा था, "दो साल हनीमून और सही। गर्मियों में नैनीताल चलेंगे।"

"हाँ, ज़रूर," मनीषा ने भी हँसने का प्रयत्न किया था, "परिवार-नियोजन विभाग की तरफ़ से हमें इनाम मिलना चाहिए।"

"ठीक है, आज ही अर्जी दे देंगे," मधुकर ने कहा था और हँसता रहा था।

बात दोनों ने ही हँसी में उड़ा दी थी; पर उसके पीछे जो व्यथा छिपी थी, दोनों पर ज़ाहिर हो गई थी।

हो सकता है, यही मेरी कुंठा का कारण हो, मनीषा ने सोचा, इसीलिए मैं अपने से, मधुकर से, जीवन से उदासीन हो उठी हूँ; इसीलिए मेरा प्रेम शिथिल हो गया हो। यदि वह कहानी लिख रही होती तो इतना ठोस कारण पा, ख़ुश हो जाती और फ़ौरन उसे अपने पात्र को थमा देती। पर स्वयं अपने को बहकाना इतना आसान नहीं था। जितेन के साथ बिताये पिछले दो दिनों ने उसकी दृष्टि को इतने प्रखर रूप से अन्तर्मुखी बना दिया था कि थोपे हुए कारणों से सन्तुष्ट होनेवाली मुग्धावस्था में वह नहीं थी। कल और आज वह इतनी ईमानदारी से जी चुकी थी कि उन तमाम गाँठों को तोड़ बाहर निकल आई थी जो जाने-अनजाने, संस्कार, अध्ययन और दूसरों के निकाले निष्कर्षों से बाध्य होकर, वह अपनी बौद्धिकता व विचार-शक्ति की ढीली डोरी में लगाकर अपने को बाँधती आई थी। जिस स्व-विश्लेषण का क्रम जितेन से नैनीताल में भेंट होने पर शुरू हुआ था, आज उसके चले जाने पर पूरा हो गया। वह समझ गई कि अपने जीवन की सार्थकता उसे अपने भीतर खोजनी होगी।

केवल माँ बनने से कुछ नहीं होता। समय को भरने का एक और साधन मिल जाता, बस। पर क्या वह अपने जीवन को इसी तरह टुकड़े-टुकड़े कर भरती रहना चाहती है? पहले जितेन ने पत्नी की माँग की। वह उसे पूरा करने में जुट गई, पर उसका अपना समय ख़ाली रह गया। उसका मस्तिष्क खुराक की माँग करता, उसी खोज में इधर-उधर भटकने लगा। पर अधिक परिश्रम नहीं किया। जो रास्ता सबसे पहले दिखाई दिया, उसे ही थाम लिया, कॉलेज में नौकरी कर ली। रास्ता सुगम था, पर अनुकूल नहीं। वह पढ़ाती ज़रूर रही, पर हरदम यही अहसास लिये कि वह सिर्फ़ ख़ाली समय को भरने के लिए पढ़ा रही है। मस्तिष्क फिर भी अपनी खोज में भटकता रहा। सहसा, मधुकर इतनी असहिष्णु माँग लेकर उसके दरवाज़े पर आ खड़ा हुआ कि अपने समय के हर क्षण-पल को उसके हवाले कर वह निश्चिन्त हो गई। पर कितने दिन? न जाने कब समय बढ़ने लगा या मधुकर की माँग घटने लगी। एक दिन उसने पाया कि एक बार फिर समय की माँग उस पर हावी हो गई है और मस्तिष्क उसे पूरा करने के रास्ते में भटक चला है। यदि अब शिशु को जन्म देकर वह एक रास्ता और निकाल भी लेती तो क्या होता? कुछ वर्षों के लिए वह अपना ख़ालीपन आगे खिसका-भर सकती थी और कुछ नहीं। तीन-चार साल पूरे होते-न-होते, समय फिर बढ़ने लगता या शिशु की माँग घटने लगती और उसका मस्तिष्क फिर झोली पसारे घूमने लगता। किसी दूसरे इनसान को आधार बना, उसके सहारे जीना बहुत जोखिम का काम है। किसी भी क्षण आधारित को अरक्षित छोड़ वह ढह सकता है। कभी-कभी तो आधारित स्वयं ही उसे धक्का दे, गिराकर चकनाचूर कर देता है। हर हालत में, अपनी क्षति पर हाहाकार करने के सिवा उसके पास दूसरा चारा सिर्फ़ यह रह जाता है कि किसी और आधार की खोज में जुट

जाए। कौन जानता है, वह आधार कब, कहाँ और कितनी देर के लिए मिले? मिले तो अकस्मात् मिल जाए; जैसे जितेन से नैनीताल में आकस्मिक भेंट और दिल्ली में उसकी उतनी ही आकस्मिक माँग। पर उतनी ही आकस्मिकता के साथ वह चटककर टूट सकता है, झिझककर पीछे हट सकता है या किसी अन्य दुर्दमनीय माँग के पीछे दौड़ सहसा अन्तर्लीन हो सकता है। एक बार फिर उसे जितेन की व्यस्तता से ईर्ष्या हो आई।

नैनीताल में जितेन से मिलने के बाद उसने निर्णय किया था कि दिल्ली लौटते ही किसी नियमित नौकरी की खोज करेगी। पर पिछले छह महीनों में उस खोज का आरम्भ भी न हो सका। नियमित नौकरी के बारे में सोचने-विचारने पर केवल एक ही रास्ता उसे सामने दिखलाई देता था और वह था कॉलेज में हिन्दी साहित्य पढ़ाने का। यही एक ऐसा काम था जिसके लिए उसके पास कुछ शिक्षा-दीक्षा और अनुभव थे। पर जो था, वह पर्याप्त कदापि नहीं था। अनेकानेक पी-एच.डी. प्राध्यापकों के रहते, केवल एम.ए. पास मनीषा को, बंगलूर के कॉलेज के दो वर्षों के अनुभव के बल पर, दिल्ली में नौकरी मिलना असम्भव ही था। बंगलूर की बात और थी, वहाँ हिन्दी पढ़ानेवाले कम ही मिलते थे। पर पढ़ाना उसे दिल्ली में ही था। बंगलूर में पढ़ाया था तब, जब जितेन उसके जीवन का केन्द्र-बिन्दु था। अब वह केन्द्र-बिन्दु मधुकर है और उसका आवास-स्थल है दिल्ली। मधुकर नौकरी छोड़ बंगलूर जा नहीं सकता, मनीषा अलबत्ता छोड़ सकती है, नौकरी या पति। यूँ सिर्फ़ नौकरी करने के कारण पति को छोड़ने का कायदा नहीं है। लिहाज़ा नौकरी करने का इरादा ही छोड़ा जा सकता था। या फिर पी-एच.डी. किया जा सकता था। मनीषा कर भी लेती, पर कॉलेज में पढ़ाना उसकी प्रवृत्ति के इतना प्रतिकूल था, सुधा से बहस का आकर्षण न रहता तो शायद बंगलूर-कॉलेज से भी इस्तीफा दे बैठती, कि अब चार वर्ष के अन्तराल के बाद, केवल समय भरने के लिए, ऐसे काम के लिए तैयारी करना जिसमें उसे कभी रुचि नहीं रही थी, उसे अच्छा नहीं लगा, और बात कल-कल पर टलती रही।

एक बार मधुकर से इस बारे में राय लेने की कोशिश भी की थी।

''कॉलेज में पढ़ाने के सिवा क्या मैं और कोई काम नहीं कर सकती?'' उसने उससे पूछा था।

''और क्या करोगी?'' उत्तर मिला था, ''इससे बढ़िया काम और क्या हो सकता है?''

''इतना बढ़िया काम है तो तुम रोज़ कॉलेज से लौटते ही अपने दिमाग़ खपाए जाने का बखान लेकर क्यों बैठ जाते हो?'' मनीषा ने उसे छेड़ा था।

''और क्या, दिमाग़ तो खपता ही है,'' उसने फ़ौरन कहा था।

"जब देखो तब शिकायत करते रहते हो कि यूनिवर्सिटी में कोई काम ढंग से नहीं होता, न छात्र पढ़ना चाहते हैं, न शिक्षक पढ़ाना। सब-के-सब बैठे-बैठे तिकड़में लड़ाया करते हैं और अन्त में सारा-का-सारा काम तुम्हारे सिर आ पड़ता है?"

"पड़ता तो है ही। मैं क्या ग़लत कहता हूँ? वहाँ क्या कम खरदिमाग़ बसते हैं?"

"फिर भी काम बढ़िया है?" उसने व्यंग्य किया।

"अरे काम में कुछ-न-कुछ तो चलता ही है। कोई मुश्किल ही न हो तो आदमी जूझे किससे?"

"यानी सिर खपाने के लिए ही वहाँ काम करते हो, जिससे यहाँ आकर मेरा सिर खपा सको?" मधुकर के आत्म-अभिमानी और लापरवाह स्वर से चिढ़कर उसने कहा था। मधुकर एकदम हा-हा करके हँस पड़ा था।

"चलता है, चलता है, चलता है, काम में सब चलता है," उसने कहा था और मनीषा समझ गई थी कि आदमी जब दूसरों के काम न करने का वर्णन करके अपनी अति व्यस्तता की शिकायत करता है, तभी वह सबसे ज़्यादा ख़ुश भी रहता है। तभी उसका अहम् सबसे ज़्यादा सन्तुष्ट रहता है।

"मैं बहुत व्यस्त हूँ," कहकर मनुष्य जिस सन्तोष का अनुभव करता है, 'मैं प्रेम करता हूँ,' कहकर कभी नहीं कर सकता। फिर मनीषा ही कैसे बार-बार इन कमज़ोर शब्दों को दुहराकर जीती जा रही है? क्या उसके पास सन्तोष पाने का और कोई साधन नहीं है? सहसा, उसे कल का वह क्षण याद आ गया, जब जितेन ने उसके हाथ में क़लम थमाकर उससे उसके कहानी-संकलन पर हस्ताक्षर कराए थे। जाना-पहचाना छोटा-सा अपना नाम उसने मुखपृष्ठ पर लिख दिया था। मनीषा! अपना नाम, बस, अधिक कुछ नहीं। पर उस मनीषा के 'म' के पृष्ठ पर फैलते-फैलते उसने जिस आत्म-गौरव और सन्तोष का अनुभव किया था, वह शायद और कभी नहीं किया, मधुकर का प्रेम जीतने पर भी नहीं। और केवल उसी क्षण नहीं, पुस्तक में संकलित कहानियों को लिखते समय जो भी क्षण उसने व्यतीत किए थे, सब इसी आत्म-गौरव और सन्तोष से परिपूर्ण थे। इसलिए नहीं कि उसने जो कहानियाँ लिखी थीं, वह दुर्लभ या महान कृतियाँ थीं, इसलिए भी नहीं कि उनसे उसे कोई विशेष प्रशस्ति या अर्थ-प्राप्ति हुई थी, इसलिए भी नहीं कि वह उनकी संरचना से पूर्णतया सन्तुष्ट थी; केवल इसलिए कि वह उसकी अपनी वस्तु थी, उनके लिए वह किसी की मोहताज नहीं रही थी।

एक बार फिर उसके कानों ने जितेन के तेज़ी से आगे बढ़ते व्यस्त क़दमों की आहट सुनी और अब उसकी व्यस्तता से उसे सहानुभूति हो आई। ईर्ष्या का विषय वह उसके लिए सदा से रही है, तब से ही जब से वह समझ गई थी कि जितेन के जीवन का लक्ष्य केवल कर्म हो सकता है, प्रेम नहीं। पर आज, जब कर्म के पुकारने

पर वह प्रेम के बाहुपाश को अलग छिटककर चले जाने में रंचमात्र भी नहीं हिचकिचाया है तो ईर्ष्या करते-करते सहसा, अपने भीतर सत्य के दर्शन पा, वह उसके प्रति सौहार्द से भर उठी है। मनीषा को छोड़ते हुए जितेन एकदम उदासीन नहीं रह पाया था। चलते-चलते उससे अलग होने का विषाद उसे छू गया था, पर अवरोध बन रोक नहीं पाया था। आनेवाले दिनों में, हो सकता है, अनेक बार उसे मनीषा का ख़याल आए, लगे कि उसे छोड़ आने से कुछ अत्यन्त मधुर, अत्यन्त सुन्दर उससे छूट गया है, पर यह कभी नहीं लगेगा कि छोड़कर उसने ग़लत निर्णय लिया है। फ़ैक्टरी में नुकसान की सम्भावना का समाचार पाकर वह और कोई निर्णय ले ही नहीं सकता था। यही नहीं, बाद में ठंडे दिल से सोचने पर भी अन्य कोई निर्णय उसे उतना ही असम्भव लगेगा जितना आशंका के उन उत्तेजित क्षणों में। एक दिन जितेन ने कहा था—प्रेम जीवन का लक्ष्य नहीं हो सकता। जितेन के लिए यह सत्य है, मनीषा पहले से जानती थी, आज उसने समझा कि यह केवल जितेन के लिए ही नहीं, सभी के लिए सत्य है। यह भी समझा कि उसके अपने जीवन का ख़ालीपन इसलिए बराबर बना रहा है, क्योंकि वह उसे किसी-न-किसी पुरुष के प्रेम से भरने का प्रयत्न करती रही है। इतना घनत्व प्रेम में नहीं होता कि वह अन्तरिक्ष-जैसे फैले जीवन के शून्य को सदैव के लिए भर सके। कुछ थोड़े-से क्षण ऐसे अवश्य आते हैं जब वह इतना फैल जाता है कि उसका ओर-छोर ढूँढ़े नहीं मिलता। पर देखते-ही-देखते फिर सिकुड़कर यूँ सिमट जाता है कि पता नहीं चलता, वह कहाँ समा गया है!

जितेन, मधुकर, फिर जितेन; ये मनीषा के जीवन में उस ज्वार के समान आए जो जब आता है तो समुद्र को उथल-पुथल, उद्वेलित-मंथित कर उसका रूप-रंग ही बदल डालता है, पर जिसका उतरना उतना अवश्यम्भावी होता है जितना उसका चढ़ना। फिर भाटा आता है : सागर पीछे धकेल दिया जाता है और बँधे जन्तु-सा धीमे-धीमे सिसकारी भरता रहता है। पर ज्वार या भाटा, दोनों में से कोई भी सागर का सम्पूर्ण परिचय नहीं है। उसका सच्चा परिचय है उसकी गहराई में, उसके विस्तार में, उन असंख्य सीप-शंख, मूँगे-पौधों और जीव-जन्तुओं में, जो उसकी अतल गहराई में पलते हैं। मनीषा को भी अपना सच्चा परिचय अपने मानस-तल की गहराइयों में खोजना होगा।

खड़खड़ करता स्कूटर आगे बढ़ता गया और उसके शोर से अछूती मनीषा टकटकी लगाए अपने भीतर देखती रही और जितेन के प्रति उसकी सौहार्दता बढ़ती गई। एक बार क़लम हाथ में थाम लेने पर वह भी तो उसकी तरह एकनिष्ठ व्यस्तता में डूब जाती है। कहानी अधूरी छोड़कर उठ जाना या किसी और काम में लग पाना असम्भव लगने लगता है। कितनी ही बार, इस बात को लेकर मधुकर से झगड़ा भी हो चुका है।

पन्द्रह-बीस दिन पहले की ही बात है। एक कहानी क्या लिखने बैठी, कथानक उलझता ही गया। कई दिन-रात, वह उसके पात्रों की विचारधाराओं में जूझकर, उनकी भावात्मक उत्तेजनाओं से टकराकर, शरीर और मस्तिष्क दोनों से क्लान्त हो उठी, पर कहानी बनने में नहीं आई। उसकी कहानी की मुख्य पात्र थी ऐसी स्त्री जो फाँसी पर चढ़ाए जानेवाले पति से अन्तिम भेंट करने जा रही है। बार-बार जैसे वह उसके अन्तःकरण में झाँकती और भय से स्तब्ध हो, क़लम रोककर बैठी रह जाती। लिख कुछ ही शब्द पाई पर उस लिखने में न जाने कितनी बार स्वयं फाँसी पर चढ़ ली। आख़िर काग़ज़ वहीं मेज़ पर छोड़, दुर्घटनाग्रस्त-सी वह बिस्तर पर जा लेटी। देर तक निस्तब्ध अचेतन-सी वहीं पड़ी रही, फिर न जाने किसने उसके भाव-उन्मीलित मस्तिष्क को आ झकझोरा और अर्ध-तन्द्रिल अवस्था में ही, आगे का तमाम कथानक ही नहीं, वरन् उसकी संरचना करनेवाला एक-एक वाक्य स्पष्ट उसकी आँखों के आगे तैर गया। मंत्रमुग्ध-सी वह उठी और उन्हें पकड़ काग़ज़ पर उतार डालने के लिए मेज़ पर जा बैठी। क़लम उठाकर पहले शब्द अंकित किए ही थे कि मधुकर आ पहुँचा। दरवाज़े की घंटी परिचित तीव्रता के साथ बजी तो उसने अनसुनी कर दी और लिखती रही।

पर 'सुनो' कहता मधुकर फिर भी उसकी मेज़ के पास खड़ा था। दरवाज़ा बहादुर ने खोल दिया होगा।

"बस एक मिनट प्लीज़," उसने आँखें उठाए बग़ैर कहा और लिखती रही।

"कहानी लिख रही हो ?" मधुकर ने पलँग पर बैठकर जूते-मोज़े खोलते हुए कहा। उसने उत्तर नहीं दिया। मधुकर जूते खोलता वहीं बैठा रहा। अब अगर उसकी लिखने की मेज़ उनके सोने के छोटे-से कमरे के एक कोने में ज़बरदस्ती ठूँसकर रखी गई हो तो मधुकर जूते खोलने जाए भी कहाँ ?

"अच्छा लिख लो," उसने उसकी चुप्पी से नाराज़ हुए बग़ैर उदारता के साथ कहा और चप्पल पहनकर कमरे से बाहर जाने लगा।

"बहादुर से चाय बनवाओ, मैं अभी आई," उसने अपना दायित्व पूरा करते हुए कहा और दूने वेग से लिखने लगी। वह चाह रही थी कि उस समय जो कुछ भी उसके दिमाग़ के भीतर भाग-दौड़ कर रहा है, उसे उसी आँधी के वेग के साथ काग़ज़ पर उतार डाले। फ़ौरन उतार डाले और एक-एक शब्द उतार डाले वर्ना कुछ-न-कुछ उससे छूट जाएगा जो फिर कभी हाथ नहीं आएगा। शायद उसका इतना अधिक चाहना ही अन्याय था, पर उस समय वह अपनी माँग की न्यायोचितता पर ध्यान देने योग्य स्थिति में नहीं थी।

दस मिनट भी नहीं बीते होंगे कि चाय का प्याला हाथ में थामे मधुकर वापस उसके कमरे में चला आया।

''हुई नहीं ?'' उसने पूछा।

''बस ज़रा देर, प्लीज़,'' उसने दयनीय आवाज़ में कहा।

''चाय पियोगी ?'' मधुकर ने सहृदयता से पूछा।

उसने उत्तर नहीं दिया।

कुछ देर तक वह बैठा चुपचाप चाय पीता रहा। यदि उस समय वह अपने लिखने में इतनी तल्लीन न होती तो अवश्य उसकी सहनशीलता की प्रशंसा कर उठती।

पर सहनशीलता की भी हद होती है, ख़ासकर दफ़्तर से लौटे पति की, वह भी मधुकर जैसे असहिष्णु व्यक्ति की। जितेन होता तो उसे काम करता देख, अहम-से-अहम दुर्घटना की सूचना को स्थगित करके शायद कमरे के भीतर ही नहीं आता, पर वह क्या सबके बूते की बात हो सकती है ? यह उसका दुर्भाग्य था कि जब जितेन था, तब उसकी लक्ष्य की खोज की धारा ही भ्रमित रही थी और उसके आने पर वह उसे कभी इस तरह व्यस्त नहीं मिल पाई थी।

''अरे छोड़ो भी, बाद में लिख लेना,'' सहसा प्याला ज़मीन पर रख, मधुकर ने ज़ोर से कहा।

''प्लीज़, बस पाँच मिनट और लगेंगे। तुम्हें जो कुछ चाहिए बहादुर दे देगा,'' उसने अपने स्वर को अतिरिक्त मधुर बनाकर कहा। वह इस वक़्त उसे भड़काना नहीं चाहती थी। फिर भी वह शायद कुछ ग़लत ही कह गई थी क्योंकि मधुकर फ़ौरन भड़क उठा।

''हाँ, सो तो बहादुर दे ही चुका,'' उसने कहा, ''पर तुम क्या यहीं चिपकी बैठी रहोगी ? अब लिखने की सूझी है, सारा दिन क्या करती रहीं ?''

''कोशिश बहुत की पर लिखी नहीं गई,'' उसने अपना स्वर और मधुर बनाकर कहा।

''तब अभी क्या ख़ाक लिखी जाएगी ? छोड़ो कल लिखना।''

''नहीं प्लीज़, ज़रा देर मुझे दिक मत करो, फिर नहीं बनेगी,'' उसका स्वर रुआँसा हो गया।

''ठीक है, मुझे दिक करने की क्या ज़रूरत है,'' मधुकर ने कहा, ''मैं तो सिर्फ़ यह बतलाने आया था कि चटर्जी और दत्त आज खाने पर आएँगे।''

''आज ?'' क़लम उसके हाथ से छूट गई, ''आज कैसे होगा ?''

''तुम्हारे हाथ के मटन कबाब की बड़ी तारीफ़ कर रहे थे। मैंने कह दिया, आज ही चले आएँ। मटन लेता आया हूँ।''

''मटन कबाब मटन से बनते हैं, याद रखकर ले आने के लिए धन्यवाद,'' मनीषा ने कड़वे स्वर में कहा, ''पर आज नहीं हो सकता।''

"अब मैंने कह जो दिया।"

"मुझसे पूछ तो लेते। इस वक़्त मैं बिलकुल नहीं कर सकती।"

"दो दोस्तों को घर बुलाने के लिए तुमसे पहले से आज्ञा लेनी होगी?" मधुकर ने सख़्ती से कहा।

"मधुकर, प्लीज़, समझने की कोशिश करो। बहुत दिन हो चले, यह कहानी बन नहीं पा रही थी, अब जाकर बनी है। इस वक़्त उठकर कुछ भी करना मेरे लिए असम्भव है। अभी इसे पूरा नहीं किया तो शायद फिर कभी न कर सकूँ।"

"ठीक है," मधुकर ने अप्रभावित स्वर में कहा, "तुम कहानी लिखो। कबाब मैं बाज़ार से लिये आता हूँ।"

"पर बाक़ी का खाना? वह किसी और दिन नहीं आ सकते?"

"नहीं," मधुकर ने कठोर स्वर में कहा, "जब आने को कह दिया है तो मना करने तो जाऊँगा नहीं। तुमसे नहीं होगा न सही। खाना बहादुर भी बना सकता है। तुम्हारे हाथ के कबाब खाये बग़ैर वे लोग मर नहीं जाएँगे।"

मधुकर कबाब खरीदने बाज़ार चला गया और मनीषा क़लम हाथ में थामे, निस्सहाय रोष के आँसू आँखों में भरे, वहीं बैठी रही। आगे एक शब्द भी नहीं लिख पाई। आख़िर उठकर बाक़ी खाना बनाने रसोईघर में चली गई। घर के रोज़मर्रा के यह कामकाज—खाना बनाना, झाड़-पोंछ करना, फैला सामान बटोरना, नौकर से झिकझिक करना, सौदा मँगाना, हिसाब रखना, कपड़े धोना, इतने छोटे-मोटे काम होते हैं कि इनका हवाला देकर न तो किसी से व्यस्तता की फरियाद की जा सकती है और न उन्हें निबटाकर किसी बौद्धिक सन्तोष का अनुभव। सबसे कष्टप्रद चीज़ यह लगती है कि वे इतनी अनिवार्यता के साथ रोज़-दर-रोज़ घंटे-दर-घंटे सिर पर सवार हो जाते हैं कि उन्हें किए बिना रहा भी नहीं जा सकता। करने में पल-पल, क्षण-क्षण, घंटा-घंटा कर न जाने कितना समय लग जाता है पर उपलब्धि की तृप्ति नहीं होती; होती है बस समय की हत्या और उसी हरकत की पुनरावृत्ति। इसके अलावा अनेक ऐसी छिटपुट घटनाएँ हैं, जो उसे लगता है तभी घटती हैं, जब वह कहानी लिखने बैठती है। वह लिखने बैठी नहीं कि फ़ोन बजने लगता है, गैस ख़त्म हो जाती है, नलों से पानी चला जाता है, सब्ज़ीवाला पुकारने लगता है, धोबी कपड़े मिलवाने आ टपकता है, पड़ोसिन चीनी माँगने आ जाती है, बिना बुलाए मेहमान आ हाज़िर होते हैं, या हाज़िर कर दिए जाते हैं, जैसे आज : और कुछ नहीं तो बहादुर ही सिर-दर्द की गोलियाँ तलब कर बैठता है। वह कहानी नहीं लिखती तो कुछ नहीं होता, उसने कचोटते विषाद के साथ सोचा। घर तेल-डली मशीन की तरह आराम से चलता रहता है और वह काम खोजती-फिरती रहती है। ये ऐसी दुर्घटनाएँ भी तो नहीं हैं कि वह यही कह सके, उसकी क़िस्मत अच्छी नहीं है। कहानी लिखते-

लिखते दिल का दौरा पड़ जाना दुर्भाग्य माना जा सकता है, धोबी का पुकारना नहीं, मटन कबाब बनाने की फ़रमाइश भी नहीं।

उस दिन फिर न कबाब बने और न कहानी ही लिखी गई। यूँ ही सब्ज़ी काटते-छौंकते, मेज़ लगाते, छिटपुट काम निपटाते और मन-ही-मन कुढ़ते सारा समय निकल गया।

सपत्नीक चटर्जी और दत्त साहब पधारे, भोजन हुआ और भोजन के दौरान एक चिन्तनशील पति की भूमिका अदा करते हुए मधुकर ने कबाबों में ज़ायके की कमी का कारण भी जतलाया।

''भई, माफ़ करना,'' उसने कहा, ''कबाब उतने बढ़िया नहीं हैं। बात यह है कि आज हमारी पत्नी का मूड तो था कहानी लिखने का, लिहाज़ा बाज़ार से मँगवाने पड़े।''

मेहमानों ने घूरकर मनीषा की तरफ़ इस तरह देखा जैसे वह औरत नहीं, कोई बेमौसमी कीटाणु हो।

''अच्छा,'' श्रीमती दत्त ने अपने आश्चर्य को दबाने का असफल प्रयत्न करते हुए कहा, ''तो सुनाइए ना; क्या लिखा है?''

''हाँ-हाँ, सुना डालो,'' मधुकर बोला, ''आज कबाब न सही, तुम्हारी कहानी का ही ज़ायका लें।''

मनीषा के तन-बदन में आग लग गई। किसी तरह अपने को रोककर सपाट स्वर में बोली, ''लिखी नहीं गई।''

''नहीं-नहीं, टालिए मत,'' चटर्जी साहब बोले, ''सुनाइए न। किसमें लिखती हैं, अंग्रेज़ी में?''

''नहीं, हिन्दी में।''

हिन्दी का नाम सुनकर चटर्जी साहब तो 'ओह' कहकर चुप हो गए, पर दत्त साहब और जोश में आ गए।

''बहोत अच्छा है, बहोत अच्छा। निजी भाषा में लिखा होना चाई। होम पढ़ नहीं पाता, सोमझता ख़ूब है। सुनाइए, सुनाइए।''

''जी धन्यवाद,'' उसने कहा, ''पूरी लिख ली होती तो अवश्य सुनाती। सच कह रही हूँ, पूरी नहीं हुई।''

''पूरी होने पर सुनाइएगा किसी दिन,'' श्रीमती दत्त ने बात ख़त्म कर दी, पर मनीषा अन्यमनस्क हो उठी। उसे लगा, पूरी अब वह कहानी होगी भी नहीं। उसका मन गहरी व्यथा से भर आया।

मधुकर के हिसाब से बात तब ख़त्म नहीं हुई थी। रात को काम ख़त्म करके जैसे ही वह बिस्तर पर आई, वह पूछ बैठा—

"तुम्हें कहानी लिखनी नहीं थी तो इतना आडम्बर करने की क्या ज़रूरत थी? सिर्फ़ यह जतलाने के लिए कि मैं दोस्तों को तुमसे बिना पूछे क्यों बुला लाया?"

"तुम्हारा दिमाग़ ख़राब है," मनीषा ने तड़पकर कहा, "तुमसे किसने कहा कहानी लिखनी नहीं थी। लिखनी थी तभी तो लिखने बैठी थी। बीच में दुनिया-भर के काम आ पड़ें तो कैसे लिखी जा सकती है?"

"क्या काम आ पड़ा था?"

"खाना नहीं हुआ चार आदमियों का?"

"तो कौन-सी क़यामत आ गई? मैंने कहा नहीं था, तुम लिखती रहो, खाना बहादुर बना लेगा?"

"तुमने कह दिया और बन गया? जानते भी हो बहादुर कितना खाना बनाना जानता है?"

"जितना भी जानता है। कबाब बाज़ार से आ सकते थे तो खाना बहादुर नहीं बना सकता था?"

"कबाब भी मैं बना ही डालती, अगर तुम पहले ही बाज़ार न चले गए होते। कहानी तो हाथ से छूट ही गई थी," कहते-कहते मनीषा ने एक लम्बी साँस भरी।

"वह भी मेरा कसूर है?" मधुकर ने कहा।

"पता नहीं, जिस दिन मैं कहानी लिखने बैठती हूँ, उसी दिन तुम्हारे दोस्त खाना खाने क्यों आते हैं," मनीषा ने मधुकर से कम, अपने-आपसे अधिक कहा।

"कौन मेरे दोस्त रोज़-रोज़ यहाँ खाना खाने आते हैं।"

"पिछली बार भी यही हुआ था," मनीषा अपनी बात कहती गई, "जब संकलन पूरा कर रही थी, तब। एक अन्तिम कहानी बची थी। किसी तरह ख़त्म करने में लगी हुई थी कि ढेर सारे मेहमान आ टपके थे।"

"कमाल है," मधुकर बेहद नाराज़गी के साथ बोला, "तुम क्या अपनी तमाम शिकायतें नोटबुक में दर्ज करके रखती हो जो मौक़ा मिलते ही फेहरिस्त गिनाने लगती हो। कब-कब के गड़े-मुर्दे उखाड़ोगी अब?"

"आई एम सॉरी," मनीषा ने खिसियानी हँसी हँसकर कहा। चार जनों के खाने को लेकर तकरार करने में वह अपने को बहुत छोटा महसूस कर रही थी। पर असली बात खाना नहीं थी। जो बात थी, वह ऐसी थी कि किसी की एकदम समझ में आ जाए तभी महत्त्वपूर्ण लग सकती थी, वर्ना बाल की खाल निकालने के सिवा और कुछ नहीं। उसने 'सॉरी' कह दिया और मधुकर उदारतापूर्वक चुप हो गया, पर देर तक मनीषा यही सोचती रही कि आख़िर 'सॉरी' उसे कहना क्यों पड़ा? नुकसान उसका हुआ था, मधुकर का नहीं।

लिखूँगी कुछ, उसने अब सोचा, लिखूँगी यही सब, जो मेरे भीतर इतने दिन तक खदबदाता रहा है। लिखूँगी अपने में निहित इस व्यक्तित्व की कहानी, जो बिना लिखे अब और अपने भीतर मुझसे रखी नहीं जा सकेगी।

और शिशु, वह भी होगा। उस पहले हादसे को दो वर्ष बीत चुके। डॉक्टर का बताया ख़तरे का समय पूरा हो चुका। वह जानती है, अकेले अपने में शिशु का जन्म, जीवन का लक्ष्य नहीं हो सकता। पर साथ ही यह भी जानती है कि वह एक मधुर दायित्व-भरा जीवन-पूरक अनुभव है, जो वह नाहक छोड़ देना नहीं चाहती।

मौक़ा देखकर, मधुकर से इस विषय पर बात करेगी। इस पूर्ति को वह भी चाहता है, उतना ही जितना मनीषा या शायद उससे भी अधिक। पुरुष के अहम् के लिए यह उतना ही आवश्यक है जितना स्त्री के। हर इनसान के भीतर, चाहे वह स्त्री हो या पुरुष, एक चाह बनी रहती है, नि:स्वार्थ भाव से स्नेह देकर किसी का पालन करने की, अपने स्मृति-चिह्न-स्वरूप कुछ अपना अंश पीछे छोड़ जाने की। लिखूँगी, उसने फिर सोचा, शिशु को गर्भ में लेकर ही लिखूँगी, एक उपन्यास।

घरघराकर स्कूटर उसके घर के आगे रुक गया। चौंककर उसने देखा, मधुकर का स्कूटर पहले से वहाँ खड़ा हुआ है तो वह घर पहुँच चुका। पूछेगा, कहाँ गई थी तो क्या कहेगी—लाइब्रेरी? कुछ ठोस कहना होगा जिससे उसे कोई संशय न हो। वह नहीं चाहती, कल रातवाला दृश्य फिर दुहराया जाए। इस वक़्त ईर्ष्यालु पति की भर्त्सना सुनने, कैफ़ियत देने और उसे मनाने की मन:स्थिति में वह नहीं है। सच तो यह है कि जितेन के साथ बिताए क्षणों का लेशमात्र भी रंज उसे नहीं है। उनका सुख अपनी जगह है, और मधुकर के साथ जीवन अपनी जगह। जितेन को विषय बनाकर मधुकर से बहस, इस अप्रिय स्थिति को हर हालत में टालना होगा।

"सात रुपये सत्तर पैसे," स्कूटरवाला चिल्लाया तो उसने जल्दी से पर्स खोलकर दस रुपये का नोट निकालकर उसके हवाले कर दिया। तभी घड़ी पर निगाह गई—सिर्फ़ दो! तो मधुकर अभी से घर कैसे पहुँच गया? लाइब्रेरी जाने की बात कहनी शायद ठीक नहीं रहेगी। हो सकता है, वह लाइब्रेरी होकर ही आया हो। कह देगी ऐसे ही बाज़ार गई थी, पर खरीदकर तो कुछ लाई नहीं। फिर?

"रेजगारी नहीं है," स्कूटरवाला फिर चिल्लाया तो वह मधुकर को छोड़ पर्स में रेजगारी खोजने लगी।

तभी, तेज़-तेज़ क़दम रखता मधुकर फाटक के पास रखे अपने स्कूटर के पास पहुँच गया।

"छोड़ो, रुपया ही ले जाओ," कहकर उसने स्कूटरवाले को विदा किया और मधुकर की ओर बढ़ गई।

"बहुत जल्दी आ गए आज," मधुकर के कुछ कहने से पहले ही वह बोल पड़ी।

"हाँ," मधुकर ने कहा, "कॉलेज में स्ट्राइक हो गई।"

"क्यों, क्या हुआ?"

"नया कुछ नहीं हुआ," उसने कहा, "वर्षों से जो भ्रष्टाचार और शोषण चल रहा है, वही है, बस क़ीमतें और तेज़ी से बढ़ चली हैं।"

"वह तो है," मनीषा ने कहा, "पर कॉलेज में स्ट्राइक क्यों हुई?"

"इसीलिए। इन सबसे लड़ने के लिए। पूरे दो महीनों से हम इसकी तैयारी में लगे थे। सोचा था अभी कुछ दिन और लगेंगे पर कल तय हुआ, और रुके रहना सम्भव नहीं है।"

"कल? कल क्या इसीलिए मीटिंग थी?"

"हाँ।"

"मुझसे नहीं कहा?" मनीषा को अचरज हुआ कि इतनी बड़ी बात मधुकर उससे कहे बग़ैर कैसे रहा।

"क्यों, इतनी बार संकेत तो दिया था। कहना भी चाहता था पर सबकी राय थी कि जब तक पूरी तैयारी न हो जाए किसी से कुछ न कहा जाए, पत्नी से भी नहीं। क्या करता, लाचारी थी। बात को गुप्त रखने के लिए एक तरह से हम जबान दे चुके थे," मधुकर ने बच्चों की तरह कहा।

मनीषा समझ गई कि अगर वह ज़रा भी प्रोत्साहन देती, दिलचस्पी लेती, प्रश्न करती तो बावजूद जबान देने के मधुकर उससे सब नहीं, तो बहुत कुछ कह जाता। पर पिछले दिनों वह स्वयं ही अन्यमनस्क रही थी, ख़ासकर कल और आज सुबह, जब अन्तिम निर्णय लिया गया था।

"हड़ताल क्या तुम टीचरों ने की है?" उसने पूछा।

"नहीं, सबने। छात्रों ने भी और टीचरों ने भी।"

"तुम लोग क्या सचमुच समझते हो कि तुम्हारे हड़ताल करने से ये समस्याएँ हल हो जाएँगी?" उसने संशय ज़ाहिर करते हुए कहा। मधुकर का स्वरूप उसे उस समय उस बच्चे का-सा लग रहा था जो वर्जित का आस्वाद लेने के लिए उत्सुक हो। उससे किसी बृहत् कार्य की अपेक्षा उसे नहीं थी। पर शायद किसी भी आदमी से उसके साथ वर्षों तक रहने के बाद, उसे सबसे निस्सहाय क्षणों में देखने के बाद, बृहत् कार्यों की अपेक्षा कठिन होती है।

"ख़ाली हड़ताल करने से नहीं, उनके विरुद्ध मोर्चा लेने से," मधुकर ने विश्वास के साथ कहा।

"तुम लोग पूरी व्यवस्था से मोर्चा लोगे?"

"हाँ," मधुकर का स्वर दृढ़ था, "देश के युवा-वर्ग की ताक़त कोई छोटी-मोटी ताक़त नहीं है। संगठन के माथ मोर्चा लेंगे तो व्यवस्था को उनकी बात सुननी ही होगी।"

"ऐसी छात्र-क्रान्तियाँ पहले भी हो चुकी हैं, पर उनसे बना-बिगड़ा क्या? अव्यवस्था और अराजकता ही फैली है।"

"अवश्य फैली है। फैलनी ही चाहिए। एक व्यवस्था को तोड़कर दूसरी व्यवस्था लाने में, कुछ समय के लिए अराजकता फैलेगी ही। पर उसके डर से क्या प्रतिवाद करना छोड़ देना होगा?"

"प्रतिवाद क्या हड़ताल द्वारा ही हो सकता है?"

"नहीं, पर मौजूदा हालत में, युवा छात्र यूनिवर्सिटी के 'आइवरी टावर' में बन्द रहकर प्रतिवाद नहीं कर सकते। किताबें रटने और लेक्चर घोटने से वे जीवन का मुकाबला नहीं कर सकते। और फिर हमारी माँगों में से एक यह भी है कि यूनिवर्सिटी के भीतर भी परिवर्तन होने चाहिए। अभी क्या है? साला ज़रा-सा एक कोर्स बदलने में एक साल लग जाता है।"

"यह ठीक है कि परिवर्तन होने चाहिए पर दंगे-फसाद के बिना भी तो उनके लिए काम किया जा सकता है।"

"कैसे?" मधुकर व्यंग्य से मुस्कराया, "किताबें लिखकर?"

इस अप्रत्याशित आघात से मनीषा तिलमिला उठी।

"किताबें लिखकर नहीं हो सकता तो स्ट्राइक करने से भी नहीं होगा। तुम कोई पहले-पहल स्ट्राइक नहीं कर रहे। आजकल यह हमारे देश के लिए बिलकुल आम बात हो गई है। सुबह का अख़बार खोलकर देखो, कहीं-न-कहीं हड़ताल का समाचार अवश्य होगा।"

"होगा, तो?" मधुकर ने उग्र स्वर में कहा, "होना ही चाहिए। आख़िर कब तक मज़दूर अपना शोषण करवाते रहेंगे?"

"तो क्या हर स्ट्राइक के बाद शोषण समाप्त हो जाता है?"

"नहीं, पर वह इसलिए है कि स्ट्राइक मुकम्मल तरीक़े से नहीं होती। संकीर्ण दृष्टिकोण को लेकर छिटपुट तरीक़े से छोटे-छोटे क्षेत्रों में होती है। पर हमारी लड़ाई सम्पूर्ण व्यवस्था से है। इसका असर होकर रहेगा।"

"हाँ, सम्पूर्ण अव्यवस्था, यही न?"

"तो?" मधुकर उत्तेजित स्वर में बोला, "पता नहीं तुम लोग इतने डरपोक क्यों हो? मेरे ख़याल से तुम लेखकों से अधिक डरपोक चीज़, पूरे हिन्दुस्तान में ढूँढ़े नहीं मिल सकती।"

"क्या मतलब?"

"मतलब यह कि तुम लोग, जो अपने को लेखक बतलाते हो, गँदले पानी के अपने-अपने गड्ढों में बैठे मेढक-समान, अपने-अपने अनुभव ही देख सकते हो, और कुछ नहीं। उन्हीं को उलट-पलटकर काग़ज़ काले करने में ख़ुश रहते हो। अव्यवस्था के नाममात्र से डरकर भाग खड़े होते हो और शान्ति का पाठ पढ़ाने लगते हो। क्यों? इसलिए कि तुम साले सब-के-सब पलते ही व्यवस्था के भरोसे हो।"

"यह ग़लत है। कितने ही लोग देश व समाज की समस्याओं के बारे में लिखते हैं, पर उससे होता क्या है?"

"पहले ही मानकर चलोगे कि कुछ नहीं होगा, तो होगा भी क्या? अपने को बुद्धिजीवी कहनेवाले लोग दिशा नहीं दिखा सकते? पर दिखलाएँ कैसे? रूमानी छिटपुट से फुर्सत मिले तब तो।"

"यह सब तुम क्या मुझे कह रहे हो?"

"तुम्हें क्या कहूँगा?" मधुकर अवहेलना से हँसा, "तुम्हें तो मैं लेखक ही नहीं समझता।"

"मुझे क्या समझते हो क्या नहीं, उसे छोड़ो," मनीषा ने तड़पकर कहा, "पहले यह समझो तुम ख़ुद क्या हो। यह जो तुम करने जा रहे हो, चौदह-पन्द्रह बरस के छोकरे का काम नहीं तो और क्या है?"

"बुरा मान गईं?" मधुकर मुस्करा दिया, "अच्छा चलो, तुम बहुत बड़ी लेखिका हो। अब बहस छोड़ो, मुझे जाने दो, देर हो रही है।"

"कहाँ जा रहे हो?" मनीषा जैसे हवाई उड़ान से टूटकर धरती पर आ गिरी।

"आज हमारे छात्र पूरी दिल्ली की दुकानों पर तैनात हैं, यह देखने के लिए कि रोज़मर्रा की चीज़ें ठीक दामों पर बिक रही हैं या नहीं। फिर हम सब जलूस लेकर लोकसभा जा रहे हैं। यह लोकसभा भंग करनी होगी। अब न मौजूदा भ्रष्ट व्यवस्था को बर्दाश्त किया जाएगा और न इस भ्रष्ट चुनाव प्रणाली को।"

कहते-कहते मधुकर का चेहरा अटल विश्वास और निश्चय की कान्ति से यूँ चमक उठा कि चाहकर भी मनीषा नहीं कह सकी कि यह सब पहले भी हो चुका है और नतीजा कुछ नहीं निकला है। वह समझ गई कि यह समय बहस करने का नहीं है। पर जो उसने नहीं कहा, मधुकर ने उसके कहे बग़ैर ही सुन लिया। सहसा उसका चेहरा अति-गम्भीर हो उठा।

"इससे और कुछ नतीजा न भी निकले, मनीषा," उसने कहा, "कम-से-कम मुझे तसल्ली होगी कि जो कुछ मैं कर सकता था मैंने किया।"

"वही तो, मधुकर, वही तो। वही तो असली करना है, आदमी की सबसे बड़ी उपलब्धि!" मनीषा उत्साहित स्वर में चिल्ला उठी। उसे लगा इधर-उधर की बहस के बीच, सहसा, मधुकर ठीक उसके मन की बात कह गया है। पता नहीं, उसके

शब्द मधुकर के कानों तक पहुँचे भी या नहीं। अपनी बात कहकर शायद उसे लगा था कि वह ज़रूरत से ज़्यादा साफ़ बात कह गया है, और उसने स्कूटर चलाने के लिए एक ज़ोरदार किक लगाई थी। उसकी खड़खड़ में मनीषा के शब्द शायद ही सुनाई दे पाए हों। जो भी हो, स्कूटर पर सवार हो चलते-चलते, अन्यमनस्क भाव से उसने हाथ आगे बढ़ाकर उसके बाल सहला दिए। बस। उसके इस कार्यव्यस्त, सहज दुलार को मनीषा ने मित्र भाव से स्वीकार कर लिया और सद्भावना के साथ उसे जाते हुए देखती रही।

उसके स्कूटर की खड़खड़ाहट जितेन के तेज़, आगे बढ़ते, व्यस्त क़दमों की पदचाप से जा मिली और उनके बीच मधुकर के शब्द गूँजते रहे—कम-से-कम मुझे तसल्ली होगी कि जो मैं कर सकता था मैंने किया। कुछ देर वहीं खड़ी मनीषा उन्हें सुनती रही, फिर सिर ऊँचा करके ठंडी हवा का एक लम्बा कश खींच, भीतर जाने के लिए मुड़ गई। एक सुखद अनुभूति के साथ उसने पाया कि अकेलेपन की चिलकती धूप अब भय से उसे डरा नहीं रही, प्यार से सहला रही है। वह सीधी अपने कमरे में रखी अपनी लिखाई की मेज़ पर जा पहुँची और वहाँ पड़ा क़लम हाथ में थाम लिया। तुम मुझे लेखिका मानो-न-मानो, मधुकर, कुछ फ़र्क़ नहीं पड़ता, उसने मन-ही-मन कहा। मैं लिखूँगी, अवश्य लिखूँगी और वह, जो मुझे परितोष दे सके। उससे और कोई नतीजा न भी निकले, कम-से-कम मुझे तसल्ली होगी कि जो कुछ मैं कर सकती थी मैंने किया।

✿✿✿